nach Westen

rudolf mittelmann

Roman

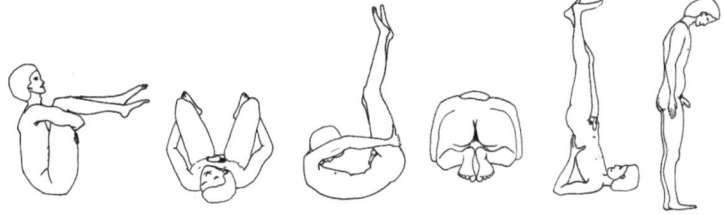

Nach Westen

rudolf mittelmann

Roman

Bibliografische Information der Deutschen Nationalbibliothek:
Die Deutsche Nationalbibliothek verzeichnet diese Publikation in der Deutschen
Nationalbibliografie; detaillierte bibliografische Daten sind im Internet über
dnb.dnb.de abrufbar.

Herstellung und Verlag: BoD – Books on Demand, Norderstedt
ISBN: 9783751949439

Gemalt mit Savage Procreate 5 auf Apple iPad Pro
Text gesetzt mit Scribus 1.4.6 in Linux
Cover gestaltet mit Scribus 1.5.5 auf Mac

arTm&friends 2020
https://artm-friends.at/leseecke/

Nach Westen

Inhaltsverzeichnis

1. Nach Westen

Schwellen und Schotter.

Wenn der Abstand nicht so doof wäre. Da finde ich keinen Rhythmus.

Heiß. Trocken. Wenigstens nicht staubig.

Die gleißenden Stahlbänder. Eins rechts, eins links.

Die Sonne - nicht hinschauen.

Ist die da festgewachsen? Müsste der glühende Ball nicht längst ein Stück zum Horizont gerutscht sein?

Schotter und Schwellen.

Ich gehe und gehe. Wohin? Jedenfalls weg.

Alles habe ich hinter mir gelassen.

Bis auf die paar Sachen in meinem Rucksack. Nicht viel. Aber so schwer.

Und meine Klamotten, die ich anhabe, meine kleinen Utensilien, ohne die ich nicht weggehe.

Taschentuch, ein richtiges aus Stoff, Schweizermesser mit zwei Dutzend Funktionen, Feuerzeug und einen kleinen runden Stein.

Dazu meine Geldtasche, die aber leer ist. Meine Brieftasche mit Ausweisen und Kreditkarte habe ich nicht mitgenommen.

Warum auch immer, Wut oder Selbstmitleid.

Au. Verflixt. Wenn ich so oft stolpere, werden die Schuhe nicht lange halten.

Zehn Jahre. Viel Zeit mit dieser Frau. Gute Jahre. Und nun ist sie weg.

Weg, die Zeit. Und die Frau. Mit einem anderen.

„Ein neues Leben anfangen", so nennt sie das. Was aus mir wird, interessiert sie nicht. Hat sie nie interessiert. Keine Pläne, keine Bindung.

Schwellen und Schotter.

Jetzt steht die Sonne aber doch wohl tiefer? Vielleicht bilde ich mir das nur ein. Weil ich weiß, dass es so sein muss. In der Bibel gibt es diese Geschichte, wo die Sonne lange Zeit stehen bleibt. Hier sicher nicht. Diese endlose Ebene. Ein paar vertrocknete Sträucher und sonst alles kahl. Leer. Nicht mal ein Vogel. Über der Leere der goldene Nachmittagshimmel. Vor mir die Schienen.

Schotter und Schwellen.

Ich habe geglaubt, sie liebt mich. Nun ja, in einem sehr elementaren Sinne hat sie das wohl. Körperlich. Das war gut. Das war auch alles. Warum hab ich so lange gebraucht, das zu begreifen. Andererseits. Habe ich sie geliebt? Hab ich gedacht, ja. Aber so im Rückblick. Im Grunde war es Sex, vom Feinsten, und sonst nicht viel. Wenigstens keine Kinder. Jetzt ist sie mit dem Typen in der großen Stadt. Kann mir schon denken, was die heute Abend... Sollen sie halt. Mich geht das nichts an. Was ich mache, nur das ist wichtig.

Vielleicht ist es auch nicht wichtig, dann ist eben alles egal.

Mir auch egal. Deshalb gehe ich.

Gehen.

Nach Westen gehen.

In der Wohnung hätte ich es keine Nacht mehr ausgehalten. Zu teuer war sie außerdem. Ihr nicht. Sie hat gut verdient. Jetzt ist sie weg.

Schwellen und Schotter.

Gehen? Ich kämpfe mich weiter. Bald werde ich mich schleppen. Kriechen. Drei Nächte habe ich schon in meinem winzigen Zelt verbracht, wenn auch fast ohne Schlaf. Mehr als drei Tage schon Müsliriegel und ein paar Schluck Wasser. Bei der Hitze. Lange halte ich das nicht mehr aus.

Müsste da nicht mal ein Ort kommen? Das Land ist groß. Aber seit wann so leer? Vielleicht hätte ich erst mal auf eine Karte schauen sollen. Ausgekannt habe ich mich nie in diesem Teil der Welt. Wenigstens ein ganz kleines Kaff. Mit einem Gasthof. Oder wenigstens einem kleinen Laden. Hier ist nichts.

Die zweite Flasche ist bald leer. Was mache ich dann? Wer kann denn ahnen, wie entsetzlich verlassen hier alles ist. Ist es jetzt dunkler geworden oder gewöhne ich mich an das grelle Licht?

Schotter und Schwellen.

Sie hat immer eine Sonnenbrille dabei gehabt. Aber das gehört zu ihrem Style. Überhaupt hat sie sich immer sehr perfekt hergerichtet. Nicht dass das nötig gewesen wäre. Schön ist sie, keine Frage.

Ob ich ihr auch gefallen habe? Wahrscheinlich, sonst hätte sie es nicht so lange mit mir ausgehalten. Sonst hätte sie mich nie angesprochen. Damals, auf dem Aussichtsturm. Wie sie an mir vorbeiwollte. „Darf ich mal?" Und schon durchgedrängt. Dabei ist mein Jausenbrot über die Brüstung gestürzt. So süß, wie sie sich entschuldigt hat. Lieber nicht dran denken.

Aber so leicht werde ich sie nicht los. Wird noch lange in meinem Kopf herumlungern. Diese - diese - ach, ich mag sie noch immer.

Und vor mir, was liegt vor mir? Ein Leben ohne sie. Ein Leben?

Wenn jetzt ein Zug käme. Ich weiß nicht. Es wäre doch ganz einfach. Ich brauche bloß gar nichts zu machen. Dann kommt das große Nichts ganz schnell. Und aus.

Nein, das kann ich nicht. Das will ich nicht.

Es muss doch einen Weg geben.

Nach Westen. Der Sonne entgegen. Oder hinterher. Das eher, ja. Ihr nachlaufen, der Sonne.

Schwellen und Schotter.

Es hört nicht auf. Aber die Sonne ist nun fast weg. Wo kommen die Wolken auf einmal her?

Vorhin waren noch keine Wolken zu sehen, nirgends. Da. Jetzt wird es deutlich dunkler. Der Himmel violett. Und vor die Sonne hat sich eine lange Wolkenbank geschoben. Ganz weit weg, ganz weit da vorne. Dunkelgraublau sieht die aus. Kein Sonnenuntergang.

Hey, da weiter links, da ist ja ein Wäldchen. Ein Wald vielleicht, von hier ist das nicht zu erkennen. Ist da nicht ein ganz kleines Lichtchen? Das wäre doch das, was ich jetzt nötig habe. Ein Haus, eine Ortschaft, ein kleines bisschen Zivilisation. Dann brauche ich nicht verdursten und schon gar keinen erlösenden Zug von hinten.

Ob die Sonne nochmal unter der Wolkenbank durchscheinen wird? Nein, ich glaube, sie ist schon ganz untergegangen. Es wird dämmrig, ganz langsam. Und das Licht? Das Licht da drüben? Nicht mehr zu sehen.

Enttäuschung! Ob ich es mir eingebildet habe?

Schotter und Schwellen.

Hat das noch einen Wert?

Hier weiterzugehen?

Es wird schneller dunkel, als mir lieb ist. Noch sind die Schienen gut zu erkennen, noch sind die Schwellen auszumachen. Schritt für Schritt.

Mir ist nicht gut. In mir zieht sich alles zusammen. Ist das Hunger? Aber das Wäldchen, das sehe ich nicht mehr. Bin ich schon vorbei oder war das nur Wunschdenken? Da ist nichts. Nicht mal Bäume.

Kein Haus, kein gar nichts. Dunkelgrauer Himmel, über grauschwarzem Horizont. Davor:

Schwellen und Schotter.

Zwischen dunkelblau schimmernden Schienensträngen.

Ich gehe mechanisch weiter, wie ein Roboter. Nur, dass ich keine Maschine bin. Ich tue nur so.

Innerlich leer habe ich doch meine Wünsche, meine Bedürfnisse, meine Sehnsüchte. Wirklich? Es sollte so sein, aber jetzt spüre ich nichts davon.

Hohl wie eine Klopapierrolle. Ach.

Da!

Vor lauter sinnlosem Grübeln hätte ich fast die Lichter übersehen. Da drüben, etliche hundert Meter voraus, wohl links von den Gleisen, zwei weiße Lichtpunkte.

Ach, nur ein Auto. Es kommt wenig näher, und verschwindet schnell, ganz nach links hinten.

Hoffnung und Enttäuschung.

Diese hässlichen, weil unzertrennlichen, Zwillinge. Vorbei.

Alles versinkt im Dunkeln.

Und doch, da war ein Mensch. Ein einziger Mensch zumindest, und nun ist er weg.

Wie ich mich nach der Einsamkeit gesehnt habe. Und wie schnell ich ihrer überdrüssig geworden bin.

Schotter und Schwellen.

Fast ganz dunkel. Über mir ein paar Sterne. So schauen die Schienen noch mal so schön aus, in diesem zarten Licht.

Und dieses Funkeln da, so golden. Herrlich.

Moment mal, das kommt aber nicht vom Himmel.

Da ist ja doch ein Licht.

Ich gehe immer zwischen den Stahlsträngen entlang, vorwärts, westwärts, nur weg.

Das Licht aber wandert links vorbei. Relativ.

Sollte ich nicht zu dem Licht abbiegen? Oder soll ich es ignorieren?

Bin ich von den Schienen gefangen? Warum kommt hier nie ein Zug vorbei?

Es ist alles so seltsam.

Einsam, keine Siedlungen, keine Menschen, kein Betrieb auf der sonst offensichtlich befahrenen Strecke.

Aber - das Licht.

Reflexe und Schienen.

Diesem einzigen Ziel weit und breit werde ich mich doch nicht entziehen?

Ich kann einfach weitergehen.

Entweder. Lange geht es sowieso nicht mehr, weil ich dann zusammenbrechen werde.

Oder.

Oder ich kann abbiegen. Und mich auf das einlassen, was da so beleuchtet ist.

Ich muss mich entscheiden, sonst ist es zu spät, und ich bin vorbei.

Schritt um Schritt.

Soll ich weitergehen? Soll ich abbiegen?

Schwellen und Schienen.

Meine Wegbegleiter, meine treuen, seit so langer Zeit.

Kilometer um Kilometer.

Und doch.

Ich gebe mir einen Ruck. Jetzt oder nie.

Ich steige über die linke Schiene, natürlich bleibe ich mit dem schwachen rechten Fuß fast hängen.

Der Bahndamm ist nahezu flach.

Vorsichtig taste ich mich voran.

Die Füße vorwärts schieben, abwechselnd, immer mit Hindernissen rechnend. Aber das Land ist völlig eben, keine Steine, keine Gräben, ganz wie es tagsüber immer ausgesehen hat.

Mir fehlen die Gleise, diese Leitschienen, die mich nun im Stich gelassen haben, oder nein, ich war es, der die Partnerschaft aufgekündigt hat.

Da vorne, das ist nicht nur ein Licht. Da sind mehrere.

Nach etlichen Minuten erkenne ich große Laternen.

Und da taucht vor mir im trüben Gegenlicht mehrerer Straßenleuchten ein Zaun auf.

Aus der Dunkelheit. Ein hoher Stacheldrahtzaun. Alles andere als einladend.

Überklettern unmöglich.

Meine Kräfte verlassen mich schlagartig. Diese neue Enttäuschung, das ist zuviel.

Ich sinke zu Boden.

Mit dem Rucksack lehne ich mich an den Zaun.

Was nun? Soll ich hier die Augen zumachen? Womöglich für immer?

Nein. Ich muss weiter. Nur ein bisschen rasten.

In der Ferne ein Schrei, vielleicht eine Eule, immerhin ein Lebewesen.

Hinter mir ein feines Summen, komisch, dass mir das nicht gleich aufgefallen ist.

Ganz gleichmäßig, aber das heißt nichts, kann ein Transformator sein.

Ein technisches Geräusch, das keineswegs die Anwesenheit eines Menschen verspricht.

Ich lehne den Kopf an.

Zaun und Nacht.

Ich schrecke hoch, war das ein Tierschrei? Mir ist kalt, und meine Beine spüre ich nicht mehr.

Ich muss unbedingt aufstehen.

Ein stechender Schmerz lässt mich zusammenfahren. Aua. Was soll das? Wo bin ich?

Ach ja.

Licht und Zaun.

Ich versuche aufzustehen. Es gelingt nicht recht, der Fuß, ich falle um, jetzt liege ich auf der Seite. Ich kann mit der einen Hand den Zaun erreichen. Zentimeter um Zentimeter kämpfe ich mich in die Senkrechte. Warum bin ich hier? Hmm. So langsam fällt mir das ganze Drama ein. Wie konnte ich mich auf diese Frau einlassen. Was für ein Fehler. Hätte ich das Desaster nicht vorhersehen können? Doch, habe ich sogar, aber ich war zu bequem, mein Leben zu retten. Die Sache in die Hand zu nehmen. Sie wegzujagen, so lange Zeit dafür war. Und so nahm das Ungemach seinen Lauf. Bis ich geflüchtet bin. Und jetzt sitze ich hier. Allein, verlassen, ohne Plan oder Ziel.

Langsam, unter allerlei Schmerzen, hantele ich mich am Zaun entlang. Es wird noch dunkler, der Weg führt von den Laternen weg. Manchmal sehe ich noch meinen Schatten vor mir, später nicht mehr. Wie riesig ist denn dieses Gelände? Ich frage mich, ob ich umdrehen soll. Aber würde der Weg in die andere Richtung nicht genauso vom Licht in der Mitte wegführen?

Nacht und Zaun.

Auf einmal, während ich noch am Grübeln bin, zurück oder weiter, greife ich ins Leere. Ein kurzer Schreck, dann Erleichterung. Darauf habe ich ja gehofft.

Ich taste mich zurück, und da geht es wirklich im rechten Winkel um die Ecke.

Wenige Meter später reiße ich meine Hand mit einem Aufschrei zurück. Ich habe mich gestochen. Was ist das? Ganz vorsichtig befühle ich die Stelle. Da ist Stacheldraht. Und der kommt von oben. Es ist fast dunkel, aber nur fast. Und so langsam kann ich mit fühlen und sehen herausfinden: Hier ist ein Stück des Zaunes beschädigt. Etwas großes, rundes, dickes liegt da schräg über den niedergerissenen Zaun. Soll ich da reingehen?

Wieder muss ich überlegen. Ich könnte über den Stamm steigen und einfach weiter am Zaun entlanggehen. Außen. Bis ein offizieller Eingang kommt. Und dort stünde dann ein feierliches Begrüßungskomitee und würde mich willkommen heißen. Ich würde in eine komfortable Herberge geführt und bekäme ein Festessen serviert... träum weiter, Alter!

Oder, ich kann hier auf dem Baumstamm über den Stacheldraht in das Gelände eindringen. Wo ich dann früher oder später von Sicherheitspersonal entdeckt und festgesetzt werde. Oder schlimmer, ich könnte von scharfen Wachhunden angefallen und zerrissen werden. Oder, einfacher, von einer automatischen Schussanlage niedergestreckt werden.

Ich schüttele den Kopf, um die finsteren Gedanken zu vertreiben. Aber es fällt mir keine weitere Alternative ein. Außen herum oder hinein. Das ist die Frage.

Nach endlosem Zögern übersteige ich das schwarze Holz und suche die Fortsetzung des Zaunes.

Löcher und Draht.

Kaum habe ich das eiserne Geflecht in der Hand, neue Zweifel. Wieder bleibe ich stehen. Soll ich wirklich in diese noch finsterere Nacht hineinlaufen? Am Ende kommt ein verschlossenes Tor, und nach weiteren Zaunlängen stehe ich irgendwann an meinem Ausgangspunkt? Dann doch lieber auf das fremde Grundstück.

Was wird schon passieren. Hunde gibt es doch wohl nicht, in dieser Einsamkeit nicht.

Ich drehe mich um und balanciere einen halben Meter über dem liegenden Stacheldraht ins verbotene Reich. Mein Herz klopft laut.

Ein gutes Zeichen, diese Aufregung. Wie lange hat mich alles nur angeödet, gelangweilt, genervt.

Bummbumm, bummbumm, bummbumm. Heftig.

Ganz weit vorne ein Lichtschimmer, rechts scharf abgeschnitten. Das ist wohl die Silhouette eines Gebäudes. Und ganz da hinten werden diese Laternen leuchten, die ich schon von näher gesehen habe. Vor Tagen, wie mir vorkommt, dabei kann es kaum eine Stunde her sein.

Trotz meines langsamen, tastenden Schrittes stolpere ich. Da ist ein kniehohes, hartes Hindernis. Ich bücke mich, obwohl die Schmerzen wie Blitze durch meinen Rücken schießen. Ein Eisenteil, rostig, mehr sagt mir der Tastsinn nicht. Ich weiche aus. Drei Schritt später knickt erst mein linker Fuß fast um, dann der rechte. Ich kauere nieder, es geht schon besser. Bewegung, nur Bewegung, immer Bewegung, predigte mein Heiler immerzu. Eine nutzlose Erinnerung an mein ehemals geregeltes Leben in der kleinen Industriestadt. Was ist das? Eine kleine Freude huscht durch meinen deprimierten Geist. Schienen!

Stahl und Asphalt.

Hier gibt es Schienen.

Und schon kommt die Ernüchterung. Das sind Gleise, wie man sie auf jedem Werksgelände findet. Mit Verkehr und Welt und Menschen hat das nichts zu tun. Dazu auch noch unbenutzt, vollkommen verrostet.

Obwohl mir diese Schienen nicht helfen können, sondern nur das Gehen erschweren, folge ich ihnen. Immerhin sind es Schienen, und nach ein paar Minuten scheint der rostige Teil in einen besser erhaltenen überzugehen, denn ich sehe erste Reflexionen der immer noch ein Stück entfernten Lampen.

Schienen und Licht.

Überhaupt wird es spürbar heller. Die nächsten herumliegenden Hindernisse werfen lange Schatten, aber ich kann sie problemlos umrunden, ohne zu stolpern. Meine Stimmung hebt sich. Dabei ist mir völlig klar, wie wenig Grund ich für meine Erleichterung habe. Ich nähere mich dem Lichtkreis der trüben Funzeln, ja und?

Vier sehr hohe Laternen. Aufgestellt in einem Quadrat. Im schwachen Schein erkenne ich nichts als Unkraut, das aus dem aufgebrochenen Asphalt wächst, auch über die hier im meist betonierten Gleisbett eingelassenen Schienen. Auf jeder Seite des Quadrats, deutlich zurückgesetzt und vom spärlichen Licht kaum erhellt, einfache, rechteckige Gebäudefronten mit großen, geschlossenen Toren. Fabrikshallen, vermutlich. Aber an den einen Schuppen schmiegt sich eine kleine Hütte. Und aus ihrem Fenster kommt ein gelbliches Licht. Ob da jemand ist?

Ich stapfe entschlossen auf das Häuschen zu, und bleibe gleich wieder stehen. Es kann sein, da ist niemand. Es kann aber auch sein, da passt einer auf, ein Wachmann oder ein Schichtarbeiter. Was soll ich denn sagen: „Hallo, hast du ein Bett für mich? Und ein Abendessen?" - „Ja, ich kann dir ein Steak anbieten, setz dich nur, ich bringe es gleich, und wenn du willst kannst du in der Stube schlafen, es ist Platz genug." Sicher nicht. Oder er fährt mich an: „Hände hoch! Wer sind Sie? Können Sie sich ausweisen? Da rüber, da rein, da können Sie warten, bis die Polizei eingetroffen ist!"

Könnte sein.

Und doch. Ich muss es riskieren. Wozu bin ich sonst hier eingedrungen?

Ein langes Gähnen überkommt mich. Wenn ich länger hier rumstehe, fallen mir die Augen zu. Die Müdigkeit wird unerträglich. Nur nicht einschlafen!

Ich setze mich in Bewegung. Auf das gelbe Licht zu.

Fenster und Licht.

Durch die trübe Scheibe ist nichts zu erkennen. Ich schlurfe um die Ecke zur Tür. Soll ich klopfen? Anders wird es nichts werden. Also los.

Tock-tock-tock. Mein Herz setzt einen Schlag aus. Was nun?

Nichts passiert. Gar nichts.

Tock-tock-tock. Nichs.

Nochmal. Dreimal, im gleichen Rhythmus.

Nichts.

Ich gehe zum Fenster zurück. Wische mit dem Ärmel über das trübe Glas, vielleicht ist es nur Staub.

Ich sehe verschmierten Dreck.

Ein wenig heller, aber noch immer keine freie Sicht. Nur gelbliches Licht. Ich wische heftiger, dann schon wütend. Ich will reinschauen, verdammt, nach dem langen Weg will ich wenigstens wissen, woran ich bin.

Die Angst eingesperrt zu werden ist vergessen.

Da splittert die Scheibe, furchtbar laut, ich reiße den Arm zurück, die Scherben klirren auf den Betonboden.

Jetzt kommt die richtige Angst.

Ich kann sehen.

Ich sehe einen Körper halb unter einem Tisch liegen. Links ein um-gefallener Stuhl. Auf dem Tisch eine Flasche, ein Wasserkrug und Gläser.

Das wäre alles weniger schlimm, wenn nicht unter dem Körper, wohl

DIE HÜTTE

ein Mann in Arbeitskleidung, eine dicke Lache von vermutlich frischem Blut hervorquellen würde.

Mir wird übel, gleichzeitig aber spüre ich einen unerwarteten Strom von Energie im ganzen Körper. Ich atme tief ein, und versuche mich zu konzentrieren.

Das sieht böse aus, ein Unfall oder ein Mord. Vielleicht ist der Typ noch zu retten. Die Tür eintreten? Das würde ich kaum schaffen. Hilfe rufen? Sinnlos. Das Fenster ist zu klein für mich.

Aber ich kann den doch nicht verbluten lassen!

Wut und Kraft.

Ich eile zur Tür um die Ecke, und werfe mich dagegen. Fast ohne Widerstand springt sie auf, und ich taumele in den Raum, mit einem Fuß im Blut. Ich bücke mich zu dem Körper nieder.

Der Mann ist eine Frau, so um die 65 schätze ich, und mausetot, kalt, da gibt es keinen Zweifel.

Jetzt, wie mir klar ist, dass ich zum Helfen zu spät komme, verfliegt die Reserveenergie sofort.

Mir wird schlecht.

Blut und Tod.

Und ich mittendrin.

Ich stolpere aus dem Häuschen ins Freie. Die Dunkelheit. Erst langsam gewöhnen sich meine Augen an das schwache Licht der fernen Lampen.

Ich sollte hier weg.

Aber wohin?

Ich bin schon einige zig Meter gegangen, als mein Kopf das Denken aufnimmt.

Entweder, ich suche mir als Rückweg die Lücke im Zaun. Und was dann weiter?

Oder, ich suche den Haupteingang.

Vielleicht ist da jemand, ein Wächter, oder zumindest ein Telefon, oder was immer.

Beides gefällt mir gar nicht.

Ich will nicht den gleichen Weg zurück. Immerhin, ich bin dabei, wegzulaufen!

Ich will nicht mit einem Wachhabenden zu tun bekommen. Immerhin, ich bin hier eingebrochen!

Dazu droht die Müdigkeit, mich zu überwältigen. Vielleicht sollte ich mir einfach etwas abseits der Gebäude eine Stelle suchen, um mein Zelt aufzubauen. Vielleicht kann ich jetzt schlafen.

Moment. Mein Zelt? Wo ist denn mein Rucksack geblieben? Ein heißer Schreck durchzuckt meinen Kopf. Meine Sachen!

Ich versuche mich zu erinnern, aber da ist nur Panik.

Erst nach etlichen Minuten kann ich mir so ungefähr die letzten Tage vorstellen, etwas deutlicher die letzten Stunden. Mein Rucksack? Wann hab ich den zuletzt gehabt?

Der Zaun.

Wie der Zaun aufgetaucht ist aus dem Dunkeln. Da hab ich mich zu Boden sinken lassen. Und bin kurz eingenickt. Angelehnt an den Zaun. Im Rücken den Rucksack. Der war doch noch da?

Aber wie ich aufgestanden bin.

Der Schmerz. Der war da.

Der Rucksack. Der war weg. Hmm.

Wer hat mir meinen Rucksack weggenommen?

Eine kalte Gänsehaut kriecht den Rücken hinauf.

Diebe? Tiere? Monster?

Böse Gedanken vernebeln mein Hirn.

Mutlosigkeit und Ohnmacht.

Inzwischen ist es etwas heller um mich herum, und ein neues Geräusch ist zu hören, ein rhythmisches Stampfen.

Leise, fern, aber deutlich. Eine Maschine?

Weiter links eines der großen Gebäude.

Während ich näher komme, entsteht die Kontur eines Schiebetores vor meinen Augen auf der ansonsten eintönigen Fassade.

Groß genug, um einen LKW durchzulassen. Ob die Maschine dahinter werkelt?

Etwa einen Meter über dem Boden erkenne ich in dem großen Tor eine kleinere Klappe, und es gibt kleine Metallbügel darunter. Mir wird klar, das ist ein Eingang für Fußgänger.

Ohne viel nachzudenken versuche ich da hochzuklettern, was aber nicht eben einfach ist, kein Handlauf oder sonst welche Griffe zu sehen.

Aber ich schaffe es doch, auf dem obersten Bügel zu stehen, und halte mich an der versenkt angebrachten Klinke fest. Die rührt sich nicht. Wäre ja auch zu einfach gewesen.

Ich ziehe fester nach unten, dann schiebe ich nach oben, immer wilder rüttele ich an dem Eisenteil. Auf einmal rutsche ich ab und falle auf den Beton.

Alles tut mir weh, vor allem der Kopf.

Mühsam rappele ich mich auf, auch dieser Plan ist gescheitert, nochmal probiere ich das nicht.

Schmerzen und Müdigkeit.

Nach weiteren trostlosen Minuten schleppe ich mich um die Ecke.

Da quietscht es laut, und klappert und brummt, was ist nun wieder?

Lasst mich in Ruhe.

Ruhe und Tod.

Mit Gänsehaut am ganzen Rücken erkenne ich einen LKW, der mit schwachen Rücklichtern in die Dunkelheit rumpelt, um bald zu verschwinden. Nochmal das klappernde Kreischen, das ist wohl das große Tor. Wurde geschlossen.

Keine Chance. Ich bin zu langsam gewesen, sonst hätte ich während der Ausfahrt hineinschlüpfen können.

Müdigkeit und Erschöpfung.

Wenn ich nicht endlich schlafe, gehe ich kaputt.

Aber wohin legen? Sicher nicht bei der Leiche. Und in die großen Gebäude komme ich nicht rein.

Also auf dem Fabriksgelände unter freiem Himmel?

Ich suche eine geeignete Stelle, ohne Steine, ohne Metallteile, meine Ansprüche sind so gering wie nie.

Ich lasse mich zu Boden sinken, nicht nur meine Knie protestieren lautstark. Wie ich schon auf allen Vieren dahocke, sehe ich ein neues, kleines Licht in der Ferne. Es wird schnell größer. Zwei Lichter. Ein Auto.

Und: es kommt genau auf mich zu.

Ich halte den Atem an. Werde ich jetzt überfahren?

Kurz vor mir beginnt das Auto zu schlingern, dann heftig zu bremsen.

Aus dem stehenden Fahrzeug springen mindestens fünf Leute, den lauten, übermütigen Stimmen nach Jugendliche. Zumindest ein Mädchen ist sicher dabei. Sehen kann ich nichts außer dem Scheinwerferlicht.

„Hey, das ist gar kein Hund!"

„Nein, sieht nach einem Landstreicher aus."

„Wo der wohl herkommt?"

„Die kommen überall hin!"

„Gesindel. Früher haben die hier besser aufgepasst."

„Das Personal wird saumäßig bezahlt."

„Willst du die faulen Säcke noch verteidigen?"

„Wir könnten uns einen Spaß machen..."

„Wie in dem Film, wo sie den Alten als Zielscheibe benutzt haben?"

„Wir haben aber keine Pistolen."

„Hier liegt genug rum, Schrott, fliegt sicher gut."

Mir wird noch schlechter. Von denen ist nicht nur keine Hilfe zu erwarten. Eher bringen sie mich um und finden das noch lustig.

Aber vielleicht wäre es das beste. Wenn es nur schnell geht. Macht schon!

Doch die jungen Leute reden schon über was anderes, klettern in den Kleinbus zurück und brausen davon.

Ganz menschenleer ist es also nicht hier, aber was macht das für einen Unterschied.

Da fällt mir die Leiche wieder ein.

Noch einmal überkommt mich der Wille, hier abzuhauen. Nur weg.

Zwanzig unsichere Schritte in die Nacht. Und schon ist die Energie verbraucht.

Schmerzen und Übelkeit.

Ein anderes stampfendes Geräusch nähert sich. Schritte. Schwere Stiefelschritte.

Mein Herz sinkt noch ein Stück tiefer.

Bald erkenne ich die Konturen von zwei großen Kerlen, die auf mich zu kommen.

Ein Mann und ein Mann.

Finster und bedrohlich.

Ich spüre den Impuls wegzulaufen, aber nur ganz schwach, irgendwo hinten im Nacken oder noch dahinter. Wie wenn das gar nicht mein eigener Gedanke gewesen sei.

In Wirklichkeit bin ich unfähig zu irgendeiner Reaktion.

Die Typen entdecken mich, einer greift an seine Hüfte, sie erreichen mich, halten fünf Meter vor mir an. „Halt, stehenbleiben!" bellt der eine.

„Wohin?" fragt der andere.

Mein Kopf ist leer, mein Körper erstarrt.

Der erste fragt den zweiten: „Was machen wir mit dem?"

„Der kann wohl nicht sprechen, oder ist er Ausländer?"

„Hier lassen können wir ihn nicht."

„Wir sollten wissen, wie er reingekommen ist. Nicht dass da noch mehr kommen."

„Das wäre schlecht."

„Die Chefin hat gesagt, ..."

„Psst! Halt den Mund. Vielleicht versteht er uns ja doch."

„Sollen wir ihn mitnehmen?"

„Bleibt uns wohl nichts anderes übrig."

„Ich hole den Wagen."

„Und ich soll mit dem allein bleiben? Nein, den nehmen wir zwischen uns. Ist sicherer."

Zwischen die bulligen Kerle eingeklemmt, bleibt mir nichts anderes übrig als mitzugehen. Immerhin trampeln sie nicht zu schnell, und mir nicht auf die Füße. Einen Funken Dankbarkeit für diese kleinen Annehmlichkeiten, sonst spüre ich nichts als Schmerzen.

Nach ein paar Minuten kommen wir zu einem Schuppen, den ich bisher nicht entdeckt habe. Der erste Anflug von Morgendämmerung lässt die Trostlosigkeit dieses Ortes noch deutlicher werden.

Der eine Mann tritt mit dem Fuß gegen die Bretterwand, da öffnet sich eine Art Tür, aus groben Brettern angefertigt. Überhaupt sieht die Bude aus, als falle sie sehr bald zusammen. Drinnen ein Licht, darunter ein Tisch.

Am Tisch sitzt ein Mann, über Papiere gebeugt, einen Stift in der Hand.

„Verdammter Mist!", höre ich ihn murmeln, „Zwölftausendfünfhundertachtzehn... nein siebzehn... so eine Kacke..."

„Wir haben den hier mitgebracht", bringt mein linker Wächter vor.

„Sicherheitshalber." ergänzt etwas kleinlaut der rechte Wächter.

Ich sage nichts, der Mann am Tisch streicht etwas durch, flucht, und schreibt etwas.

So geht das eine Zeit, meine Wächter scheinen sich nicht zu trauen, ihn nochmal anzusprechen.

Endlich blickt er auf, zieht die Brauen zusammen, und fragt sarkastisch:

„Ach, sicherheitshalber. Ein übles Subjekt aufgegabelt und gleich ins Hauptquartier mitgebracht, zur Sicherheit. Euch werde ich lehren, die Sicherheit unserer Mission zu gefährden, ihr dämlichen Kretins!"

Mir kommt vor, meine beiden Kerle seien schlagartig ein paar Zentimeter geschrumpft.

Der Linke will sich verteidigen: „Aber, wir konnten ihn doch nicht..."

„Ruhe!" Der Mann am Tisch wirft den Stift auf das Papier, fährt sich mit beiden Händen durch die Haare, lehnt sich zurück. Mit gefährlich leiser Stimme fährt er fort:

„Der Eindringling kommt in den Keller, Kammer 2B, unter dem Maschinenraum. Noch so einen Fehler, und ich melde euch bei der Chefin, oder noch besser, ich stecke euch gleich dazu, Zelle 2B, ha ha, ja, das wäre das Richtige für euch."

Ich sehe ihm an, er meint es nicht so ernst, sondern macht sich einen Spaß draus, seine Leute zu verarschen.

Die aber lassen ihren Ärger an mir aus und zerren mich ohne Worte und sehr grob hinaus aus der Hütte. Hauptquartier? Von was eigentlich?

„So ein Arsch!"

„Hmm."

„Dabei hat er vor der Chefin mehr Bammel als wir."

„Hmm."

„Und null Durchblick."

„Kannst du mal die Klappe halten?"

„Okay okay."

Und was er noch vor sich hin brummelt, kann ich nicht verstehen, sein Kompagnon sicher erst recht nicht.

Der Aufmüpfige und der Mürrische.

So nenne ich sie für mich.

Aufmüpfig und mürrisch.

Wir kommen zu einem der großen Gebäude. Neben einem riesigen Tor führt außen eine kleine Treppe mit rostigem Handlauf in den Keller hinunter. Der eine Kerl sperrt die eiserne Tür mit seinem großen Schlüsselbund auf. Drinnen ein niedriger, langer Gang.

Nach all den dunklen oder trübselig schwach beleuchteten Räumen bisher empfinde ich das Licht als grell und stechend.

Hell und blendend.

Wir erreichen ein Treppenhaus, und ich werde unsanft vorwärts geschoben, hinunter, noch ein Stockwerk tiefer unter die Erde.

Am nächsten Absatz nochmal tiefer. Endlich verlassen wir die Treppe, die hier noch nicht zu Ende ist.

Wir biegen in einen schmalen Gang ein, mit vielen Türen links und rechts. Wir müssen hintereinander gehen, der Aufmüpfige voraus, der Mürrische hinter mir.

Auf einmal reißt der Vordere links eine Tür auf und der andere schubst mich durch in einen winzigen Raum. Kaum fällt die Tür hinter mir ins Schloss, ist es absolut dunkel um mich her. Ein metallisches Schaben, das war wohl ein Riegel. Die Schritte entfernen sich schnell. Ich bin allein. Im Finsteren.

Die Kammer ist winzig, vorsichtig taste ich die Wände ab. Auf einer Seite ein Regal, und neben der Tür ein altmodischer Drehschalter. Ohne zu denken drehe ich ihn um, 90 Grad, und eine kleine Glühbirne gibt ein wenig Licht ab. Gegenüber, das sieht wie eine hohe Klappe aus, oder sollte das eine Schranktür sein? Ich finde keinen Griff oder irgendwas, was sich anfassen ließe.

Unten in dem Regal liegt ein kleines Kissen. Ich lasse mich nieder, lege meinen Kopf ins Kissen geschmiegt an die Wand, und möchte am liebsten sofort einschlafen. Aber zuerst laufen mir die Tränen. Wieviel Unglück kann denn an einem Tag über einen hereinbrechen?

Aber dann muss ich doch eingeschlafen sein.

Als ich hochschrecke, kann ich mich an einen Traum erinnern. Von ihr hab ich geträumt, wie sie mit dem anderen Typen Arm in Arm weggegangen ist, und mir einen Kuss nachgeschickt hat, mit demselben süßen Lächeln wie in guten Zeiten, und mit einem Augenzwinkern, das ein baldiges Wiedersehen versprach. Falsche Schlange! Aber ich war ihr nicht mehr böse. Gar nicht, ganz im Gegenteil. Da fehlt nicht viel und ich verliebe mich aufs Neue in sie, denke ich, ich alter Trottel.

Mein Hals ist trocken, mein Mund ist noch trockener, die Lippen sind rissig. Kein Wasser hier.

Warum ist das Licht aus? Ob jemand hier drin war? Oder ob man das von außen abschalten kann, oder geht das gar automatisch aus? Letzteres wohl kaum, bei dem primitiven Drehschalter. Der Gedanke, jemand könnte hier eingedrungen sein, während ich geschlafen habe, macht mich unruhig. Das kleine Sicherheitsgefühl, dieser Anflug von Geborgenheit, in dieser winzigen Kammer, ist vergessen.

Nochmal suche ich alles um mich ab. Kann ich mich irgendwie befreien? Die paar Minuten Schlaf haben mir Mut gemacht, meine Sache selbst in die Hand zu nehmen.

Ich drehe am Schalter, zuerst instinktiv zurück, aber das geht nicht, also gleich herum wie zuerst.

Das Lichtchen geht an. Aha. Dann war wohl jemand drin.

Verzweiflung und Mut.

Neugier und Entdeckung.

Bei der dritten oder vierten Suche in der Kammer entdecke ich etwas, das ich zuerst übersehen habe bei dem trübseligen Funzellicht.

Im obersten Regalfach ganz hinten hineingezwängt findet sich eine schwarze, oder jedenfalls dunkle, Umhängetasche. Drinnen ein Päckchen Papiertaschentücher. Ein winziger Pappschuber mit vielleicht 20 Visitenkarten. Die lauten auf Nick Pavlos, Logistikmanager, NachschubCoop, EusiaTrans. Die Person, die Abteilung, die Firma: Sagt mir alles nichts. Dann gibt es noch einen kleinen Notizblock, ungebraucht, und ein paar Schreibstifte. Plötzlich hab ich ein eigenartiges Gefühl. Ob die Tasche für mich hier liegt? Soll ich mich als Nick ausgegeben? Aber nein, das kann nicht sein. Konnte doch niemand wissen, wie das alles ablaufen würde. Ich bin schließlich rein zufällig hier gelandet. Das kann niemand geplant, geschweige denn vorbereitet haben. Nein.

Und doch, mein Rucksack ist weggekommen. Die Tasche wäre eigentlich ganz praktisch. Ich kann sie mir zumindest mal ausborgen. Diebstahl lehne ich zwar ab, aber andererseits, in meiner Situation kommt es darauf auch nicht mehr an. Ich werde die Tasche mitnehmen. Wer weiß, wo ich noch hingerate. Da könnte es sich als nützlich erweisen, wenn ich mal was einstecken kann.

Und weiter, alles absuchen, hab ich noch etwas übersehen?

Links, rechts, vorne, hinten. Nichts.

Hmm. Und der Boden? Ich bin schon 2 oder 3 Stockwerke unter der Erdoberfläche, noch tiefer muss nicht sein. Außer wenn es sein muss.

Ich entdecke aber nichts, keine Falltür, nicht den kleinsten Spalt.

Dann gibt es noch oben. Die Birne hängt an einem kurzen Draht, nicht in der Mitte, eher seitlich, dicht bei der Klappe oder was das ist, und leuchtet nur nach unten.

Die Decke kann ich nicht abtasten, dafür bin ich zu klein.

Aber. Ich kann ja am Regal hochklettern.

Es geht eher schlecht. Der rechte Fuß.

Aber ich komme hoch genug, ohne mir allzu weh zu tun, und habe noch die rechte Hand frei. Die Decke ist schwarz oder jedenfalls liegt sie im Schatten, aber beim Tasten erlebe ich eine Überraschung:

Sie ist voller Griffe, Hebel, Klinken oder was das alles ist. Ich hab irgendwann mal ein U-Boot von innen anschauen können, das war so ähnlich, jede Fläche voller Bedienelemente. Und wie damals habe ich hier keine Ahnung, wozu das alles gut sein soll.

Aber ich hab Zeit.

Gleich der zweite Schieber lässt sich bewegen, er ist über der Tür angebracht. Und es hört sich genau so an, wie als ich eingesperrt worden bin. Ein kurzes, metallisches Schaben.

Ob die Tür jetzt entriegelt ist? Ich springe auf den Boden, und handele mir einen stechenden Schmerz im Rücken und altbekannte Knieschmerzen ein, abgesehen vom schon lange lädierten Fuß.

Wichtiger: Die Tür lässt sich öffnen. Ich luge vorsichtig hinaus. Draußen ist es sehr hell, und es sind Schritte zu hören, von weit her, aber offensichtlich näher kommend. Schnell schließe ich die Tür, so leise ich kann.

Ich kann mich also befreien, aber ob das ratsam ist, sich auf eine Verfolgungsjagd in diesen Rattengängen einzulassen, besonders in meinem Zustand, das wage ich zu bezweifeln.

Hoffnung und Enttäuschung.

Nochmal zur Decke. Wenn der Schieber bei der Tür für diese zuständig ist, dann müsste diese mysteriöse Klappe doch eigentlich...

Ich muss mich umdrehen um die Teile über der Klappe abtasten zu können. Kein Schieber, aber ein radförmiger Drehgriff.

Wieder muss ich an das U-Boot denken. Er lässt sich aber nicht drehen.

Mehrere kleine Schalter oder Hebel auf beiden Seiten. Ich probiere einige aus, jeder lässt sich bewegen, keiner scheint irgendwas zu bewirken.

Enttäuscht halte ich mich am Drehgriff fest.

Der gibt jetzt aber nach! Ob einer der Schiebeschalter ihn entriegelt hat?

Ich drehe das Rad ein Stück, nichts passiert. Ich drehe weiter. Bald eine ganze Umdrehung, kein Anschlag, keine Reaktion. Trotzdem drehe ich weiter.

Bei der dritten Umdrehung ein Geräusch. Tut sich was? Hab ich eine Bewegung gesehen oder mir nur eingebildet?

Langsam klettere ich hinunter, und schaue die Klappe an. Könnte sein, dass der Spalt größer geworden ist. Ich drücke auf die Klappe, sie rührt sich keinen Millimeter.

Frust und Hartnäckigkeit.

Nochmal hinauf und weiterdrehen, mindestens zehnmal rum, mir wird heiß.

Unten sehe ich, die Klappe hat sich eine Handbreit nach außen bewegt, lässt sich aber noch immer nicht mit der Hand wegdrücken oder zur Seite schieben.

Geräusche dringen keine durch den schwarzen Spalt.

Also nochmal.

Ich kurbele weiter. Bis ich etwas Neues höre, ein mehrfaches Klicken.

So schnell es mein Kreuz erlaubt, klettere ich zur Klappe.

Sie sieht kaum anders aus als vorher, der Spalt ist höchstens ein klein wenig größer geworden.

Aber nun lässt sich die ganze Klappe parallel zur Seite schieben.

Nach links zumindest. Plötzlich ist sie scheinbar verschwunden. Ich stehe vor einem schwarzen Loch.

Mit der Fußspitze ertaste ich einen versenkten Boden. Wohl zwanzig Zentimeter tiefer als drinnen in meiner Zelle. Soll ich mich trauen?

Etwas aufgeregt steige ich in das schwarze Loch hinunter. Meine neue Tasche, in die ich noch das winzige Kopfkissen geschoben habe, umgehängt.

Ich kann nichts sehen, alles schwarz, nur die Seite zu meiner Kammer ist halbwegs hell. Rundum wieder Wände, wie ich schnell bemerke, von einer Zelle in die nächste, vom Regen in die Traufe.

Ach ja.

Und doch. Neben dem Einstieg, im tiefen Schatten, fühle ich eine Reihe von 6 runden Tasten. Wie in einem...

Dann ist das ein Lift hier?

Und wenn ich eine der Tasten drücke, geht die Klappe zu, und ich fahre in ein anderes Stockwerk?

Wenn das so geht, warum haben die mich dann hierher gebracht? Soll ich etwa hier mit dem Aufzug in mein Verderben fahren? Oder soll ich frei kommen, damit sie keinen Ärger mehr mit mir haben? Oder ist das der Eignungstest für den neuen Agenten Nick? Allerlei Varianten schießen mir durch den Kopf, aber nichts davon hilft mir weiter.

Ich hab mal einen Text gelesen, ein Theaterstück, glaube ich: Zwei Menschen unfreiwillig in einem Raum, mit nur einer Tür. Der eine will nach langem Warten mal probieren, ob die Tür überhaupt abgeschlossen ist, und wenn nicht, abhauen. Der andere will das unbedingt verhindern, denn solange sie nicht wissen, ob die Tür abgesperrt ist, haben sie eine Chance, dass sie eigentlich frei sind, und sie haben die Freiheit, es zu probieren oder eben nicht. Wenn sie es aber probieren und dann wissen, die Tür ist versperrt, dann ist es aus mit der Freiheit. Sie diskutieren das ganze Stück lang recht tiefsinnig über diese Frage.

Jetzt habe ich eine weit kompliziertere Situation, und doch ist es ähnlich. Solange ich nichts mache, habe ich zumindest die Freiheit, die Tasten auszuprobieren, oder sogar in die Zelle zurückzugehen, und, im Extremfall, die äußere Tür zum Gang zu verwenden. Wenn ich einen Knopf aber ausprobiere, kann entweder gar nichts passieren oder so Vielfältiges, dass ich mir gar nicht alle Möglichkeiten ausdenken kann...

Oder ich gehe zurück in die Zelle und schlafe mich erst mal aus.

Das hätte ich wohl wirklich gemacht, denn die Müdigkeit ist bleiern schwer zurückgekehrt über meinem Sinnieren. Aber der Gedanke, dann wieder heimlichen Besuch zu bekommen, hält mich davon ab.

Nach mehreren Minuten entschließe ich mich, mit der Unsicherheit Schluss zu machen.

Ich wage es. Ich drücke den obersten Knopf.

Zwei Sekunden lang passiert nichts.

Und dann kommt, was ich halb befürchtet und halb gehofft habe.

Die Klappe schließt sich lautstark, nicht ohne mir einen schmerzhaften Rempler zu verpassen, und die Kabine setzt sich summend und zischend in Bewegung. Nach oben. Zudem leuchten die sechs Knöpfe jetzt alle auf und geben ein rötlich-gelbes Licht. Wenn ich die Hand vor die Knöpfe halte, kann ich neben diesen handgeschriebene Beschriftungen ausmachen. Von unten nach oben: Keller 4, Keller 3, Keller 2, UG, EG, Cafeteria.

Dann werde ich jetzt in die Cafeteria gebracht. Ist das gut oder schlecht? Vielleicht treffe ich da auf meine beiden Wächter? Das wäre ganz schlecht.

Oder auf viele Leute, die hier Pause machen. Wenn es ganz viele sind und sie sich untereinander nicht gut kennen, habe ich vielleicht eine

Chance, da unbemerkt nach unten verschwinden zu können.

An diesen Gedanken klammere ich meine Hoffnung.

Das ist wohl eher ein Lastenlift, er rumpelt und ruckelt, ich werde ordentlich durchgeschüttelt. Es gibt kein Fenster, und die immer gleich leuchtenden Knöpfe geben mir auch kein Gefühl, wie lange es noch dauert.

Mir kommt vor, mindestens 100 Stockwerke hinaufgefahren zu sein, als endlich, mit einem Ruck, Stille eintritt.

Es passiert sonst nichts mehr.

Also muss ich was machen.

Ich könnte ja wieder hinunterfahren, beispielsweise ins Erdgeschoss. Aber irgendwie halte ich das für noch gefährlicher. Dann doch lieber hier aussteigen, aber wie?

Während ich noch denke, öffnet sich die Klappe von selbst.

Das Licht blendet mich, dann erkenne ich eine Dame, die vor dem Einstieg steht und gerade hereinkommen will. Ihre schon ausgestreckte Hand zuckt zurück.

Ach so, nein, natürlich will sie nicht herein, sondern ein Wägelchen voller Schachteln hineinschieben. Endlich haben sich meine Augen an das Licht gewöhnt.

Flucht ist unmöglich. Hinter mir die Kabine, vor mir die Frau.

In weißer Bluse und grauem Kostüm. Mit einem vermutlich schweren Stapel.

Sie sieht aber weder überrascht noch unfreundlich aus, sondern grüßt mich kurz mit einem Hallo, was ich mit einem Nicken erwidere. Dann fragt sie zuckersüß, ob ich ihr das Zeug in den Lift wuchten kann, dazu ein bezauberndes Lächeln mit Augenklimpern.

Auch gut. Ich nehme mich ihres Wagens an, und schaffe es mit Mühe. Denn auch in diesem Stock steht der Lift so etwa 20 Zentimeter zu tief. Aber es fällt nichts um, der ganze Berg Aktenordner, wie ich jetzt erkenne, steht im Lift, und die Dame drückt sich an mir vorbei, wohl um die Lifttasten zu erreichen, haucht von atemberaubender Nähe ein Danke-schön zu mir und verschwindet mit schnellen Schritten.

Sie ist weg, und die Lifttür schließt sich, dann fährt auch die Liftkabine weg.

Und was mache ich?

Ihr nachgehen? Und sie vorsichtig ausfragen?

Das fällt mir zu spät ein, sie ist schon verschwunden.

Ich gehe ein paar Schritte von dem Materiallift weg und schaue mich erst mal um.

Links und rechts.

Vom Lift geht ein Gang nach links, einer nach rechts. Vor mir aber ein Raum von vielleicht 5 oder 6 Meter Länge und Breite, der mir gegenüber mit einer wandhohen Glasscheibe abschließt.

Ich traue mich nicht, näher heranzugehen. Wir befinden uns hier ganz oben in einer großen Halle. Unten hinten sind, soweit ich das erkennen kann, kleine Stände oder Buden, in denen Maschinen und Werkzeuge im Einsatz sind. Ein permanentes Brummen und Summen, mit gelegentlichem Hämmern und anderen Geräuschen zeugt von fleißiger Arbeit.

Außerdem laufen die beiden Gänge wohl rundum um die ganze Halle, kurz unter dem Dach. Genau gegenüber ist es heller, bunte Lichter und der Neonröhrenschriftzug „Cafeteria" leuchten herüber. Dort scheinen sich einige Personen aufzuhalten.

Ich habe keine Ahnung, warum es mich dorthin zieht, vielleicht habe ich doch vor, etwas zu mir zu nehmen. Noch im Lift habe ich mich gewundert, dass ich absolut keinen Hunger und auch keinen Durst verspüre. Ist es das?

Jedenfalls schlendere ich langsam, etwas unentschlossen, aber doch auch neugierig, einen der beiden Gänge entlang. Nach wenigen Metern entdecke ich rechts an der Wand etwas unter Augenhöhe kleine Symbole, je eines für Café, Lift, und WC. Alle drei mit Pfeil in meiner Gehrichtung. Auf der anderen Gangseite gibt es ebenfalls kleine Wegweiser, handgeschriebene Zettel: auf einem steht „Büro", auf dem zweiten „Aufsicht" und gleich drunter „Telefon", beide haben einen Pfeil zurück. Und wieder etwas weiter noch zwei: „Feuerlöscher" und „Leiter". Beider Pfeil zeigt nach unten. Tatsächlich kann man hier aus dem Gang heraustreten, auf eine Feuerleiter in die Halle hinunter. Das ist wohl nur für Notfälle gedacht.

Der Gang mündet in einen Raum, und hier ist ein ganz normaler Lift. Daneben ein WC. Dort hinein, erstens zur Erleichterung und zweitens einen Schluck Wasser trinken. Viel besser. Ich trinke noch mehr, bis es erst mal genug ist.

Der Raum liegt (oder hängt) ganz in der Ecke der Halle, im rechten Winkel links herum setze ich meinen Weg durch den nächsten Gang fort.

Die Wanduhr neben dem Lift hat Viertel nach sieben gezeigt. Wieder eine Nacht fast ohne Schlaf verbracht. Wie lange mein Körper und vor allem mein Kopf da noch mitmachen werden?

Bald kommt noch so ein Raum mit großer Scheibe zur Halle hin. Unter dem Hallendach ist es dunkel, die starken Scheinwerfer hängen ein Stück unter dem Niveau der Gänge. Am hell erleuchteten Hallenboden kann ich einige Leute erkennen, die da geschäftig hin und her hasten. Was die treiben, was die herstellen, kann ich nicht mal erahnen.

Weiter durch den Gang.

Von ganz vorne kommen mir zwei Menschen entgegen. Trotz des Maschinenlärms und den eigenen Geräuschen des Ganges ist es nicht zu überhören: Das sind lustig plappernde Mädchen. Beide sind nett anzusehen, eine sehr jung, eine Auszubildende vielleicht, die andere so um die Dreißig. Beide halten dicke Stapel Papier im Arm.

Eine alte Sehnsucht nach Weiblichkeit macht sich vehement bemerkbar. Ein anschwellendes Rauschen, Unruhe, die Lust auf Erfüllung, sei es auch nur für den Moment. Ich stolpere, wohl über meine eigenen Füße, denn der Gang ist absolut leer und eben. Unsanft lande ich auf dem gerillten Metall.

Schmerzen rundum, und neben meinem Kopf landen krachend Papierstöße. Vier Hände packen zu und zerren mich auf meine Füße.

Kaum in der Senkrechten, bekomme ich einen groben Stoß in die Seite. Die Augen der Älteren blitzen gefährlich. Ich schreie auf.

Die Junge fragt mit süßer Stimme: "Oh, haben Sie sich weh getan? Sollen wir die Sanis holen?", wobei sie ihre Nase kraus zieht, allerliebst.

Die Ältere kalt: "Ist wohl kaum nötig. Gehen wir."

Die andere seufzt. Schaut mich besorgt an, dann bückt sie sich, um ihre Papiere aufzuheben. Beide trippeln davon, jetzt stumm.

Was war das jetzt?

Mir ist ein wenig schwindelig. Meine Knie brennen, mein Knöchel schmerzt, meine Rippen auch. Ich betaste mich.

In der äußeren rechten Jackentasche. Was ist das?

Kompakt und schwer. Vorsichtig fasse ich in die Tasche. Metall?

Meine Jacke.

Moment.

Ich hab keine Jacke angehabt auf meiner Flucht, aber in meinem Rucksack war meine dünne Regenjacke.

Später war mein Rucksack weg. Und meine Jacke? Hatte ich die da schon an, wie ich im Dunkeln auf dem Werksgelände unterwegs war? Keine Erinnerung.

Und im U-Boot-Raum? Im Lift?

Ich weiß es nicht.

Jetzt jedenfalls trage ich diese Jacke hier, und: es ist nicht meine!

Fast genau so dünn, aber nicht rot, sondern dunkelblau. So eine hatte ich auch, früher.

Aber ich hab sie nicht mitgenommen. Außerdem. Diese Taschen, der Kragen, nein. Meine Jacke ist das nicht. Übrigens das gleiche Dunkelblau wie meine Umhängetasche, ich denke schon wirklich, dass sie mir gehört. Passt genau zu der Jacke. Wo hab ich bloß die Jacke bekommen?

Und da steckt was drin. Ein Geheimnis.

Mir ist plötzlich sonnenklar, die Frau eben hat mir das Teil reingestoßen. Sehr vehement. In meine Jackentasche.

Aber warum? Sie konnte ja nicht wissen, dass ich da entlang kommen würde. Erst recht nicht, dass ich da vor ihr hinfallen sollte.

Schon wieder diese Gedanken.

Und warum hat sie mir dieses Ding eingesteckt? Was soll ich damit?

Ich gehe mühsam weiter, die Zähne zusammenbeißend.

Sobald wieder mal eine kleine Nische in der Außenwand auftaucht, diesmal mit allerlei Rohren und Ventilen, hole ich den kleinen, schweren Schatz aus der Tasche und sehe ihn mir an. Keine Ahnung, was das ist, zuerst denke ich an eine Waffe.

Aber wie eine Pistole schaut das doch nicht aus. An der Schmalseite scheint ein Schalter zu sein, und vier Tasten. Ein elektronisches Gerät? Vielleicht, und mit massivem Metallgehäuse. Es gibt viele Kanten, Vorsprünge, mehrere Reihen winziger Löcher, kleine Auswüchse wie Hebel oder Griffe, aber alles zusammen nur faustgroß und alles unbeweglich, wie mir scheint, ich kann jedenfalls mit meinen vorsichtigen Versuchen nichts verschieben oder verdrehen. Nur den Schiebeschalter und die Taster rühre ich nicht an, sicherheitshalber, wer weiß was dann passiert.

Und wieder die Frage, warum habe ich das bekommen, wozu, und wie wurde die Übergabe organisiert?

Im Weitergehen kommt mir doch ein guter Gedanke: Wahrscheinlich war das gar nicht geplant. Klar. Es war nicht vorhersehbar, sondern die Frau hat instinktiv die Gelegenheit genutzt, das Ding loszuwerden.

Ich überlege noch ein paar Mal, welche logischen Alternativen es gebe. Die Antwort: keine.

Und sofort kommen neue Fragen.

Was ist das überhaupt?

Warum will die Frau das loswerden?

Warum so geheimnisvoll, ihrer Kollegin hat sie es offensichtlich verschwiegen?

Und, ist das Ding jetzt für mich gefährlich?

Muss ich es auch loswerden?

Oder kann es mir helfen?

So viele Fragen, und absolut keine Antwort.

Vieles und nichts.

Schatz und Geheimnis.

Wieder ein Eckraum. Wenn ich jetzt nach links weitergehe, dann muss ich bald zu der Cafeteria kommen, und somit zu etlichen Leuten. Will ich das? Ich wollte, ja, aber jetzt, mit dem geheimen Schatz in der Tasche?

Hier bleiben ist allerdings Unsinn. Erstens bin ich schon von weither zu sehen, aus zwei Richtungen. Und zweitens, worauf soll ich hier warten. Nein. Also zurück oder zur Cafeteria?

Bevor ich zurückgehe, riskiere ich lieber die Kaffeetrinker.

Mit jedem Schritt wird es lauter, Stimmen, der Getränkeautomat, irgendwelche Maschinen, vielleicht ein Geschirrspüler... und dann bin ich mittendrin.

Was von Weitem ganz hell und freundlich ausgesehen hat, ist in Wirklichkeit genauso heruntergekommen und schmuddelig wie alles andere. Jedoch wirkt es auf eigenartige Weise auch gemütlich, trotz des grellen Leuchtstoffröhrenlichts und der blechernen Akustik. Immerhin ist es warm. Rundum kleine, runde Bartische, um die 2er oder 3er Grüppchen stehen, ihren Kaffee aus Pappbechern trinkend, manche haben auch ein Kuchenstück in der Hand. Alle unterhalten sich angeregt, niemand bemerkt mich.

Wo haben die ihr Getränk her? Ich sehe mich um. An der einen Seitenwand ist eine Art Schalter, wo man sich selbst bedienen kann. Eine Möglichkeit zum Bezahlen kann ich nicht entdecken, anscheinend ist hier alles gratis. Auch gut.

Ich nehme mir einen Becher und halte ihn unter den Auslaufhahn. Es tut sich nichts. Oben gibt es 4 Knöpfe, keiner ist beschriftet. Muss man da draufdrücken? Eine Dame kommt herzu, nimmt sich einen Becher, und fragt: „Funktioniert das Ding wieder nicht? - Lassen Sie mich mal." Dabei schiebt sie mich schon zur Seite, stellt ihren Becher unter das Rohr und ballt die rechte Hand zu einer Faust. Mit der boxt sie der Maschine auf die Seite, dass es laut scheppert. Und siehe da, die schwarze Brühe rinnt los. Die resolute Frau wirft mir noch einen triumphierenden Blick zu und schlängelt sich zu ihrem Tischchen zurück. Soll ich mich zu ihr stellen? Immerhin ignoriert sie mich nicht, fragt mich auch nicht aus, und sieht noch ganz hübsch aus obendrein. Aber da ist kein Platz mehr.

Nun rinnt der Kaffee auch ohne Boxhieb. Bei der zweiten Tür ist noch ein Stehtisch frei, dort schlurfe ich hin und koste das Getränk. Oh Mann.

Scheußlich und bitter.

Aber heiß, und auf der Tischplatte steht ein Körbchen mit Zucker- und Kondensmilchpackungen. So wird das Zeug vielleicht genießbar.

Jetzt erst fällt mir mein Schatz wieder ein. Unwillkürlich taste ich außen über die Jackenseite. Fühlt er sich nicht warm an? Bin mir nicht sicher.

Neben mir stürmt eine Frau in den Raum, in der Hand eine auf eine Mappe aufgeklemmte Liste, in der anderen einen Stift, die Brille lässt sie streng aussehen. Sie brummt etwas wie: Dienstplan 2F 6D Ypsilon... Dann schaut sie auf, sucht offensichtlich die Leute ab, drängt sich an einen Tisch und tippt einem Mann auf die Schulter, gegenüber einer Frau, bis sie so 6 oder 7 Leute beisammen hat, die brav hinter ihr herlaufen. Bald ist der ganze Trupp verschwunden, es wird ganz leise, alle Gespräche sind verstummt.

Doch nach kurzer Zeit beginnt eine Jüngere zu lachen, und nach wenigen Minuten geht es genauso lebhaft zu wie zuerst.

Und wieder kommt die Strenge herein, kneift die Augen zusammen, während sie den ganzen Raum von links nach rechts absucht. Endlich schaut sie zu mir, ein kurzes Grinsen zuckt über ihre harten Züge, und sie piekst mir den Bleistift unters Kinn, mich damit näher ziehend. Mit den Augen befiehlt sie mir, ihr zu folgen. Widerstand ist zwecklos, wie mir tief innen drin klar ist. Und doch denke ich, das kann nicht sein. Ich kann nicht auf deiner Liste stehen. Wie denn, ihr wisst doch gar nicht, dass ich hier bin...

Während mir zum x-ten Mal diese aufmüpfigen Gedanken durch den Kopf gehen, stehen wir schon vor einer Lifttür, die sich gerade öffnet. Sie drückt auf „0" und spricht in ihre Faust: „Override Admin Berta! Code zwo-siebzehn-eins-zwölf! Enter!"

Es reißt mich, fast hätte ich mich verschluckt. Das, was sie da in der Hand hat, das ist mein Schatz!

Oder hat hier jeder so was? Und was bewirkt das, was sie da reingesprochen hat?

Natürlich hab ich das Ding nicht so genau gesehen, sie hält es fest in ihrer Hand, so gut es geht verborgen. Aber die Größe, das Schimmern des dunklen Metalls, es passt zu gut.

Wir steigen aus, sie schiebt mich unsanft um die Ecke, in einen düsteren, kleinen Gang. Am Ende gibt es links und rechts einen Ausgang, ich soll den linken nehmen. „Hier, deine Papiere, Zieladresse ist oben drauf, und beeil dich, die Chefin ist ziemlich sauer weil alles schon wieder mal Verspätung hat. - Nun mach schon!"

Ich kann nichts dazu sagen, nehme den Papierstapel und stolpere durch das Gatter. Wie der Geruch schon hat ahnen lassen, befinde ich mich in einer Garage. Es ist halbdunkel, direkt vor mir ragt ein alter, großer LKW auf.

Den kann ich nicht fahren, ich hab das erstens nicht gelernt und zweitens keinen Führerschein. Nicht für diese Klasse und auch sonst keinen, mein PKW-Führerschein ist in meiner Brieftasche, überhaupt alle meine Ausweise. Und die habe ich nicht mit. Mir wird kalt, wie mir das klar wird.

Impulsiv wende ich mich zurück zu dem Gatter, ein Stahlrahmen mit einem feinen, aber stabilen Gitter drüber. Es gibt keinen Türgriff, aber einen großen Taster. Der Türöffner?

Ich strecke den Finger aus, da sehe ich eine Bewegung hinter dem Gitter. Die Strenge, oder eine andere Frau, und sie komplimentiert einen Mann hinaus, genau gegenüber. Ich höre sie Befehle bellen, verstehe aber bei dem scheppernden Blech ringsum und dem allgemeinen Lärmpegel kein Wort. Egal, dahin zurück will ich nicht.

Da öffnet sich geräuschvoll das große Rolltor, die Lichter des LKW leuchten auf, in der Fahrerkabine wird es auch etwas heller, ich sehe den Widerschein bunter Lichtchen, wohl vom Armaturenbrett. Jetzt springt der Motor des großen Fahrzeugs brüllend und knatternd an.

Ja, will der denn ohne mich losfahren? Das wäre mir recht... Oder doch nicht. Ist das nicht eine Chance, hier rauszukommen?

Jetzt öffnet sich sogar - nicht ohne Quietschen - die Beifahrertür. „Komm endlich, wir sind schon spät dran." Das klingt aber gar nicht barsch. Eher - fast - einladend? Freundlich?

Ich klettere die Leiterstufen empor und wuchte mich mit letzter Kraft auf den freien Sitz. Die Tür fällt von selbst zu. Meine Umhängetasche stelle ich vor mich, zwischen Sitz und meine Füße. Nur nicht zu weit weg, denn da ist jetzt mein Schatz drin. Ich lehne mich zurück.

Ein nettes Gesicht strahlt mich an. Die Fahrerin des LKW? Muss wohl so sein. Sie werkt an den Hebeln und dreht wie wild am Lenkrad, dann rollen wir langsam aus der großen Halle. Draußen ist es düster grau. Mir kommt alles fremd vor. Der große Motor grummelt etwas unregelmäßig, die ganze Fahrerkabine wird durchgeschüttelt.

Ich schaue nach vorne, in den grauen Tag, auf das Werksgelände.

Doch da! Das ist die Hütte. Da wo die Leiche... die tote Frau... „Da!", ich schreie zu laut.

„Hey, was hast du denn? Da ist doch nichts? Erschrecke mich nicht so." - „Tschuldigung. Aber..." Warum kann ich nicht die Klappe halten? „Ich hab da... Da war nämlich..."

Nachdem sie das Ungetüm auf die größere Straße gelenkt hat, legt sie ihre rechte Hand auf mein Bein. Mir wird heiß, aber sie sagt nur: „Was hast du denn? Mir kannst du es ruhig erzählen. Vertraue mir."

Das tät ich gerne, aber warum? Mir kannst du vertrauen, das kann jede sagen, jeder. Und doch... Ich hole tief Luft.

„In der Hütte da hinten, wo wir eben vorbeigefahren sind... da..."

Ich kann nicht weitersprechen.

„Was war da? Hast du Ottilie ge... äh, ich meine, hast du den Otto dort getroffen?"

Sie schaut angestrengt nach vorne, in ihrem Gesicht zuckt etwas. Ottilie, oder Otto? Man kann wohl kaum eine Frau mit einem Mann verwechseln. Und es war eine Frau. Was weiß die Hübsche hier von der Toten? Anscheinend kann nicht nur ich mein Maul nicht halten, das eben ist ihr unbedacht rausgerutscht und der Otto soll es vertuschen. Pah.

Sie tätschelt mir meinen Schenkel, oder streichelt drüber, und die Hütte - samt der Leiche - rücken weit weg.

Die Ottilie, wenn sie so geheißen hat, ist hinüber, und diese hier hat sicher nichts damit zu tun, auch wenn sie was weiß. Ich lasse mich von ihrer neuen, zärtlichen Art gerne ablenken und genieße diese Nähe.

„Danke!", hauche ich, vermutlich zu leise. Die Maschine brummt laut und das ganze Gehäuse dröhnt.

Zu leise und zu laut.

Sie sieht mich kurz an. Während sie mir äußerst sanft über die Wange streichelt, ist ihre Aufmerksamkeit schon wieder auf der Fahrbahn. Zu recht, dort gibt es gerade eine sehr schlechte Stelle mit riesigen Löchern.

Nach einer halben Stunde beginne ich mich zu fragen, ob ich sie auch mal anfassen darf. Aber ich traue mich nicht.

Diesen kaum wahrnehmbaren Hauch von vertrauter Nähe, dieses zarte Glücksgefühl, das darf ich nicht gefährden. So ist es gut, grad so, wie es jetzt ist. Ach, wenn es doch so bleiben könnte.

Die Fahrt zieht sich dahin.

Irgendwann lege ich ganz vorsichtig meine Hand auf ihren Schenkel.

Sie lächelt die Straße an. Ich lasse meine Hand da liegen.

Mehr passiert nicht, bis sie sich nach langem Schweigen räuspert und dann fragt:

„Wir haben bald ein Viertel geschafft. Übernimmst du dann das Steuer?"

Glück und Schreck.

Ich soll fahren? Ich kann das doch gar nicht und darf es auch nicht. Was jetzt?

Meine Gedanken rasen. Mir fällt keine Ausrede ein. Und ich will sie auch nicht belügen, sie nicht.

„Ähm, also, hör mal."

Sie schaut freundlich, nimmt meine Hand von ihrem Bein und drückt sie auf meins. Und lässt ihre auch da liegen. Mich packt die Lust und gleichzeitig das Grauen.

Was soll ich tun? Tür auf, rausspringen, Exitus.

Nein.

„Ja? Sprich dich aus. Was bedrückt dich denn, mein Kleiner?"

Alles in mir zieht sich zusammen, schmerzhaft, diese liebe Frau und ich muss ihr eine Enttäuschung bereiten. Sie hat wohl gemeint nur die Hälfte der Strecke fahren zu müssen.

Ich muss es ihr sagen! Jetzt! Aber es dauert noch eine Weile, während sie mir wieder kleine Zärtlichkeiten zukommen lässt, einmal drückt sie mir meinen Arm, einmal nimmt sie fest meine Hand, ...

„Es tut mir wirklich leid. Dass ich dich enttäuschen muss. Es hilft aber nicht. Du musst wissen: Ich kann keinen LKW fahren und ich habe keinen Führerschein dafür."

„Hmm. Nicht gut."

„Ja." Was Gescheiteres fällt mir nicht ein.

Was ist das jetzt? Ist da ein schelmisches Grinsen über ihr Gesicht gehuscht?

„Wie du weißt, sind wir spät dran. Und ich darf nicht durchfahren."

„Ach so, ja, stimmt."

„Später kommen dürfen wir auch nicht."

„Ja."

„Wenigstens kannst du Ja sagen. Bin gespannt, was du noch kannst."

Ich seufze. Sie beginnt nach einer Pause erneut:

„Entweder, du löst mich ab, auch ohne Fahrerlaubnis, auf dein Risiko."

Nicht gut. „Oder?"

„Oder ich fahre weiter, illegal, und du musst mich ..."

Was meint sie da?

„Du musst mich verwöhnen. Alles. Tanken, Kaffee kochen, Kartenlesen, bei Laune halten, alles."

„Ja."

„Was heißt jetzt dein Ja? Wirst du das machen?"

„Ja."

„Alles? Wirklich alles?" Wieder das schelmische Grinsen.

„Alles." Was mag das im Detail bedeuten? Hoffentlich nur Gutes. Sie presst meine Hand dreimal schnell ganz fest. Ist das ein Geheimzeichen, oder nur eine weitere Zärtlichkeit?

Ich schrecke hoch, muss wohl eingenickt ein. Sie schlägt mir leicht auf mein Bein.

„Na, wieder munter?"

Ich krieg nur ein Brummen raus, dann räuspere ich mich, und sage doch nichts.

„Du, ich brauch jetzt dringend einen Kaffee."

Aha, und ich hab versprochen, das zu machen, klar. Und wie geht das?

„Mach schon, das Maschinchen braucht seine Zeit, und ich muss jetzt wirklich einen Kaffee haben, bevor ich in den Graben fahre!"

Das klingt ziemlich energisch, nicht schläfrig. Egal.

„Und wie mach ich das? Wo ist die Kaffee...?" Sie unterbricht mich: „Mach das rechte Fach auf. Da in der Dose ist der Kaffee und daneben nimmst einen Filter aus der Schachtel. Und jetzt hier" - sie deutet auf die Klappe in der Mitte des Armaturenbretts - „schieb das auf und mach es an. Beeil dich ein bisschen!"

Ich seufze. Ganz so nett ist sie auch wieder nicht.

Bald duftet es nach Kaffee, gar keine schlechte Qualität. Oder liegt es nur daran, dass ich auch dringend einen bräuchte?

Wie das Zischen aufhört, kommandiert sie:

„Nimm die Kanne heraus und gieß mir etwas in den Becher, wo ist er denn? Ach ja hier," sie reicht mir den ungespülten Plastikbecher hin. Der Filter tropft eigentlich noch, aber ich traue mich nicht, ihr zu widersprechen.

Mit einem knappen „Danke!" nimmt sie mir die gefüllte Kaffeetasse aus der Hand und beginnt sofort, lautstark zu schlürfen, während sie einhändig weiterfährt.

Und ich?

„Darf ich auch ein wenig von dem Kaffee haben?", frage ich sie.

Sie lenkt und schlürft. Vor einer engeren Kurve setzt sie die Tasse in eine Vertiefung links vor ihr, ein Getränkehalter. Nach der Kurve trinkt sie den Rest aus.

„Das war jetzt dringend nötig." Und ich? Soll ich nochmal fragen? Nein, so lebenswichtig ist das für mich auch nicht.

Eine Viertelstunde später reicht sie mir den Becher. „Nochmal, bitte."

Den kann sie zügig austrinken, ist nicht mehr zu heiß, denn die Maschine hat sich selbst ausgeschaltet.

„Ist noch was drin?"

„Ja, aber keine ganze Portion mehr, höchstens eine halbe."

„Das kannst du haben." Sie gibt mir ihre Tasse, und bemerkt mein Zögern.

„Sei nicht zimperlich, es gibt nur den einen Becher."

Ich nehme mir den Rest und finde es sogar ganz nett, aus ihrer Tasse trinken zu dürfen.

Später rumpeln wir durch ein tiefes Schlagloch, es zischt und die Hübsche kämpft mit dem Lenkrad.

„Verdammt, das auch noch!" Ihr Gesicht zeigt jetzt eher Wut als Verzweiflung. Sie lässt den Wagen langsam ausrollen.

„Reifenplatzer! Wir müssen das erste Reserverad holen und wechseln. Los, raus!"

Draußen ist es sogar wärmer als drinnen, denke ich.

Sie kommt auf meine Seite, dicht neben dem unvermeidlichen Graben.

„Tja, Ärmel hochkrempeln und ran! - Zieh dein Hemd aus, das ist alles total verdreckt. Mach schon!"

Sie mit ihrem Mach schon.

Sie zieht ihren Pulli auch aus, immerhin, obenrum bleibt nur eine Art BH. Sie ist sehr muskulös, wie ich sofort sehe.

Zusammen ziehen wir den Reservereifen aus dem Fach hinter dem Fahrerhaus heraus, und das ganze Werkzeug findet sich auch dort.

Es wird harte Arbeit, aufbocken, sichern, altes Rad abziehen, neues aufschrauben. Wenn die Teile nur nicht so schwer wären. Aber sie hat ja Bärenkräfte. Ich bin eher schwach, aber da fällt mir was auf.

Seit wir das Werksgelände verlassen haben, in der Frühe. Oder, seit ich in ihrer Nähe bin. Da hat sich was geändert. Ich hab keine Schmerzen mehr.

Am Ende ist alles fertig, ich bin auch fertig, sie aber strahlt mich an:

„Gute Arbeit, Mann. Und schau, wie du aussiehst, du Kaminfeger!"

Dabei lacht sie sogar.

Ich sehe an mir herunter, dreckig, ja. Aber immer noch besser als sie. Sie hat ja auch viel mehr geschafft als ich.

„Hast du ein Tuch, dann reibe ich dir den Rücken sauber?", frage ich.

„Ich habe eine bessere Idee." Sie grinst. „Aber ein Tuch, ja, Moment."

Sie läuft nach hinten, und ist bald mit einem großen Handtuch zurück.

„Komm! Hüpf!" Sie nimmt mich an der Hand und wir springen über den Graben.

Da spüre ich kurz den rechten Fuß, aber nicht schlimm.

Zwischen lose stehenden Büschen kommen wir bald an einen kleinen Teich.

„Willst du hier baden?", frage ich.

Sie nickt nur und zieht sich schnell ganz aus.

„Ich hab nichts von gaffen gesagt", schnappt sie. Ich seufze und ziehe mich auch aus.

2. Die Fahrerin

Wenigstens dafür ist er zu gebrauchen. Hab ich mir gleich gedacht, schon wie er mich am Anfang der Fahrt von der Seite angeschaut hat. Fing gleich gut an, mit Händchen halten und so, aber dann war ich sauer, weil er nicht mal fahren kann.

Die ganze Strecke allein am Steuer, das macht mir jetzt gar nicht so viel aus, aber wir müssen dann noch weiter und wieder zurück. Ein großes Dreieck, und die Chefin hat sich persönlich dafür eingesetzt. Nein, das ist die beschönigende Ausdrucksweise der Vorgesetzten. Sie hat uns Druck gemacht, insbesondere wegen dieser Fracht, insbesondere mir! Ich könnte sie auf den Mond schießen.

Und dann wird mir dieser Nichtsnutz zugeteilt. Wie das wohl zusammenpasst? Kann ich mir nicht vorstellen. Echt nicht.

Aber beim Bad, da war er nicht schlecht. Mit der Hingabe, mit der er mir den Dreck vom Rücken gerubbelt hat, von meinen Armen sogar. Meine Brüste auch noch zu behandeln, war er zu schüchtern, das hab ich ihm dann regelrecht befehlen müssen.

Und wie ich dabei an ihm runtergeschaut habe, war es unverkennbar, dass ihm das gefallen hat, trotz seiner anfänglichen Gegenwehr.

Okay, ich hab ihm dann das Handtuch aus der Hand gerissen und ihn halbwegs brutal draufgeworfen. Er ist ja so ein Hungergestell, den könnte ich überall hinschleudern.

Der Ritt war aber nicht schlecht. Sogar sehr gut.

Jetzt fühle ich mich entspannt und sehr zufrieden, trotz der widrigen Umstände. Liebe ist doch besser als alles andere, keine Frage.

Als nächstes steht ein Tankstopp auf dem Programm. Noch 12 km bis zur Raststation.

Ich hab schon kapiert, dass er zwar ganz intelligent ist, aber von nichts eine Ahnung hat. Wo der wohl gelebt hat? Hier nicht. Das steht fest.

Also hab ich ihm haarklein alles erklärt, vorher. Wie das funktioniert mit dem LKW-Tanken. Und er hat es geschafft, alles andere als in Rekordzeit, aber erfolgreich. Das ist ja mal ein Lichtblick. Jetzt sind wir wieder auf der Strecke, und ich brauchte nicht mal aussteigen, um ihm zu helfen. Auf's Klo sind wir dann zusammen, Gangster gibt es hier nicht, wir sind hier nicht in einem Fernsehkrimi.

Zur Übernachtung hatte ich wieder die kleine Pension vorgesehen, die ich die letzen Male auch genommen habe. Immer mit der Ottilie, die jetzt nicht mehr kann, weil sie verunglückt ist. Wie sie sagen. Mich haben sie nicht wirklich ausreden lassen, bei der Untersuchung. Sie haben wohl gewusst, dass ich was wissen könnte. Und die Wahrheit, das geht ja gar nicht. Jedenfalls nicht, wenn es offiziell sein soll. Ein Todesfall in dieser Organisation? Ist schon schlimm genug, wenn sich nicht verheimlichen lässt, dass es in der Dienstzeit passiert ist. Aber ein Mord? Nee, das geht gar nicht. Könnte der Chefin ja ihre Reputation kosten. Für die geht sie aber über Leichen, wie wir alle wissen. Und die Leiche, das ist jetzt Objekt O., wie sie sie nennen. Posthum zur Agentin befördert. Pah. Hätten sie sie lieber zu Lebzeiten etwas angemessener gezahlt. Nun ist es zu spät.

Jetzt frage ich mich, wie er sich dort aufführen wird. Fahren kann er nicht, und beim Reifenwechseln stellt er sich an wie ein junges Mädchen. In der Pension steigen hauptsächlich Kundinnen ab, Männer gibt es nur beim Personal. Oder? An Gegenbeispiele kann ich mich jedenfalls nicht erinnern.

Beim Lieben war er ziemlich gut. Ob er die ganzen Weiber dort flachlegen wird? Da muss ich aufpassen. Sonst bekomme ich das nächste Mal Schwierigkeiten.

Alles gut. Mein Männchen hat sich gut benommen. Na ja, halbwegs jedenfalls. Wie wir unten im Speisesaal waren, und abends an der Bar auch. Mit der einen oder anderen ein bisschen flirten ist okay, finde ich.

Oben im Kämmerchen war er dann nicht mehr auf Benimm, da hat er mich tüchtig hergenommen, oder ich ihn. Egal. Und es war mir mehr als recht.

Als mir eine Bemerkung rausgerutscht ist - eigentlich hatte ich mir vorgenommen, absolut nichts darüber zu sagen - über seine diesbezüglichen Qualitäten, hat er mich darauf hingewiesen, ganz untertänig, dass ich das ja von ihm verlangt hätte: Dass er mir ALLES machen müsse. Da musste ich lachen, obwohl mir das unpassend vorkam. Er soll kein Oberwasser bekommen. Der nicht.

Das dürftige Frühstück hat ihm nicht geschmeckt. Obwohl er es sich nicht anmerken lassen wollte, war das nicht zu übersehen. Mir hat es aber auch nicht getaugt, ich brauche das nicht, dieses dröge Toastbrot und die stinkende Wurst. Hauptsache der Kaffee ist stark. War er nicht, aber da man sich dort soviel nehmen kann, wie man will, gleicht die Menge die Verdünnung aus...

Und wieder fahren wir, und sind ganz gut im Plan. Ziemlich bald war die erste Auslieferung bei der ganz großen Chemiefirma dran, das geht immer schnell und professionell ab. Und gleich weiter.

Nach sechs Stunden haben wir eine kleine Pause gemacht, mit Kaffee und Keksen, in der Kabine. Jetzt fahren wir schon wieder seit zwei Stunden. In einer weiteren Stunde werden wir von der großen Landstraße auf kleine und kleinste Sträßchen abbiegen müssen, und da kenne ich mich nicht mehr richtig aus. Bin erst einmal zu diesem Ziel gefahren, und das ist schon zwei Jahre her.

Meinen Gehilfen - so nenne ich ihn jetzt für mich, denn er hilft mir, verhilft mir zu Kaffee und Sprit im Tank und ab und zu zu Orgasmen - muss ich natürlich einschulen, von selbst kann er ja nichts.

„So, wach mal auf! Wir kommen demnächst ins zweite Zielgebiet. Hinter dir - ja, du musst aufstehen und zurückgehen - im Regal findest du die Landkarten."

Er wuchtet sich aus dem Sessel, nicht ohne zu stöhnen, und gerade wie er zwischen unseren Plätzen durchgehen will, muss ich zufällig das Steuer hin- und herreißen, so dass er sich bei mir abstützen muss. Wie süß, diese kleine Berührung, er wird nie erfahren, es gab keinen Grund für den Schlenker.

Er ruft von hinten: „Ich hab die Karten, welche soll ich nehmen?"

„Nummer 7 und Nummer 12!"

Er kommt zurück und plumpst in seinen Sitz.

„Pass auf: Wir sind bei Parquo, und fahren auf der 337 nach Südwesten. Parquo findest du auf der Karte 12."

Er schlägt die Karte auf und schaut, und schaut. Auch die zweite Karte studiert er minutenlang.

„Hast du es?", frage ich ungeduldig.

Und wenn sich jetzt rausstellt, dass er auch keine Karten lesen kann? Mich überkommt eine unbestimmte Wut.

„Natürlich, und zu unserem Bestimmungsort würde man normalerweise die 337 in Caren verlassen, nach Westen, auf die C3714, und dann weiter auf diesen Sträßchen..."

Ich bin erstaunt, dass er weiß, wo wir hinmüssen, dann hat er die Frachtformulare gelesen und verstanden?

Ich unterbreche ihn: „Ja genau, so machen wir es."

Er wagt mit leicht zitternder Stimme einzuwerfen:

„Wenn ich das sagen darf, das ist die einfachste Strecke, aber nicht die schnellste. Die Chefin soll ja gesagt haben, die Sache wäre eilig.

Wenn wir schon in Bressin abbiegen, auf die AB77, und dann entsprechend von der Ausfahrt 23 zurückfahren, sind wir sicher ein bis zwei Stunden früher da."

„Ach ja? Und der Umweg? Wer zahlt den zusätzlichen Sprit und die Mautkosten, hast du da auch so gute Ideen, Schlauköpfchen?"

Ich spüre, ohne hinzusehen, wie er in seinem Sitz zusammensinkt. Hab ich das zu hart ausgedrückt? Ich will ihn klein halten, aber auch nicht zu klein...

Er sagt nichts, ich aber zwicke ihn in sein Bein, so richtig fest, noch fester, bis er sich nicht mehr beherrschen kann und aufschreit. Ich aber streiche ihm nun über die Hose, vorne in der Mitte, und sehe, wie er wieder gerade dasitzt. Ein seliges Lächeln im Gesicht.

„Wir werden einfach fragen. Vielleicht findet die Chefin deine teure Idee auch so gut wie ich."

Ich riskiere einen Seitenblick, trotz der gerade kurvigen Strecke. Er ist rot geworden.

„Tippe mal da oben, am Funkgerät, den Code ein, der auf dem Aufkleber steht. Nein, erst die schwarze Taste. So ja. Jetzt den Code."

Wie ein Kind, dieser Mann, nicht dumm, aber keine Ahnung von irgendwas.

„Hallo Zentrale. Wer spricht? Wo sind Sie?"

Die Verhandlung führe ich. Das etwas mühsame Gespräch bringt die Erlaubnis, die teurere Umwegstrecke zu fahren, die Chefin wird die Kosten absegnen.

Eigentlich müsste ich auf eine schriftliche Genehmigung bestehen, aber wie soll das unter diesen Umständen gehen? Faxgerät gibt es hier keines... Also muss ich mich auf die Ehrlichkeit des Funkers verlassen.

Es ist schon tief in der Nacht, und wir müssen doch noch zu unserer zweiten Destination. Mein Gehilfe ist jetzt ziemlich munter. Ist der ein Nachtvogel? Auch gut, ich kann seine oft witzigen Geschichten jetzt gut brauchen. Damit ich nicht einschlafe am Steuer. Nein, das ist übertrieben, aber der eine oder andere kleinere Fahrfehler unterläuft mir schon, wenn ich übermüdet bin.

Und wieder auf der Straße, die Auslieferung gelang in Rekordzeit, unter anderem, weil mein Gehilfe dem Lagerfritzen ordentlich Gas gegeben hat. Wie sachkundig der auf einmal auftritt. Ob er sich mit Lagerarbeit gut auskennt, oder liegt es nur daran, dass er jetzt so richtig munter ist? Ich hab da damals 2 Stunden gebraucht, heute waren wir in zwanzig Minuten fertig, inklusive der ganzen Dokumente. Ja, er hat sogar deren Formulare ausgefüllt, und unterschrieben, was sicher nicht ganz korrekt war, aber mir ist das egal um diese Uhrzeit.

Noch eine gute Stunde muss ich durchhalten, dann kommen wir zu einer billigen Pension, wo ich auch schon öfter war. Ich werde ins Bett fallen wie ein Stein, und mich nicht mehr rühren. Auch wenn er dann enttäuscht ist. Heute geht nix mehr. Ach so, es ist eigentlich schon morgen...

Die Nacht war viel zu kurz, ich bin wirklich gleich eingepennt, nicht mal zum Zähne putzen hat es gereicht. Ausziehen und ins Bett.

Heute Morgen aber haben wir das nachts Ausgelassene nachgeholt, sogar zweimal. Zum Frühstück gab es ein gutes Brot, wie er sagte, und ganz passablen Kaffee. Dazu Marmelade, hausgemacht. Nichts für mich, aber ihm hab ich es gegönnt.

Nach einer Stunde fahren musste ich dringend auf die Toilette, der gute Kaffee hat mich verleitet, zu viel davon zu genießen.

Allein, wir waren in der Pampa. Keine Raststätte, kein WC, nur Natur. Und die Straße.

Asphalt und Harndrang.

Ich habe beschlossen, auf alles zu scheißen. Das tut ja weh! Ich hab am Straßenrand angehalten, es gibt nicht mal Parkplätze hier.

„Ich muss mal, es hilft nichts. Sorry." Er nickt nur.

Ich gehe um den Laster herum, und will mich über den Straßengraben hocken. Da steht aber mein Gehilfe, der ist wohl auch ausgestiegen.

„Soll ich dir helfen, ich meine, dich halten? Nicht, dass du in den Graben fällst."

Ich sehe ihn flüchtig an, aber nein, das ist kein Scherz, er meint das völlig Ernst. Verstellen kann er sich schon gar nicht, jedenfalls nicht vor mir. Das hab ich schon gestern herausgefunden.

„Danke, aber ich bin ja kein kleines Kind. Was denkst du denn?"

Wenn er jetzt ein wenig verschwinden würde, könnte ich mich einfach hinhocken. Aber er steht da immer noch, mit offenen Armen.

„Wie du willst, natürlich." Er dreht sich um und geht nach hinten.

Ich mach meine Hose auf, ziehe sie runter und hocke mich gleichzeitig neben den riesigen Vorderreifen. Es fängt an zu rauschen. Da knackt es seltsam, direkt unter mir, und ich purzele rückwärts die schräge Böschung hinunter.

Das darf doch nicht wahr sein!

Ich überschlage mich zweimal, Rolle rückwärts, mein Sportlehrer wäre begeistert gewesen. Dann sitze ich da, den Hintern im feuchtnassen Graben, die Füße den Hang hinauf gespreizt, die Hände abstützend nach hinten tief im Schlamm.

Tolle Sache. Nee, echt nicht.

Mein Gehilfe kommt, nicht ohne zu rutschen, in meine Nähe und

packt mich unten den Achseln. Aber natürlich ist er zu schwach, mich hochzuheben. Ich strecke ihm einen Arm entgegen, er packt mich trotz des schlammigen Drecks fest und hilft mir aufzustehen. Uns gegenseitig stützend kommen wir oben neben dem Auto an, und dann bekomme ich einen Lachkoller.

Er fällt irgendwann ein, wir lachen zu zweit aus vollem Halse. Was kann schöner sein, befreiender?

Nach einer halben Stunde haben wir uns halbwegs vom gröbsten Dreck befreit, auch gegenseitig, und nun fahren wir schon wieder eine Weile. Mir rutscht hier und da ein Seufzer raus, unbestimmter Art, wie ich hoffe. In Wirklichkeit mache ich mir Sorgen. Nämlich, ob ich dabei bin, mich zu verlieben? Das wäre doppelt doof, erstens passt es gar nicht zu mir und zweitens wenn schon, dann doch nicht in so einen Typen. So einen, na ja, so eine halbe Portion. Andererseits... kein einziges Mal hat er auch nur erwähnt, oder nur leicht angedeutet, dass er mich vor dem Graben gewarnt hatte, und jetzt ist seine Kleidung so hin wie meine. Und er stinkt so nach Gosse wie ich. Kein Murren, kein Lästern.

Vielleicht hat er aber auch gar keine Gefühle, keine schlechten, aber auch keine guten?

Da leuchtet das Funkgerät und fängt auch gleich zu piepsen an.

„Drück auf die schwarze Taste!" Grob rutscht mir das raus, weil ich ahne, jetzt kommt was Unangenehmes. Eigentlich wären wir in acht Stunden etwa zurück.

„Hallo RTX456! Hören Sie mich?"

„Ja, gut sogar."

Und dann kommt ein Zusatzauftrag.

Wir müssen etwas abholen. Mein Gehilfe schreibt die Daten auf, Bestellnummern, Stückzahlen, Lieferscheinnummern, und die Adresse.

Die kenne ich, da hab ich schon oft hinmüssen.

„Alles klar?", fragt der Funker.

„Alles klar, aber wir werden etwas länger brauchen, kleines technisches Problem hier."

„Wie lange länger?"

„Etwa drei Stunden, und 3000 Spesen zusätzlich."

„Das kann ich nicht entscheiden. Das braucht einen schriftlichen Antrag an die ..."

„Ich weiß, ich weiß. Wir kommen morgen zurück, mittags. Ende."

„Ende. Viel Glück!"

Auch gut.

Nach rechts sage ich:

„Wir kommen bald in dieses alte Städtchen. Dort kaufen wir uns neue Klamotten. Und gehen duschen im öffentlichen Bad."

„Klingt gut. Aber ..."

„Aber?"

„Ich hab kein Geld. Gar nichts."

Ich seufze. Hätte mich auch gewundert.

Dieses dritte Mal übernachten wir in einer besonders primitiven Pension. Es gibt nicht mal Duschen, gut dass wir schon sauber sind. Meine Hose sitzt fein, das Arbeitshemd sieht auch gut aus, finde ich. Seine Sachen finde ich unmöglich, diese Hawai-Hemden sind doch schon seit zehn Jahren voll out. Aber egal.

Wir gehen zu einem Fastfood, es muss ja billig sein, und dann ins Bett. Was anderes hätte man in dem Nest auch nicht machen können. Es gibt nicht mal eine Bar.

In der Nacht habe ich einen schlechten Traum. Ein Riese mit dem Gesicht meines Gehilfen stellt mir nach, dann jagt er mich unverhohlen mit einem riesigen Knüppel. Ich renne um mein Leben, da merke ich, es ist die Chefin, die mich nun gleich erreichen wird und niederschlagen... Schweißgebadet wache ich auf. Trotzdem werde ich die bösen Bilder in meinem Kopf nicht los. Dabei weiß ich gar nicht, wo ich bin, nur dass die Luft schlecht ist und das Bett hart, zu heiß ist es auch, und dann muss ich wieder eingeschlafen sein.

Am Morgen wache ich auf, von irgendwo ein paar keifende Stimmen. Sonst ist es ruhig. Ganz ruhig, zu still: wo ist denn mein lieber Gehilfe?

Das Bett neben mir ist leer. Ist er schon auf? Eine Phantasie entsteht in meinem Kopf, ich sehe ihn unten, bei der Küche, einen Kaffee holen für uns beide... aber Quatsch, hier gibt es keine Küche und keinen Kaffee, hier gibt es nichts.

Ich stehe auf, wasche mich so gut es geht, eine Dusche wäre schon nett gewesen, und ziehe mich an.

Unten ist niemand, nur hinter der Tür mit der Aufschrift „Büro" sitzt ein alter Mann, ich glaube es ist derselbe, bei dem ich gestern schon das Zimmerchen zahlen musste.

„Guten Morgen. Haben Sie meinen Mitarbeiter gesehen?"

„Ehm, weiß nicht, welchen Mitarbeiter?"

„Na der, mit dem ich diese Schlafkammer geteilt habe."

„Ich weiß nicht, mit wem Sie die Nacht verbracht haben, und ich habe noch niemanden gesehen, mein Dienst hat um sechs Uhr begonnen. Sie sind die erste, die heute herunterkommt."

Er ist nicht ... oder doch, aber schon vor sechs ... jetzt ist es acht Uhr. Was soll er denn schon so früh gemacht haben?

Und wenn er doch fahren kann? Hastig taste ich nach dem Autoschlüssel. Ist da.

„Danke. Auf Wiedersehen.", murmele ich, und bin schon draußen.

Hinter dem Haus steht der LKW, unberührt, glaube ich.

Aber ich sehe gründlich nach. Nein, er ist nicht in der Kabine, und auch nicht im Laderaum.

Seit mindestens zwei Stunden weg? Warum?

Plötzlich sieht die Welt so grau aus. Mein Kopf beginnt zu brummen. Mir wird schlecht. Ich muss mich setzen.

Ich denke noch, dann doch gleich hinter dem Steuer, aber ich schaffe es nicht, sinke gleich neben einem Reifen zu Boden. So ein Scheiß! Mein letzter Gedanke.

3. Flucht

In der Mitte der Nacht an der großen Landstraße.

Es wird so vier Uhr sein. Fast eine Stunde hab ich gebraucht, hierher zu kommen.

Von der bescheidenen Pension.

Von ihr.

Mist!

So ein liebes Mädchen.

Aber es hilft nichts.

Ich muss weiter, viel viel weiter. Wenn ich bei ihr geblieben wäre, hätte sie mich zurückgebracht. In diese Firma, die für mich nichts anderes ist als ein Gefängnis.

Flucht und Freiheit.

Also muss ich allein sein. Mir ist fürchterlich kalt.

Innen drin kalt, einsam, und keine Hoffnung.

Mist!

Es hätte so schön werden können, wenn. Zu viele Wenns.

Nein.

Nicht einwickeln lassen. Gefühle.

Nicht absaufen. Trauer.

Nicht erfrieren. Trostlosigkeit

Weg, ich muss weg.

Die große Straße.

Leider, sie führt links nach Norden, rechts nach Süden.

Ich muss nach Westen.

Weit nach Westen.

Da kommt ein Auto. Soll ich winken? Soll ich mich mitnehmen lassen? Es ist die falsche Richtung. Aber wenn ich die Karte richtig studiert habe, ihre Karte, mir kommen die Tränen.

Wenn, dann wäre ein Stück weiter nördlich eine Kreuzung, wo ich eine Chance hätte, nach Westen mitgenommen zu werden.
Das Auto braust vorbei, nach Süden.

Ich merke, ich habe Hunger.
Das Abendessen war nichts. Die Nacht war viel zu kurz.
Jetzt zittere ich, vor Kälte und vor Unterzuckerung, abgesehen von der grenzenlosen Enttäuschung.
Nach Westen.
Ein winziger Lichtpunkt, ein Flugzeug oder die Raumstation?
Und es bewegt sich nach Westen.
Ich setze mich in Bewegung. Nach Norden, anders geht es nicht.
Mein Fuß tut weh. Mein Rücken schmerzt.
Ich bin allein.
Notwendig. Aber nicht gut.

Nach ein paar Kilometern komme ich zu einem Bahnübergang.
Eisenbahngleise.
Schienen und Schwellen.
Westwärts.
Soll ich ihnen folgen, oder der Straße treu bleiben?
Ich bleibe stehen.
Wie lange, weiß ich nicht, vielleicht eine Stunde. Oder eine halbe.
Unentschlossen, oder als ob ich auf etwas warte, aber auf was?
Da höre ich ein fernes, ganz langsam anschwellendes Geräusch.
Nach einer Minute bin ich mir sicher: das ist ein Zug.
Von Osten her. Ein Licht ist zu sehen.
Ich warte gebannt. Ein Zug.
Inzwischen kann ich die typische Stirnlampenanordnung erkennen.
Mir kommt vor, der Zug fährt langsam.

Ja, ganz langsam dröhnen die schweren Diesellokomotiven an mir vorbei, drei oder sechs, je nachdem wie man die zählt. Und dann Wagen, Wagen, Wagen.

Der Zug fährt sicher kaum 20 km/h.

Einem Impuls folgend sprinte ich die Straßenbreite entlang und springe auf ein Trittbrett, kann mich grade noch an einer Griffstange festhalten.

Dann muss ich tief durchatmen, das war gefährlich. Aber ich habe es geschafft.

Jetzt fahre ich mit dem Zug nach Westen.

Weit weg. Weit weg von hier.

Nach Westen.

Plötzlich ein Gedanke. Ein hässlicher Gedanke.

An der Seite der meisten Wagen prangt ein Logo, trotz des schwachen Dämmerlichtes gut zu erkennen. EusiaTrans.

In meiner Umhängetasche, die Visitenkarten. Die Firma. EusiaTrans.

Wollte ich nicht von denen weg?

Hab ich nicht meine liebe Fahrerin verlassen, um von der EusiaTrans wegzukommen?

Jedenfalls unter anderem von EusiaTrans.

Vor allem natürlich, von meiner Ex.

Aber auch, von EusiaTrans. Die tote Frau. Die Wächter. Die unsichtbare Chefin. Diese mächtige Bürokratie. All das.

Fast hätte ich den Griff losgelassen.

Aber nein, jetzt gebe ich nicht auf.

Noch nicht.

Erst mal muss ich in den Waggon reinkommen.

Das geht überraschend leicht. Es gibt gleich neben mir eine Tür.

Die ist nicht verschlossen, aber ich muss den Riegel aufkriegen.

Ein großer Hebel, bestehend vor allem aus einer dicker Eisenstange.

Ob ich das schaffe?

Aber der Hebel lässt sich wirklich leicht nach oben schwenken.

Gerade, wie ich mich nicht gut festhalten kann, kommt ein heftiger Windstoß, weil wir unter einer Brücke durchfahren. Ich werde kurz durchgeschüttelt, dann ist es vorbei. Ich schiebe die Tür zur Seite, was nicht so leicht geht, und schlüpfe in den Wagen hinein.

Drinnen ist niemand, glaube ich. Kein Mensch, und auch kein Tier.

Glück gehabt.

Mit einem extralauten Quietschen rollt die Schiebetür zu und rastet ein.

Zu und schnapp.

Drinnen gibt es nur Stapel von großen Säcken, und weiter vorne Stapel von Schachteln. Dazwischen steht noch ein länglicher Plastikcontainer, bei dem alle Kanten und Ecken mit Aluminiumteilen verstärkt sind. Zweieinhalb Meter lang, 60-70 cm hoch, und einen knappen Meter breit, schätze ich. Vorne dran ein winziger Aufkleber, mit Bleistift beschriftet: „Zur Entsorgung - Vertraulich - Objekt O.“

Ansonsten wäre noch genug Platz für ein Dutzend Leute in den Zwischenräumen.

Soll ich mir einen gemütlichen Platz schaffen, aus ein paar dieser Säcke? Ich lese die Etiketten, aber das alles sagt mir nichts, und ich kann nicht herausfinden, ob was Giftiges drin ist oder nicht.

Sandsäcke kenne ich vom Hochwasserschutz, und so fühlen sich diese Säcke auch an, nur dass sie viel größer sind. Die könnte ich wohl ohnehin nicht bewegen.

Ich setze mich schließlich neben den Schachteln auf den Boden. Der ist staubig, aber wenigstens trocken.

Es riecht ein wenig nach Eisenbahn, aber sonst ist die Luft gut.
Bald nicke ich ein.

Der Schaffner kommt, fragt nach meiner Fahrkarte. Ich hab keine, sage ich, ich bin Nick von der EusiaTrans. Wer ist denn Nick, den kenne ich nicht, meint der Schaffner. Der ist eigentlich eine Schaffnerin, und sieht der lieben Fahrerin verdächtig ähnlich. Jetzt aber schaut sie böse, und zieht eine Trillerpfeife aus der Brusttasche. Sie holt tief Luft und stößt einen ohrenbetäubenden Pfiff aus, lang, gezogen, kreischend...
Blöder Traum, das Kreischen ist aber echt. Der Zug bremst in einer langen Kurve. Schaffner, ha! Das ist ein Güterzug. Mit lauter Eusia-Trans-Waggons, meine Flucht mit Hindernissen steckt in einer neuen Krise.
Mir tut der Rücken weh, der Boden ist auch ziemlich hart. Ich stehe mühsam auf und strecke mich durch. Vielleicht doch nicht der beste Platz. Ich tappe zu dem länglichen Plastik-Container und lege mich versuchsweise drauf. Gar nicht so übel, denke ich, und bleibe dort.

Nach längerer Zeit setze ich mich auf und fühle mich um einiges frischer.
Wie lange fahren wir schon? Bestimmt Stunden, mein Magen knurrt, und draußen ist es sehr hell, ja sonnig sogar. Durch die hohen, schmalen Oberlichter malt die Sonne grelle Rechtecke auf den Boden, die je nach Krümmung der Schienen langsam weiterwandern oder am Ort verweilen, immer leicht zitternd.
Jetzt fährt der Zug deutlich schneller, nach zehn Minuten kommt die nächste Bremsung. Quietsch! Wir rumpeln nun schon ganz langsam über zahlreiche Weichen. Ich schiebe die Tür ein Stück auf, um hinausschauen zu können.

Zu meinem Schreck fahren wir offensichtlich in ein Werksgelände ein. Eigentlich sieht es genau so aus, wie das, wo ich gerade herkomme.

Bin ich im Kreis gefahren? Quatsch, das ist ja keine Spielzeugeisenbahn. Oder ist der Zug nach Osten gefahren? Das darf nicht wahr sein. Sollte ich die Himmelsrichtungen verwechselt haben? Ich kontrolliere den Stand der Sonne. Nein. Die Richtung stimmt, so ungefähr jedenfalls. Die Sonnenflecken waren die ganze Zeit auf der rechten Wagenseite, also ist Süden ungefähr links und Westen voraus. Puh.

Und da vorne auf dem hohen Gebäude? Was steht da? Ich kann die Schrift nicht erkennen. Ein allzu phantasievolles Design. Aber Moment, war auf meiner Visitenkarte oben links nicht...

Mit zitternden Händen fingere ich eine Karte aus meiner Tasche. Ja genau.

Und auf der Tasche: Auch dieses Logo.

Ich lasse die Visitenkarte in meine Tasche gleiten, wobei meine Finger an etwas Warmem ankommen. Ach. Mein Schatz. Fühlt sich manchmal warm an, warum auch immer. Hoffentlich ist er nicht radioaktiv.

Warum hat die Strenge da reingesprochen? Muss ja fast ein Funkgerät sein, aber ganz ohne Antenne? Wie soll das funktionieren? Und wenn es nicht radioaktiv ist, wo kommt die Energie her? Ein Batteriefach habe ich nicht entdecken können.

Ich setze mich auf die lange Plastikkiste und grüble vor mich hin.

Jetzt habe ich Zeit und kann mir das geheimnisvolle Teil nochmal in Ruhe anschauen.

Ja, das könnten die Löcher für Mikrofon und Lautsprecher sein. Möglich. Vielleicht ist das gar kein Metall?

Wenn ich das Teil so gegen das Licht halte, oder sogar in einen Sonnenstrahl, dann erkenne ich feine Linien. So ganz einteilig ist das wohl doch nicht. Auf einmal komme ich drauf, wie es zu öffnen geht. Der Schalter ist kein elektrisches Teil, sondern rein mechanisch, eher ein Riegel. Wenn ich den über den Widerstand schiebe, lässt sich ein Teil der Außenhülle wegziehen. Darunter sind zwei normale zylindrische Batterien, oder Akkus, eingelegt. Alles klar. Mehr ist nicht zu sehen. Ich bringe den Deckel wieder an und will ihn mit dem Schalter verriegeln. Das gelingt mir aber nicht, dafür geht auf einer anderen Seitenfläche ein kleineres Deckelchen auf. In dem steht in winzigen Buchstaben: „Pull here for long distance usage ->"

Aha. Was sagt mir das? Ich soll da dran ziehen? Ach so, da wo der Pfeil hinzeigen würde, wenn der Deckel eingesetzt wäre, allerdings würde man dann den Text nicht sehen können.

Ich angele mit dem Nagel des kleinen Fingers die winzige Lasche hervor, eine Art flexible Antenne, denke ich mir, aus sehr elastischem Federdraht. Sie schnalzt aber sofort zurück in ihr Versteck, wenn ich sie loslasse. Nach ein wenig Herumspielen finde ich heraus, ich kann sie einrasten lassen, dann ist sie etwa 50 cm lang. Ich denke nach, aber es kommt nichts dabei heraus. Also lasse ich die Antenne verschwinden, schließe den Deckel, und schaffe es, den Schalter so einrasten zu lassen, dass beide Abdeckungen verriegelt sind.

Gerade will ich den Schatz in meiner Tasche verschwinden lassen, da sehe ich auf der vermeintlichen Unterseite, der einzigen weitgehend glatten Außenfläche, etwas leuchten.

Kein Reflex, sondern von innen her leuchtet es rot, eine winzige Laufschrift. Nur kann ich keinen einzigen Buchstaben erkennen. Was soll das nun wieder?

Ach, vielleicht hat das Ding eine Nachricht empfangen, weil ich die Antenne herausgezogen hatte? Das könnte sein.

Aber was hilft mir eine Message in Geheimschrift?

Plötzlich fällt mir auf, dass der Zug längst angehalten hat. Ich bin so mit dem rätselhaften Gerät beschäftigt gewesen, dass ich sonst alles um mich herum vergessen habe. Typisch.

Es könnte ja jederzeit jemand die Tür aufreißen und hereinplatzen. Und ich sitze da und spiele mit etwas, das ich wahrscheinlich gar nicht haben darf, und noch dazu auf einem Werksgelände dieser Firma! Wie leichtsinnig kann man eigentlich sein?

Von draußen höre ich Stimmen, die irgendetwas rufen. Männer und Frauen, glaube ich, und noch weit weg. Dazu ruckelt es erheblich. Vielleicht werden noch weitere Wagen angehängt, oder wird der Zug geteilt?

Was soll ich jetzt machen? Wenn wirklich jemand hereinkommt. Ich kann nicht so tun, als ob ich hier arbeiten würde, ich kann doch weder einen Sack noch so einen Karton bewegen, alles viel zu schwer. Auf einmal denke ich, am besten sofort verschwinden. Doch da nähern sich schwere Schritte - zu spät.

Aber nicht die Außentüre, durch die ich hereingekommen bin, sondern die Verbindungstür zum nächsten Waggon wird schwungvoll aufgeschoben. Ach stimmt, die Schritte haben sich auch nicht wie von draußen angehört.

Ein Kopf erscheint über den aufgestapelten Säcken. Das Gesicht einer Frau, denke ich. Und eine kleine Schadenfreude huscht mir durch den Kopf: Denn die kommt da nicht weiter, so wenig wie ich, die Säcke sind viel zu schwer. Der Durchgang ist verrammelt. Gleichzeitig bemerke ich ihren total entsetzten Gesichtsausdruck. Wie wenn sie ein Riesenmonster aus einem Horrorfilm sehen würde. Sehe ich wie ein Ungeheuer aus? Sie beginnt zu kreischen, ein gellender Entsetzensschrei, und lässt die Schiebetür so vehement zuknallen, dass diese gleich wieder aufspringt.

Da erscheint ein Männergesicht, mit starrem Blick und ganz bleich, der schließt die Tür sorgfältig und legt hörbar den großen Riegel um.

Was haben die denn?

Habe ich denn grüne Wangen und gelbe Flecken im Gesicht, oder sind mir Hörner gewachsen? Meine Hände sehen ganz normal aus...

Wieder schwere Schritte, diesmal eindeutig draußen. Ich halte die Luft an, sinnloserweise. Aber die zwei oder drei Menschen gehen vorbei.

Inzwischen sind nur noch Geräusche aus dem Zug von weiter vorne zu hören, oder auch von hinten, schwer zu sagen. Rumpeln, Quietschen, Gerüttel, wahrscheinlich vom Ausladen oder Einladen der Transportgüter.

Soll ich es wagen, auszusteigen?

Ein besserer Zeitpunkt wird nicht kommen. Also los.

Die Tür lässt sich leise öffnen, wir stehen direkt an einem Bahnsteig. Praktisch. Sowohl weiter vorne als auch hinten gibt es niedrige Schuppen. Nur gerade neben mir ist freie Sicht auf das riesige Werksgelände. Ich überquere den Bahnsteig und laufe dann zügig nach hinten, also rechts, parallel zum Zug, auf den nächsten Schuppen zu. Nach etwa dreißig Metern der erste Eingang in das schäbige Gebäude, keine Tür, ich schlüpfe durch die Öffnung und bin drin.

Dämmrig ist es hier, und viel leiser als draußen. Wo soll ich hin?

Erst mal da vorne rechts, das Zeichen an dem Verschlag dort ist mir sympathisch, eine Toilette. Das passt.

Mit entleerter Blase ist es schon mal leichter, und ich hab es auch riskiert, einen großen Schluck Wasser aus dem Hahn zu trinken, obwohl alles nicht eben sauber aussieht, und, ja, ziemlich stinkt.

Es gibt ein Fensterchen in die Halle, ich sehe eine Gruppe Leute durch einen anderen Eingang hereinkommen.

Sicher zwanzig Menschen, etwa die Hälfte in Uniform. Sind das Polizisten? Oder ein privater Sicherheitsdienst? Ich versuche mich an die beiden groben Wächter der EusiaTrans und ihre Kleidung zu erinnern, aber bin mir nicht sicher. Könnte durchaus dasselbe Outfit sein.

Einige der Gruppe diskutieren jetzt lautstark, ich höre ihre Stimmen, kann aber kein Wort verstehen. Dazu zeigen zwei Frauen immer wieder auf die Öffnung, durch die ich gekommen bin, oder jedenfalls in diese Richtung, vielleicht meinen sie den Zug. Jetzt setzen sie sich in Bewegung, und bis auf vier Uniformierte verschwinden alle auf den Bahnsteig.

Ich fühle mich wie eingesperrt, denn den Wächtern, oder was sie für eine Funktion haben, möchte ich nicht gerne begegnen.

Auf einmal drehen sich alle vier um und schlendern langsam zu der gegenüberliegenden Tür zurück. Ich verlasse das Kabuff und schleiche an der Wand entlang. Wieder eine Tür. Ich drücke auf die Klinke, langsam, sie lässt sich niederdrücken.

Vorsichtig husche ich in den Raum neben dem Klo. Es scheint ein Büro zu sein. Die Verbindungstür zum nächsten Raum ist nur angelehnt, ich hoffe dass dort auch niemand drin sitzt.

Auf dem Schreibtisch steht ein altertümlicher Computer, oder ist das nur ein Terminal? Der Bildschirm ist weitgehend schwarz, bis auf eine grün blinkende Eingabemarke, und unten eine Reihe von grün hinterlegten Kommandos: Hilfe, Öffnen, Post, Edit, Archiv, Beenden, Senden.

Dahinter steht noch das Datum und die Uhrzeit. Ein uraltes Gerät aus der Computer-Steinzeit. Mit diesem System hab ich schon mal gearbeitet, vor langer Zeit. Glaube ich, oder so ein ähnliches. Es reizt mich aber doch, es auszuprobieren.

Sobald ich irgendwas aufrufe - mit Pfeiltasten und Leertaste oder

Entertaste - muss ich mich vermutlich erst anmelden. Natürlich habe ich hier keinen Account.

Auch seitlich gibt es ein trübes Fenster, durch das ich in die jetzt leere Halle schauen kann. Mit leer meine ich, keine Menschen. Zwei Paletten mit Kartons sind inzwischen hereingebracht worden, ganz hinten. Ich wundere mich, dass ich den Stapler nicht gehört habe.

Ich drehe mich wieder zum Bildschirm.

Die Verlockung, das Ding auszuprobieren, ist zu groß.

Ich tippe solange, bis der Eingabe-Cursor auf „Öffnen" steht. Dann drücke ich Enter.

Ein längerer Text flimmert von unten nach oben über den Schirm. Das meiste ist schon längst am oberen Rand verschwunden, als die Ausgabe endlich stehen bleibt. Unten drunter die Frage: „Sind Sie sicher?"

mit Ja und Nein dahinter.

Natürlich Ja, warum auch nicht.

Das System schreibt zurück:

„Bitte authentifizieren Sie sich - Name: _____ Passwort: _____"

Tja, das habe ich befürchtet.

Aus irgendeinem Grund fällt mir mein Schatz ein. Soll ich den mal probieren?

Ich hole ihn aus der Tasche, und ziehe die Antenne heraus. Auf der Unterseite blinkt ein einsames, winziges rotes Pünktchen.

Jetzt müsste ich noch wissen, was ich sagen soll. Wie hat die Strenge das im Lift gemacht? Override, das klingt doch gut.

Mit heftigem Herzklopfen spreche ich in das Gerätchen hinein: „Override Admin! Enter!"

Es passiert nichts. Aber unten blinken jetzt sechs kleine rote Punkte, alle schön in einer Reihe.

Ich grüble noch, was ich sonst probieren könnte, da höre ich ein anschwellendes Summen. Ich schaue aus dem Fenster. Ein sehr niedrig gebauter Stapler bringt eine Palette mit Säcken und stellt sie in meiner Nähe ab. Leider bin ich mitten im Geschehen, hätte vielleicht doch lieber die andere Baracke nehmen sollen...
Der Stapler verschwindet nach draußen, offensichtlich ein elektrisches Gerät.

Auf dem Bildschirm hat sich was getan!
„Override Admin akzeptiert - bitte Code Berta eingeben über Tastatur oder Kommunikator."
Aha, mein Schatz heißt Kommunikator. Auch gut. Und ausgerechnet den Code Berta will es wissen? Wie primitiv, wenn das wirklich derselbe sein sollte wie der im Lift von der Strengen.
Ich sage: „Override Admin Berta! Code zwo-siebzehn-eins-zwölf! Enter!"
Mit gefühlt zweiminütiger Verzögerung erscheinen die Ziffern auf dem Bildschirm, ganz kurz nur, und verwandeln sich dann gleich in rechteckige Blöcke.
Nicht schlecht, denke ich mir. Wo haben sie das bloß her? Keine mir bekannte Firma hat solche Technik zur Verfügung. Das mit der Logistik, das kommt mir vorgeschoben vor.
In Wirklichkeit sicher was ganz anderes. Vielleicht ein High-Tech-Rüstungskonzern?
Jetzt erscheint eine längere Liste auf dem Schirm, und draußen erscheint wieder der Stapler mit einer weiteren Palette.
Die Liste besteht aus Einträgen wie Personal, Lager, Prozessplan, Inventar, und vielen anderen. Ich rufe aber „Sicherheit" auf, warum auch immer. Daraufhin erscheint eine neue Liste, von der ich „Aktuelle Meldungen" auswähle. Die Antwort des Systems:

„Verweigert. Weiter nur als Administrator." Aber ich bin doch Administrator, oder etwa nicht?

Also nehme ich nochmal meinen Kommunikator und befehle: „Override Admin! Enter!"

Das reicht.

Der fünfte Eintrag der Liste ist:

„Objekt aus Pförtnerhaus in hermetisch dichter Box versiegelt und zum Transport übergeben."

Eintrag siebzehn:

„In Pförtnerhaus eliminiertes Objekt O. sichergestellt und Bewachung eingerichtet."

Eintrag achtundzwanzig:

„Security stellt Agentin O. und macht sie unschädlich. Meldung an Leitung der Werkssicherheit."

Was tun sich da für Abgründe auf?

Aber auch vor dem Fenster tut sich was.

Diesmal bringt der Stapler die längliche Plastikbox, auf der ich kürzlich gelegen und gesessen habe. Rechts und links wird dieser Transport von einer Reihe Uniformierter eskortiert. Dahinter die anderen Leute, sicher dieselben wie zuerst hier in der Halle.

Ist diese Box denn so wichtig?

Eine der Damen mit streng geschnittenem Kostüm spricht nun in ihre Faust, also hat sie einen Kommunikator. Dabei gestikuliert sie wild zu den Umstehenden und zu dem anderen Tor hinüber.

Tatsächlich kommt nun von dort ein Lieferwagen rückwärts hereingefahren, langsam, erst kurz vor dem angehaltenen Stapler bleibt er stehen. Die großen Heckklappen werden geöffnet und mehrere Männer nehmen die Kiste hoch, um sie in das Auto zu schieben. Das machen sie langsam, als ob der Inhalt zerbrechlich wäre.

Auf dem Bildschirm sind die Meldungen eine Position hinunterge-rutscht, die neue Meldung eins ist jetzt:

„Objekt O. aus Pförtnerhaus ist auf dem Weg in die Verbrennungs-anlage 28."

Objekt O. in der Plastikkiste. Mir ist schlecht.

Kann das wahr sein? Ich hab auf der Leiche geschlafen? Die jetzt in der Verbrennungsanlage für immer verschwinden soll? Und der Werkschutz hat sie auf dem Gewissen. Nein. Das ist doch wohl zu weit hergeholt. So schlecht kann die Welt oder diese Firma auch nicht sein. Oder doch? Und wenn doch alles stimmt? Steht schließ-lich alles in dem Computersystem drin.

Die wollen die einfach eliminieren? Spurlos entfernen?

Verbrennen und wegmachen.

Objekt O.

Ich sehe zwei Uniformierte, einen Mann und eine Frau, ganz lang-sam von drüben auf mich zukommen. Wollen die etwa in dieses Bü-ro? Dann sollte ich hier verschwinden. Ich gehe noch einmal an die Tastatur und drücke in drei aufeinanderfolgenden Eingabemasken auf „Ende". Bis der Schirm so neutral aussieht wie zu Anfang.

Und nun, wohin? So langsam wie die gehen. habe ich noch 2-3 Minu-ten Zeit. Jetzt sind sie sogar stehengeblieben.

Vorsichtig spähe ich durch den Spalt der angelehnten Tür. Soweit ich sehen kann, niemand da.

Ich gleite durch die Öffnung und ziehe die Tür hinter mir zu. Hier ist es noch düsterer. Kein Computer, keine Lampe, nur ein total ver-drecktes Fensterchen.

Huh! Ich erschrecke zutiefst. Eine Berührung am rechten Bein. Hek-tisch drehe ich mich ein Stück und schaue nach unten. Ein riesiger Hund! Nein, aber ein großer Hund.

Der knurrt nicht, bellt nicht, blickt mich nur mit seltsamem Ausdruck an. Traurig? Oder ein bisschen hoffnungsvoll?

Ich halte ihm meine Hand hin, er schnüffelt nur flüchtig, schaut mich dann wieder intensiv an. Ich will ihm den Hals tätscheln, aber er weicht sofort zurück.

„Hey, was ist denn, hast du etwa Angst? Hast du schlechte Erfahrungen gemacht? Sind die hier nicht nett zu dir?" Ich spreche ganz leise mit ihm. Mir kommt vor, er hat keine Angst, fühlt sich aber hier genau so wenig wohl wie ich.

Ganz vorsichtig beginne ich ihm den Kopf zu streicheln, hinter den Ohren zu kraulen, dann auch Hals tätscheln. Wir freunden uns in Windeseile an, das ist klar.

„Sag mal, ich müsste hier möglichst unauffällig verschwinden. Weißt du, wo ich hier ungesehen raus kommen kann?"

Inzwischen kommt mir der Hund nicht mal mehr groß vor. Das Fell ist kurzhaarig und kaffeebraun, wie ich mit meinen inzwischen an das Dämmerlicht adaptierten Augen erkennen kann. Seine sind hellbraun, das sieht zu der Fellfarbe sehr stylish aus. Meiner Frau hätte das gut gefallen, die war überhaupt eine Hundenärrin. Oh verflixt, die hätte mir jetzt nicht einfallen müssen.

Der Hund macht „Ffff" und dreht sich um, auf den Spalt zwischen zwei Regalen zu.

Sollte dort?

Tatsächlich, eine schmale, offen stehende Tür. Dahinter totale Dunkelheit. Der Hund will mich offensichtlich da hinein führen.

Ich hole tief Luft und lasse mich auf das Abenteuer ein. Mit den Händen ertaste ich, wir sind in einem sehr schmalen Gang. Weiter vorne scheint es um ein winziges bisschen heller zu werden.

Ja, bald kommen wir an einem Fenster vorbei. Das ist mit Folie verhangen, nur durch kleine Risse kommt ein bisschen Tageslicht durch. Und weiter, meint mein neuer Führer. Voraus alles schwarz.

Ich muss an die Frau O. denken. Agentin, hin oder her. Und wenn sie wirklich eine war? Auch kein Grund, sie einfach kalt zu machen. Sie einfach wegzumachen. Wie ein Stück Dreck.

Rums! Der Hund jault leise, ich fluche halblaut. Bin über das plötzlich stehengebliebene Tier gestolpert und gegen ein Hindernis gekracht. Sagen wir gestoßen, nicht allzu laut. Warum hat der treue Hund angehalten? Weil es nicht weitergeht. Warum sind wir dann hier rein? Es geht sicher weiter.

Nur muss man erst den Weg frei machen, klar. Ich taste die Wand vor mir ab. Gleichzeitig murmele ich tausend Entschuldigungen zum Hund, aber obwohl es stockfinster ist, spüre ich genau, er ist mir nicht böse. Hat mir das nicht krumm genommen. Er versteht, dass ich mich hier nicht auskenne.

Endlich habe ich einen Riegel gefunden, aber ganz weit oben. Dann gibt es wohl auch noch einen weit unten, vermute ich. Richtig. Während ich mich hinunterbeuge, rieche ich den Atem des Hundes. Nicht so toll. Aber er muss auch mit meinem zurechtkommen, wird noch schlimmer sein, keine Zahnbürste seit einer Woche.

Draußen ist es gleißend hell, meine ich, während ich langsam die Klappe aufdrücke. Sie quietscht!

Aber halb so wild, vor uns steht der Lieferwagen. Ganz dicht.

Mein Adrenalinspiegel macht von hohem Niveau aus nochmal einen Sprung nach oben. Das Fahrzeug, das Objekt O. wegbringen soll. Die arme Frau O.

Mir rasen wilde Gedanken durch den Kopf. Kann ich was unternehmen? Kann ich dieses erbärmliche Ende einer Mitarbeiterin sabotieren? Das wäre ja eine richtige Agententat! Aber was wird dann aus mir?

Ich bin an der Längsseite des Kleintransporters, hinter der Fahrertür. Wenn der noch drinsitzt, sieht er mich womöglich jetzt im Außenspiegel.

Aber keine Panik, sag ich mir. Der weiß ja nicht, dass ich hier nichts zu suchen habe. Er wird mich für eine der hier tätigen Personen halten. Aber wie soll ich die große Kiste aus dem Auto herauskriegen, allein? Unmöglich.

Da stupst mich der Hund an. Und macht sowas wie Wuff! Ziemlich deutlich. Und, wie ich hinunterschaue, er sieht - aus - wie - tja. Wie sieht er aus? Ganz normal, aber wie schaut er drein? Das ist es. Unternehmungslustig. Er will was machen. Und schon trabt er die paar Schritte voraus, zum Fahrerhäuschen, deutet mit der Schnauze hinauf zur Tür. Präzise, diese Geste, zur Türschnalle zeigt er. Da! Mach das auf!

Ich weiß nicht, was ich tue, ich fühle mich wie im Rausch. Ich öffne die Fahrertür, herrsche den verdutzten Fahrer an: „Genug Pause, komm runter Mann! Du sollst dich im - äh - in der Hauptgarage melden, und zwar sofort! Die Chefin ist ohnehin schon sauer, nimm die Beine in die Hand und renne los!"

Der Arme wirft sein Jausenbrot auf das Armaturenbrett und rennt weg, ich sitz schon drin, der Hund neben mir vor dem Beifahrersitz. Schaut er nicht begeistert drein? Ist es das, was er will?

Ich starte den Motor, durch die rechte Seitenscheibe sehe ich den Trupp Leute etwas erstaunt aufblicken, aber sofort setzen sie ihren Weg fort.

Mist, ich weiß gar nicht, ob die Heckklappe zugeriegelt ist. Soll ich nochmal raus und nachsehen? Lieber würde ich sofort abhauen, aber sicher ist sicher. Ich sage zu meinem Beifahrer hin:

„Bleib, ich muss nochmal kurz hinten nachsehen, okay?" Ich lese Einverständnis in seinen Augen.

Ja, alles bestens. Ich meine, gut verriegelt, so wie das gehört.

Und jetzt brause ich mit einer Leiche im Laderaum über ein fremdes Werksgelände, neben mir ein treuer Gefährte, der offensichtlich viel weiß, aber leider nicht sprechen kann.

Das erste Problem ist, das Werkstor zu finden, das zweite dann, wie durchkommen. Papiere hab ich nicht.

Moment mal. Was hat der Fahrer noch gemurmelt, hab nicht recht zugehört. „Da rechts im Fach", war es das?

Wie ich mich rechts rüber beuge, stupst mich die Hundeschnauze von unten an. Im Fach ertaste ich einen Stapel Papier. Das lege ich in meinen Schoß, sehe gleich, dass ein Lieferschein mit heutigem Datum obenauf liegt, und denke, halt, so ist das nicht richtig! Mein treuer Führer, im Fußraum?

Ich klopfe mit der Hand auf den Beifahrersitz: „Hopp, komm rauf, hopp!"

Der Hund macht ein seltsames Geräusch. Er hat einen ganz schön großen Wortschatz, ohne Bellen, sehr angenehm, finde ich. Aber er kommt nicht. Einen Blick riskiere ich, obwohl es gerade eng wird auf der Gasse.

Klar zu erkennen, er findet das nicht korrekt. „Ich darf da nicht rauf!", sagen mir seine Augen.

„Quatsch, los, jetzt bestimme ich hier, rauf auf den Sitz, und zeig mir den Weg, den Weg hinaus auf die Straße!"

Nochmal dieses ablehnend-zweifelnde Schnaufen, und dann sitzt er doch oben. Stolz wie ein König.

Jetzt hab ich meinen Kompass. Nein, besser noch. Er schaut immer dahin, wo ich hinfahren soll.

Nach vielleicht einem Kilometer kommen wir zum Werkszaun.

Ein Wachhäuschen. Ein Posten. Mich graust es.

Sieht allzu sehr nach der Hütte aus, in der die Tote O. gelegen hat.

Ich lasse den Wagen langsamer rollen, der Hund gibt ein zustimmendes Roar! zum besten.

Ein Mann kommt aus dem Häuschen, sichtlich unwillig, hab ihn wohl bei seiner Pausenmahlzeit gestört, wie den Fahrer vorhin, auch dieser kaut noch.

Ich halte ihm durch das heruntergekurbelte Seitenfenster den ganzen Papierstapel unter die Nase, er nickt gelangweilt und lässt die Schranke aufgehen. Nett.

Ich gebe Gas.

Der Hund bellt, kaum dass wir durch sind und auf der öffentlichen Straße. Ich erschrecke zunächst, verstehe aber gleich: er freut sich mit mir, dass wir diese Grenze passiert haben, dass wir im freien Land sind, außerhalb der Gebiete der Firma EusiaTrans.

EusiaTrans. Nie wieder.

Einziger Wermutstropfen: Die Leiche im Laderaum.

Aber das war ja der Sinn der Aktion.

Und da habe ich wieder eine Idee. Ob gut oder schlecht, das wird sich zeigen. Ich fahre munter drauflos. Irgendwann wird ein Ort kommen. Eine Stadt wäre noch besser.

Eine Kreuzung.

Die Sonne steht hinter mir, und ich möchte nach Westen.

Nach Westen.

Ich biege links ab. Der Hund bellt leise. Ich schaue mir sein Gesicht an: Zustimmung, eindeutig.

Der Hund will dasselbe wie ich. Was ist das für ein Tier?

Vor wem läuft der davon? Sicher nicht vor meiner Frau, die hätte ihn sofort in ihr Herz geschlossen. Oh Shit, meine Frau. Verdammt, werde ich die jemals los? Ich meine tief in mir drin?

Kann ich mir nicht vorstellen, aber es muss sein. Irgendwie muss das gehen.

Die Straße geht durch eine endlose Ebene, links und rechts Landwirtschaft, kilometerlange Felder, ab und an Höfe, oder Schuppen, oder Bewässerungspumpen, manche mit Windrädern angetrieben. Sonst nichts, keine Menschenseele, nicht mal Vieh.

Keine Ortschaften bis jetzt, nur einmal eine fast verlassen aussehende Tankstelle. Nur ein grünes Lämpchen an der Zapfsäule zeigt die Betriebsbereitschaft an. Des Automaten.

Kein Mensch. Hier nicht. Draußen nicht.

Aber der Tank des gekaperten Vehikels ist noch fast voll.

Ich fahre und fahre.

Nach Westen.

Mit einer Leiche hinten drin, oh Mann!

Mit einer Leiche nach Westen.

Wenn ich in eine Polizeikontrolle gerate, kann ich mich aufhängen. Oder selbst das nicht mehr.

Aber Polizei, sowas gibt es hier nicht. Schon lange nicht mehr.

Was hat denn der Hund auf einmal?

Seine Fröhlichkeit, sein Triumph, nicht zu finden.

Dagegen hängen seine Ohren so trübselig herunter, seine Augen strahlen irgendwas aus wie Trauer oder Sehnsucht, ich verstehe es nicht.

„Hey, mein Freund, was hast du denn, was passt nicht?"

Wuff! Wuff! Und noch ein langgezogenes Jaulen.

Oh je, das ist was Ernstes.

Ach ja! Ein Hund ist kein Roboter. Vielleicht Hunger? Oder Gassi gehen?

Ich steuere die nächste Haltebucht an, ist für Notfälle gedacht.

Aber einen solchen haben wir ja, wenn man sich das Gesicht unseres besten Freundes anschaut.

Ich öffne die Tür, er hüpft hinaus und erleichtert sich.

Im Rückspiegel sehe ich, gegen das Hinterrad. Ist okay, denke ich.

Als er wieder hereinkommt, sieht er ein wenig zufriedener aus, aber nicht viel. Also noch Hunger?

Ein Problem, denke ich.

Nicht so der Hund, er deutet mit seinem Blick auf das Armaturenbrett. Ach ja.

Schnell ist das zum Glück sehr dick mit Wurst und Schinken belegte Brot des armen Fahrers ausgepackt.

Und nach höchstens einer Minute verschlungen.

Der Hund setzt eine Pfote auf mein Bein, beugt sich vor und schleckt mir das Gesicht ab.

Darauf könnte ich an und für sich gut verzichten, aber ich sehe es als Dankbarkeitsbezeigung.

Okay, also noch eine Pflicht.

Resümieren wir mal: ich muss was zu essen haben, und eine Schlafstelle. Das Auto muss Sprit haben. Und der Hund muss ab und an raus und was zu fressen bekommen. Oh man! Langsam wird es kompliziert.

Meine schöne Fahrerin, die vom LKW, die würde, die könnte, die wüsste, ach... die fehlt mir.

Aber es war richtig, wegzugehen, keine Frage.

Nur keine neue Liebe, nicht jetzt.

Erst mal weg.

Weg. Nach Westen. Weit weg.

Habt ihr euch schon mal gefragt, warum nach Westen?

Ich hätte ja auch nach Osten flüchten können.

Ja, eh.

Warum auch nicht?

Osten. Oder Westen. Egal, eigentlich.

Es gäbe auch noch Norden. Oder Süden.

Aber das ist klar. Norden, das ist für mich keine Option.

Nach Norden? Da wird es immer kälter.

Und dann, irgendwann.

Dann bleibt man im Eis stecken.

Im Norden. Eis, Eis, Eis.

Nein.

Nach Süden? Da wird es immer heißer. Gut?

Nein. Immer heißer, aber dann, noch weiter nach Süden.

Dann wird es immer kälter.

Und dann, irgendwann.

Dann bleibt man im Eis stecken.

Im Süden, ganz weit. Eis, Eis, Eis.

Nein.

Aber nach Westen.

Oder nach Osten.

Da geht es immer weiter.

Zur Not ganz rum.

Und dann ist man wieder da.

Wo man herkommt.

Einmal ganz rum.

Das geht.

Mit Hindernissen natürlich.

Gebirge. Grenzen. Diktaturen. Ozeane.

Aber das lässt sich alles überwinden. Irgendwie.

Ich hab mich spontan entschieden, nach Westen.

Westen hat mir immer gefallen.

Westen, wo die Sonne untergeht. Ins Meer versinkt.

Nach Westen.
Wir fahren.
Nicht ich, sondern wir.
Der Hund und ich.

4. Hassan

Was ist das für ein Typ?

Ich könnte wetten, der hat noch nie einen Hund gehabt.

Wenn überhaupt ein Tier.

Eine Frau schon, kürzlich sogar. Das kann ich riechen.

Aber keinen Hund.

Was für ein kranker Kerl.

Dieser Mensch. Aber eigentlich ganz nett.

Wenn er nur mehr wüsste.

Inzwischen bin ich sicher, er weiß gar nichts.

Nicht mal, dass ich Hassan heiße.

Oder, was ein Hund frisst.

Andererseits.

Meine Nase hat mir gesagt, er ist gut.

Und meine Nase hat mich noch nie enttäuscht.

Warum kennt er sich nicht aus in der Welt?

Und hinten die Leiche.

Was will ein Mensch mit einer Leiche?

Alle Menschen, die ich kenne, wollen eine Leiche loswerden, oder besser, nichts damit zu tun haben. Und dieser Mensch, der Verlassene, wie ich ihn für mich nenne, der reißt sich darum, diese Leiche herumzufahren.

Wenn das nicht seltsam ist. Wenn das nicht verdächtig ist.

Und ich lasse mich da reinreißen.

Hoffentlich lässt er mich nicht verhungern.

Nein, wohl eher nicht.

Jetzt fahren wir seit langer Zeit.

Noch nie durfte ich auf dem Sitz hocken.

Nicht beim Fahren, nicht beim Warten.

Da vorne der kleine Wald, das sieht interessant aus, viel besser als diese Straße.

Natürlich fahren wir vorbei. Wenn ich nur wüsste, was der vor hat.

Huh! Ganz plötzlich ist er doch links rein. Ob wir jetzt spazieren gehen?

Der Verlassene kontrolliert ständig den Rückspiegel, auch zu beiden Seiten, warum?

Wer soll denn hier kommen. Wir sind allein hier.

Jetzt bleibt der Lieferwagen stehen.

Er steigt aus, ich belle leise, damit er mich nicht vergisst.

Schon öffnet er mir die Beifahrertür und ich sehe, ich darf hinaus.

Das Auto stinkt, aber der Wald riecht wunderbar. Sogar Kaninchen gibt es hier, außerdem Mäuse und Insekten.

Schweifwedelnd laufe ich ein Stück voraus auf dem schmalen Weg. Der hat immerhin tiefe Spurrillen, also fährt wohl ab und zu ein Fahrzeug hier durch. Aber schon lange nicht mehr.

Ich trotte mal zurück, schauen was der Mensch macht.

Aha. Er hat die Hintertür geöffnet und zerrt an der langen Kiste herum.

Will er die Leiche hier loswerden?

Was für eine blöde Idee.

Erstens würde der Geruch ihn sofort dem nächsten vorbeikommenden Hund verraten.

Und zweitens, wenn er die Kiste heraus schiebt, versperrt sie ihm den Rückweg.

Und drittens, er ist sicher viel zu schwach, die kann er gar nicht bewegen.

Doch, die Kiste rutscht ein Stück her. Was soll das werden?

Leider kommunizieren Menschen nur dann mit uns, wenn sie was wollen, oder uns was verbieten.

Ich muss ihm sagen, dass er das lassen soll!

Wau, wau-wau, wau!

Erschrocken sieht er mich an, dann fragend.

Natürlich, er macht was Geheimes, da soll ich still sein.

Ich zeige ihm, er soll das sein lassen, und weiterfahren.

Anscheinend versteht er mich. Oder doch nicht?

Ich probiere es nochmal. Mit allerlei Lauten kann ich ihn überzeugen, mit dem Auto hinter mir herzufahren.

Ich bin vorausgelaufen, intensiv in alle Richtungen schnüffelnd. Mir kommt vor, wir nähern uns einer geeigneten Stelle. Ja. Eine Müllgrube, vermutlich, auch tote Tiere oder Menschen drin, das ist doch ideal.

Er sieht ziemlich erleichtert aus, wendet den Wagen, lässt ihn ein kleines Stück über den Grubenrand rollen.

Damit steht der Wagen ziemlich schräg da, das erleichtert das Ausladen erheblich.

Ja, diesmal macht er alles richtig.

Ohne mich aber würde er jetzt ziemlich blöd da stehen, vor allem nämlich stehen... Hilflos von der selbst dahin platzierten Kiste eingesperrt in dem Wäldchen. Aber ich hab ihm geholfen.

Und das Feine dabei: er weiß meine Hilfe zu schätzen und krault mich heftig.

Daran habe ich mich inzwischen gewöhnt, dieser Mensch berührt mich, um mich zu loben oder sonst eine positive Gefühlsregung zu äußern. Die anderen Menschen, mit denen ich bisher zu tun hatte, die hatten nur Tritte für mich, wenn ich was ihrer Meinung nach Falsches gemacht habe. Oder sie haben mich vor oder zurückgestoßen, um mir die schreckliche Leine um den Hals zerren zu können.

Oder dieses Elektronikkästchen, keine Ahnung, warum ich das regelmäßig durch das Gelände zerren musste.

Ach ja, einmal hat das zum Piepsen angefangen, und dann war große Aufregung mit etlichen LKW und vielen Männern und Frauen in Uniform. Mir hat das keiner erklärt, aber egal. Hab es schon fast vergessen, das ganze Theater.

Oh, da kommt ja eine Menge Häuser auf uns zu, oder umgekehrt.

Will der hier stehenbleiben? Das wäre spannend.

Ja, und ich darf aussteigen. Sehr gut.

Draußen treffe ich gleich zwei Kollegen. Der eine wohnt hier und der andere auf der anderen Seite des Städtchens, erklären sie mir. Und was ich in dem Leichenwagen mache? Und sie warnen mich vor einem Schoßhündchen, das sich gerne wichtig macht, und vielleicht die Polizeihündin alarmieren wird. Sie empfehlen mir einen Platz ein Stück entfernt, wo ein Metzger wohnt und unser Geruch weniger auffallen wird.

Ich bedanke mich und wende mich an den Verlassenen. Dieser Name hat nie besser gepasst als jetzt. Er steht da unschlüssig herum, schaut mal dahin oder dorthin, und tut nichts.

Ich stupse ihn an und bedeute ihm, hier sei nicht gut rumstehen.

Folgsam steigt er ein und parkt an der Stelle, die ich ihm anzeige.

Wir sind ein gutes Team!

Ein kleines Wuff erlaube ich mir, und bekomme wieder Streicheleinheiten. Nicht dass die mir sehr angenehm wären, aber es ist schön, zu spüren, wie er mich mag. Sowas hatte ich nie, außer, wie ich ganz klein war.

Da gab es so eine ganz kleine Menschin, die hatte mich auch gern, und hat ziemlich geweint, wie ich ihr weggenommen worden bin.

Jetzt soll ich dem Mann folgen, bedeutet er mir. Bei Fuß, heißt das eigentlich, aber ich habe auch diese neue Geste verstanden.

Wir kommen auf ein Haus zu, wo viele Menschen ein- und ausgehen. Nachdem der Mann einen Moment mit einer dicken Frau gesprochen hat, bekommt er einen Schlüssel, und wir steigen in den oberen Stock. Dort öffnet er eine Zimmertür und schiebt mich in den Raum. Es ist eng, stinkt nach kaltem Zigarettenrauch, aber immerhin. Er reißt gleich mal das kleine Fenster auf, da wird die Luft etwas besser. Aus dem Schrank nimmt er sich allerlei Decken und Kissen, und legt die Sachen auf das Bett. Zum Glück brauche ich sowas nicht. Denn das riecht ziemlich muffig. Und ganze Geschichten von irgendwelchen Leute kann ich erahnen. Eifersucht, Sex, Betrug, Gewalt, Verzweiflung. Alle Arten von Dramen. Interessant, aber nicht gut zum Schlafen.

Später gehen wir hinunter, und durch den Ort, spazieren. Das gefällt mir.

Es gibt so viele Berichte von anderen Hunden an Laternenpfählen und Zäunen, Mauern und Toren, und auch sonst allerlei zu entdecken. Nach der langen Fahrt tut das richtig gut, vor allem auch die Bewegung.

Dem Mann scheint es ähnlich zu gehen. Er studiert die Aushänge und Plakate, guckt in jedes Schaufenster hinein, um schließlich in einen Gasthof einzukehren. Da muss ich unter den Tisch, das verstehe ich, obwohl mir lieber wäre, neben ihm zu sitzen. Das gehört sich natürlich nicht, aber im Auto war er doch nicht so für die Vorschriften?

Dafür bekomme ich eine Schüssel mit Wasser hingestellt von der Bedienung, sehr aufmerksam. Noch besser, ich bekomme später, nachdem der Mann bestellt hat und nach langem Warten sein Essen erhalten hat, einen sehr langen, eindringlichen Blick von dem Mann, der sich zu mir heruntergebeugt hat.

Ich kann deutlich ablesen, wie er sich um mein Wohlergehen Gedanken macht. Dabei geht es mir momentan einfach gut. So gut wie sehr lange nicht.

Tatsächlich bückt er sich bald noch einmal unter den Tisch, schüttet den Rest Wasser aus meiner Schüssel, bevor ich protestieren kann. Und nun legt er mehrere Fleischbrocken hinein! Wie ich zum Fressen anfange, merke ich, das ist eine Riesenportion. Da hat er selbst wohl nur die Beilagen gefuttert?

Ich bin so satt, wunderbar. Außerdem war das beste Qualität, nur kurz gebraten und fast ohne Salz. Immer darf ich nicht soviel fressen, sonst werde ich fett. Aber ab und zu... ein Festtag!

Wieder auf der Straße. Hab ganz gut geschlafen, weil er das Fenster offen gelassen hat. Vom Frühstück hab ich nichts abgekriegt, aber Brot und Marmelade sind auch nichts für mich. Dafür hat mir die dicke Frau zwei Teller hingestellt, einen mit Wasser und einen mit Milch. Milch? Bin ich eine Katze? Aber es war nett gemeint. Außerdem bin ich noch satt von gestern.

Der Tag wird wohl weniger interessant als der gestrige. Wir fahren und fahren. Ab und zu eine kurze Pause, aber ich merke, der Verlassene wird immer trübseliger. Ich müsste ihn aufheitern, aber mir fällt nichts ein.

Eigentlich, so merke ich, werde ich auch langsam trübsinnig. Ist das ansteckend?

Zu Mittag bleiben wir bei einer großen Ansammlung grellbunter Gebäude stehen, überall Autos aller Größen, hektische Leute und blinkende Reklameschilder. Ich darf mit aussteigen, aber die wenigen Pflanzen in winzigen Beeten zwischen Tanksäulen und Schaufenstern sind wohl nicht für mich gedacht.

Das ist kein Problem, denn der Verlassene sieht mich an, nickt mir aufmunternd zu und steuert erst mal die Straße an, die mitten durch die Häuser nach hinten führt. Da hört die hässliche Welt der unangenehmen Gerüche schon wieder auf, und eine Landschaft von gewohnter Langweiligkeit breitet sich aus, soweit ich sehen kann.

Felder und Wiesen.

Wiesen und Felder.

Irgendwo ein paar Bäume, und sonst nichts.

Aber ich kann mein Geschäft verrichten, der Verlassene tut es mir gleich, bei einem kleinen Gebüsch.

Danach kehren wir zu dem Gebäude mit den stinkenden Benzinspendern zurück. Er holt etwas aus der Fahrerkabine, während ich vor dem Fahrzeug warten soll. Er vertraut mir.

Ich dagegen traue den Männern da drüben keine Sekunde. Die warten auf irgendwas, aber was sie vorhaben, ist sicher nichts Gutes.

Derweil kommt mein Mensch, mit einem kleinen Plastikkärtchen in der Hand. Die steckt er in einen elektronischen Kasten.

Die Männer schauen herüber, möglichst unauffällig, und tuscheln, ein paar heimliche Gesten zwischen ihren Bäuchen. Was wollen die von meinem Verlassenen?

Der füllt gerade Sprit in das Auto. Sonst fährt es wohl nicht.

In mich müsste auch mal wieder was eingefüllt werden.

Unabsichtlich rutscht mir ein kleiner Knurrer heraus. Orrrrrrrr.

Mein Verlassener erschrickt, und schaut mich schuldbewusst an.

„Gleich, gleich, noch ein wenig Geduld, mein Freund."

Ich liebe seine Stimme, er meint es gut. Trotzdem hab ich jetzt Hunger.

Wir gehen auf ein Gebäude zu.

Vor der Glastür zeigt er mir die eisernen Ringe, wo man Hundeleinen fest machen kann.

„Bleib ganz brav hier, hörst du? Belle nicht und geh nicht weg. Ich kaufe uns was zum Essen. Okay?"
Mein Wuff nimmt er als Ja.

Es dauert und dauert.
Die unangenehmen Männer schlendern wie zufällig auf den Lieferwagen zu.
Unseren Lieferwagen!
Wenn sie die Leiche klauen wollen, sind sie zu spät dran. Aber Quatsch.
Leichen will man nicht haben. Die will man loswerden. Das war schon immer so.
Jetzt fasst einer an die Klinke, ist der verrückt?
Ich muss hinlaufen und ihn anknurren.
Darf ich aber nicht.
Dann wenigstens Alarm schlagen.
Darf ich auch nicht.
Also nun hat er es mal wieder vermasselt.
Jetzt klettert der fremde Kerl in die Kabine, setzt sich auf meinen Platz! Heul. Jaul. Knurr.
Wenn ich nur was tun könnte.
Wenn nur der Verlassene zurück käme.
Wenn ich nur bald was zu fressen hätte.

Jetzt kommt ein lustig rot blinkendes Auto schnell daher und bleibt mit quietschenden Reifen neben der Gruppe stehen.
Zwei wollen wegrennen, aber die beiden Frauen aus dem kleinen Auto springen auf die Straße und rufen etwas, jede mit erhobener rechter Hand. Alle vier Männer machen betretene Gesichter, lassen sich von den Frauen zusammentreiben, auch der aus der Kabine wird

noch dazu geholt. Jetzt steigt noch eine dritte Frau aus, mit sehr ernstem Gesicht.

Ich verstehe nicht, was da genau passiert, aber es ist klar, dass das böse Geschäft der Männerbande jetzt aus ist. Alle acht kommen auf mich zu, die Männer stellen sich mit erhobenen Händen an die Hauswand, die Frauen tasten sie ab und nehmen ihnen ein paar Gegenstände ab.

Da kommt mein Verlassener. Wie er die Szene sieht, winkt er mich sofort mit einer Kopfbewegung um die Ecke, so dass wir außer Sichtweite kommen. Wieder die kurze Straße zu den Feldern.

Dort bleibt er stehen, und packt ein Paket aus einer der großen Plastiktaschen aus.

Ich ahne was.

Tatsächlich, der Gute hat mir eine Riesenportion Hundefutter mitgebracht. Nicht so toll wie das Steak, aber immerhin. Es schmeckt und macht satt.

Ich bin bald sehr zufrieden, und auch müde. Jetzt wäre mir eine Stunde fahren recht, sehr recht, meinetwegen auch zwei oder drei...

Doch der Mann will was anderes.

Immer wieder schielt er zurück, wo die Leute waren, und wo das Auto steht.

Auf einmal ein leiser Pfiff, und ich verstehe, er will weiter weg.

Wir laufen die Querstraße entlang an den Rückseiten der Häuserreihe, und da gibt es endlich einen Pfad in die Wiesen.

Den nehmen wir.

Meine Müdigkeit war sofort verflogen, ein Spaziergang ist doch das Schönste!

Aber jetzt dauert der schon ziemlich lange. Wir sind so weit gegangen. Und wohin überhaupt? Ich könnte eine Pause gebrauchen.

Ein kleines Nickerchen wäre wirklich nett.

Und der Mensch? Ihm knurrt der Magen, das höre ich deutlich, und seine Miene verrät seine Verzweiflung.

Warum gehen wir hier?

—-

Wohin renne ich denn? Nach Westen wäre da drüben.

Aber durch den Acker will ich nicht, der Mais steht so hoch, da verliere ich mich sofort oder renne im Kreis.

Dann eben ein bisschen nördlicher... irgendwo kann ich wieder nach Westen abbiegen.

Wenn ich dann noch lebe.

Nichts zu essen, außer Hundefutter. Mein Freund ist ja sehr bescheiden. So wird das Futter noch eine Woche reichen.

Aber für mich hab ich nichts.

Langsam spüre ich meine Fußsohlen.

Aber was ist das da?

Da vorne, da!

„Schau mal, Hund. Sollen wir dem Haus da einen Besuch abstatten? Ist das Haus gut?"

Wuff!

Okay also du würdest da hingehen? Dann wollen wir es mal wagen.

Eh schon alles Wurscht...

Die Hütte sieht nicht sehr einladend aus, halbverfallen und runtergekommen wie nur was.

Trotzdem vielleicht besser als Nachtlager als draußen, oder eine teure Pension, wo ich wieder mit der Geldkarte des Lieferwagenfahrers bezahlen müsste und somit eine Spur hinterlassen würde, einmal mehr.

Nein, ich muss endlich von der Firma weg, von der Stadt, von dem Land, von dieser Frau. Weg!

Eine verlassene Behausung wie diese wäre ein guter erster Schritt.

Noch zwanzig Meter bis zur Tür, die schief in den Angeln hängt.

Doch da knurrt mein treuer Hund.

Sofort kommen zwei, nein drei Gestalten um die Ecke. Einer mit Schießeisen in der Faust. Mir rutscht das Herz in die Hose.

Harte Schritte, schwere Jungs, brutale Visagen.

„Was willst du denn hier?" - „Hau ab, solange du noch kannst!" - „Na wird's bald? Hopp-hopp!"

Nicht sehr einladend, wie gesagt. Ich wage einen Blick auf meinen Hund. Der hat das Nackenfell gesträubt, und zeigt die Zähne.

Einer der Typen ruft: „Nee, Brüder, den nehmen wir mit rein. Mal sehen, vielleicht bringt er was." - „Ja, gut, und wenn er nix bringt, können wir ihn immer noch beseitigen."

Und zu mir: „Los, rein da, dein Vieh muss draußen warten."

Mit zitternden Knien deute ich dem Hund an, wo er warten soll, und humpele in das Haus, in dem es sehr dunkel ist.

Ich werde hart gestoßen und stolpere über irgendein Gerümpel, falle hin, um auf einer Art Matratze zu landen, in einer Staubwolke.

Ich muss husten, aber die Kerle auch.

„Hast du Geld?"

„Nein", antworte ich wahrheitsgemäß. Ich bekomme einen Tritt in die Seite, nicht zu fest. Sollte wohl eine Warnung sein.

Während einer sich über mich beugt und mir in alle Taschen greift, drohen die anderen ständig weiter: „Wirst schon sehen, was du davon hast, wenn du uns belügst." - „Wenn du meinst du kannst uns etwas verheimlichen." - „Wenn du kalt gemacht bist, brauchst eh nix mehr, also gib deine Wertsachen lieber gleich her."

Ich krächze mühsam: „Ich hab aber nix."

Plötzlich schreit einer, der gerade in meine Umhängetasche gegriffen hat: „Scheiße! Dreimal verfluchte Scheiße! Der hat einen Kommi!"

Die anderen lassen von mir ab, sehen schockiert aus. Mein Geheimnis. Sie haben den Kommunikator gefunden. Ist das schlecht oder gut?

Der, den ich für den Anführer halte, brüllt: „Los, abhauen! Lasst nichts liegen! In zwei Minuten fahren wir, bewegt eure Ärsche, sonst helfe ich nach, kapiert?"

Sie tun als wäre ich Luft, kramen ihre Sachen zusammen und rennen hinaus.

Da nähert sich eine schwere Maschine. Ein großvolumiges Motorrad, ich kann es durch die Türöffnung sehen, der Fahrer in schwarzer Ledermontur steigt ab, langsam aber kraftvoll. Die Männer aber heulen wie getretene Hunde, jaulen und rennen sinnlos durcheinander.

Der Fahrer der Maschine wirkt auch auf mich ungeheuer bedrohlich. Riesengroß, in jeder Richtung, dabei mächtig, gefährlich.

Und: es ist eine Frau. Keine Frage, das ist eine Frau, eine Walküre, mehr als zwei Meter hat sie sicher.

In der Hand hält sie etwas Kleines, und zielt nun langsam auf das Haus, die Männer jammern und flehen irgendwas, ich verstehe kein Wort.

Was hat sie da, das ist aber kein Kommunikator? Die Größe ist etwa die gleiche.

Aber sie hält es wie eine Schusswaffe.

Plötzlich sind überall kleine, grelle rote Blitze zu sehen, draußen und auch herinnen in dem düsteren Raum.

Geräuschlos leuchtet es da auf und da und dort und da drüben und oben an der Decke und jetzt auf meiner Hand. Laserstrahlen, vermutlich.

Aber es tut nicht weh, wie ein gewöhnlicher Büro-Laserpointer.

Der Spuk hat vielleicht eine Minute gedauert, und ist schon vorbei.

Ich taste mich vor zum Türstock, spähe vorsichtig hinaus.

Die Männer liegen auf dem Boden und rühren sich nicht. Alle tot? Oder verstellen sie sich nur?

Die Riesin besteigt ihr Motorrad, und startet den Motor. Mit lautem Knattern will sich das Gefährt in Bewegung setzen, da dreht die Gewaltige den Kopf und schaut zu mir her.

Mich durchzuckt ein eiskalter Schauer. Sie hat mich nicht nur entdeckt, sondern ihr Blick scheint mich ganz innen drin zu treffen.

Die Maschine erstirbt, sie steigt ab und kommt auf mich zu.

Schwarz und furchteinflößend.

Ich habe Todesangst wie nie zuvor, bin erstarrt und bringe kein Wort heraus.

Sie kommt näher, zwei Meter vor mir bleibt sie stehen. Klappt das Visier hoch. Nimmt den ganzen Helm ab, hängt ihn seitlich an den Gürtel.

Ihr Kopfhaar ist kurzgeschoren, dunkelblond.

„Wer bist du?" Ihre Stimme ist tief, voll, und klingt sehr streng.

Was soll ich sagen? Lügen wäre sicher zwecklos und gefährlich, die Wahrheit sinnlos und unglaubwürdig.

„Verstehst du mich nicht? Antworte!" Sie kommt noch einen bedrohlichen Schritt näher.

Dann hebt sie ihre rechte Hand, und schaut auf ihr Gerät. Ich erkenne einen Anflug von Erstaunen in ihrem Gesicht.

„Du bist ein Fahrer von EusiaTrans? Oder hast du den Kommunikator gestohlen?"

Ein heißer Schauder läuft mir den Rücken runter und rauf. Also doch. Mein Geheimnis, mein Schatz, ich hätte das nie haben dürfen.

„Man hat es mir gegeben, ohne Erklärung, einfach zugesteckt, ich bin nicht gefragt worden." Ich finde, das klingt doch ganz gut.

Sie aber blickt jetzt richtig finster.

„Gib mir den Kommunikator, sofort!"

Ich denke, wenn ich dann alle Probleme mit EusiaTrans los bin, um so besser. Aber habe ich den Kommi überhaupt noch?

Ich greife in meine Tasche. Ach ja, auf der ist auch das EusiaTrans-Logo drauf...

Tatsächlich, die Gangster haben mir meinen Schatz nicht abgenommen. Und nun will ihn diese Xanthippe?

Aber was kann ich machen. Sie hat vier Gangster ausgeschaltet, einfach so, mit der lege ich mich nicht an.

Ich reiche ihr das leicht warme Kästchen.

Sie nimmt es mit der linken Hand entgegen, vorsichtig, wie mir scheint.

Dreht es hin und her, blinzelt auf die Unterseite, wo ich mal die roten Zeichen entdeckt habe. Dann reicht sie es mir zurück.

Ich habe gedacht, ich werde das Ding jetzt los? Ich stammele:

„Ich will das Ding gar nicht, behalte es nur. Mir gehört es jedenfalls nicht."

„Natürlich nicht, du Dummer, das gehört der EusiaTrans. Du solltest es zurückgeben, nichtautorisierte Benutzung und erst recht nichtautorisierter Besitz bringen Unglück! Und das hat nichts mit Aberglauben zu tun, ich weiß wovon ich rede."

Meine Neugier kriegt schon wieder Oberhand: „Aber du hast ja auch so was, oder was ist das da in deiner rechten Hand?"

Ihre rechte Hand schießt vor und landet in meinem Magen. Das hätte ich wohl nicht sagen sollen.

Relativ langsam wird es dunkel um mich, kann gerade noch erkennen, wie sich ein Hundekopf über mein Gesicht beugt...

Als ich wieder zu mir komme, wird es nur wenig heller, es ist wohl Abend.

Ich sitze auf dem Sozius des Motorrades, vor mir die Riesin, die wohl gerade den Motor starten will.

Ich versuche abzusteigen, um zu flüchten, doch da merke ich: ich bin gefesselt, gründlich.

In Panik ramme ich meine Stirn in ihren Rücken. Außer dem Kopf kann ich nichts bewegen.

Da dreht sie den Kopf zur Seite und befiehlt in ihrer sonoren, durchdringenden Stimme:

„Sag deinem Hund, dass er uns folgen soll. Es ist nicht sehr weit, ein paar Kilometer Auslauf werden ihm gut tun. Sag's ihm, los!"

„Hund, folge uns! Pass auf dich auf!" Völlig überflüssig, wie ich sofort sehe, er steht schon bereit, und sein Gesichtsausdruck ist voller Eifer und Vorfreude auf die Action.

Der Motor springt an, die Maschine rollt vom Ständer und in einer engen Kurve geht es zurück auf den Feldweg, über den die Frau vorher auch gekommen ist.

Leider kann ich mich nicht weit genug umdrehen, gerne hätte ich gesehen, ob der Hund mithalten kann. Denn die Frau fährt nicht so langsam, wie ich gehofft habe.

Nach vielleicht zehn oder zwölf Minuten über den meist schlechten Weg, aber mit guter Luft in der Nase, gelangen wir zu einem kleinen Hof. Jedenfalls interpretiere ich die alten Häuser als ehemaligen Bauernhof, unter uralten Bäumen gut getarnt, wo sie die Maschine in einen Schuppen rollen lässt. Könnte ein Stall gewesen sein oder eine Scheune, keine Ahnung.

Ziemlich grob hat sie mich losgemacht, und mit einem kräftigen Stoß zum Wasser holen geschickt. „Nimm die Eimer mit, Mann!", ruft sie mir nach.

Und wo soll ich Wasser holen? Vermutlich an einem Brunnen. Wo könnte der sein? Im Hof, in der Mitte der Gebäude, das fände ich naheliegend.

So ist es auch, und nach einigen Bemühungen kapiere ich endlich, wie man mit dem Schwengel umgeht.

Natürlich bekomme ich keinen Dank, wie ich die Eimer vor sie hinstelle, vielmehr knurrt sie mich an:

„Hierher doch nicht, einen da drüben in den Waschraum, einen in die Küche, mach schon."

Sie steht noch immer neben der Maschine und räumt die Gepäckbehälter leer.

„Und jetzt geh in die Kammer, oben, leg deine Klamotten ordentlich auf einen Stuhl und geh dich waschen. Rasierzeug, Seife und ein Handtuch liegen bereit. Du stinkst ja fürchterlich."

Die Walküre ist geruchsempfindlich? Da muss ich grinsen. Aber natürlich hat sie recht.

5. Die Riesin

Wie ich fertig bin, frage ich mich, ob ich mich wieder anziehen darf.
Aber warum nicht. Also hinauf. Meine Kleider sind aber weg.

Aha. Aber da liegt ein Overall, etwas verschlissen aber trotzdem ganz
mein Geschmack. Also nehme ich den. Ihr wäre der viel zu klein. Also hat sie den für mich hingelegt, sonst ist ja kein Mensch da. Wo ist
eigentlich mein Hund?

Ich gehe in die Küche, der Duftfahne entgegen. Kräuter, angeröstete
Zwiebeln, mir dreht sich der Magen um vor Hunger und Appetit.

„Wo ist eigentlich mein Hund?", frage ich etwas zu schnell, da entdecke ich ihn schon, hinten an der Wand. Er liegt und schleckt sich
das Maul. Vor sich eine leere Schüssel. Der hat also schon was gekriegt. Gut. Ein Pluspunkt für die Frau.

„Hier, wasch den Salat, und hol noch Wasser, wenn es nicht reicht.
Kannst du auch Salatsauce machen?"

„Kommt drauf an, was so da ist an Öl und Essig und Kräutern." Meine Stimme kratzt und kommt viel zu leise, aber sie versteht mich
doch.

„Frechheiten stehen dir nicht zu. Hier im Regal findest du, was da
ist. Das ist kein Luxusrestaurant."

Alles klar.

Eine halbe Stunde später sitzen wir an dem aus einer Schalplatte und
zwei Böcken improvisierten Tisch, auf alten Kisten, und genießen
das köstliche Abendessen. Sie hat eine alte Latzhose an und sonst
wohl nichts. Bei ihr ist alles rund, und muskulös auch.

DIE RIESIN

Sobald ich halbwegs satt bin, beginne ich zu gähnen. Kann gar nicht mehr aufhören damit.

„Du bist ziemlich müde. Dann mach dich an den Abwasch, wenn du fertig bist, darfst du schlafen gehen."

Ich bekomme noch ein paar Anweisungen, das wird ein Großprojekt: draußen Holzscheite holen, Feuer im Herd machen, Wasser erhitzen, Geschirr abwaschen, abtrocknen und wegräumen, Herd auskehren.

Beim Fertigessen und während meiner Küchendienste wird kein Wort gesprochen, aber hinterher frage ich:

„Wo darf ich mich hinlegen?"

„Sag deinem Hund, er soll hier in der Küche bleiben und aufpassen. Wenn Fremde kommen, soll er Laut geben."

Ich sage das alles dem Hund weiter, wieder mal völlig umsonst, er hat doch alles längst verstanden. Einmal mehr denke ich, er hält mich wohl für nicht sehr helle, jedenfalls deute ich seinen Blick so. Ich seufze. Und gähne und gähne.

„Du geh nach oben."

Also hinauf.

Okay, aber da ist doch nur ein Bett.

In der Kammer schaue ich nochmal in alle Winkel, aber obwohl es ziemlich dunkel ist, kann kein Zweifel bestehen: hier oben gibt es nur diesen einen Dachgiebelraum, und in dem steht außer dem großen Bett nur ein Schrank, eine niedrige Kommode und ein offenes Regal. Zwei Stühle links und rechts vom Bett dienen als Nachttische, sonst ist nichts da. Also lege ich mich in das Bett, ohne die Montur. Das Bett fühlt sich kühl an, aber wunderbar.

Tief in der Nacht bekomme ich mehrere harte Rempler. Zuerst erschrecke ich, aber mir wird gleich klar, die Riesin hat sich neben mich in die Federn plumpsen lassen und mich zur Seite geschoben. Unsanft, wie sie ist.

Wie ich das nächste Mal aufwache, singen schon die Vögel draußen.
Aber nicht die haben mich aufgeweckt.

Vielmehr kriege ich kaum noch Luft.

Denn die Gewaltige hat mir ihren Arm um meinen Oberkörper geschlungen und hält mich fest.

Atmen wird sehr mühsam, und wenn sie noch fester zupresst, muss ich um meine Rippen bangen.

Jetzt stöhnt sie auch noch.

„Hey, nicht so fest!", will ich sagen, aber es wird nur ein Hey.

„Bist du munter?", sie flüstert mir ins Ohr. Und lockert den Griff.

„Hmm." Nach Quatschen ist mir nicht zumute, ein paar Stunden würde ich schon gerne noch weiterschlafen.

Sie will wohl auch was anderes als quatschen, denke ich mir, als ihre Hand nun an meinem Bauch entlang nach unten wandert.

Später habe ich doch weiterschlafen dürfen.

Als ich endlich aufwache, fühle ich mich wunderbar. Ein gutes Abendessen, ein gutes Bett, gute Luft, der Hund gut versorgt, und ich bin auch gut versorgt worden... Alles gut.

Spontan entsteht der Wunsch, hierzubleiben, Ende mit der Flucht, einfach ohne Pläne, ohne Ziel, nur hier sein.

Sein. Hier.

Leben und dasein.

Aber genauer darf ich nicht darüber nachdenken, sonst kommen die Bedenken.

Sorgen. Zweifel.

Wer ist sie? Wovon lebt die? Welche Absichten hat sie, erstens überhaupt und zweitens mit mir?

Ich versuche, diese Gedanken wegzuschieben. Erst mal erfolgreich.

Ich liege allein im Bett, und von unten höre ich Geschirr klappern.

Ob es ein Frühstück gibt?

Ich stehe auf, strecke mich durch. Herrlich, dieser Morgen, auch wenn es draußen regnet, ganz leise höre ich die Tropfen auf Dach und Fensterchen tapsen.

Ich würde gerne meine eigenen Klamotten anziehen, aber weder die noch den Overall von gestern Abend kann ich finden. Ich schaue in den Schrank, da ist aber eindeutig nichts von mir drin, nur ihre Unterwäsche und Shirts, und diverse Hosen, und alles sonst, aber nichts, was mir passen würde. Na ja, wenn sie meine Sachen versteckt, muss ich eben nackig runter gehen.

„Geh dich schnell waschen, das Frühstück ist gleich fertig!"

Meine eigenen Klamotten liegen neben der Waschschüssel.

Während ich mich rituell säubere, höre ich ein lautes Motorengeräusch, ein Motorrad, das Motorrad!

Wer traut sich, der Riesin ihre Maschine zu stehlen? Leider geht das kleine Fenster in eine andere Richtung.

Ich ahne was... renne zur Haustür... in der Ferne wird ein schwarzer Punkt kleiner, schlecht zu erkennen durch die Staubwolke.

Sie ist weggefahren. Wohin? Warum?

Zwei Teller auf dem Tisch, am Herd liegen Eier, Pilze, eine Zwiebel, ein Bund Kräuter. Eine Flasche Ketchup daneben und eine Schale mit Fett.

Soll ich mir mein Frühstück selber machen? Aber ihr Teller ist noch unbenutzt.

Das kann ich ja nicht machen. Aber warum sagt sie nichts, haut einfach ab?

Warum rennen alle Frauen vor mir davon?

Schlimme Selbstzweifel machen sich breit, der Appetit ist mir vergangen.

Gut, dass wenigstens mein treuer...

Hund? „Wo steckst du denn? Hund?"

Keine Antwort, kein Wuff, nichts.

Während meine Stimmung auf Ölbohrungsniveau abgesunken ist, höre ich nach vielleicht 10 Minuten finstersten Grübelns ein ganz langsam anschwellendes Geräusch. Bald wird es laut.

Ich stürze aus der Tür, da kommt der Hund um die Ecke, schaut aber nicht zu mir.

Auf dem Weg ganz da hinten kommt sie angebraust, Steinchen zur Seite schleudernd, trotz der Nieselfeuchte mit Staubwolke als Schweif.

Und rumps! Da steht die Maschine still, und sie steigt weniger elegant als kraftstrotzend ab.

„Steh hier nicht rum! Rein!", bellt sie, während sie den Helm abzieht.

Ihre Höflichkeit ist noch ausbaufähig, denke ich.

Sie knallt eine Umhängetasche auf den Tisch und holt ein Päckchen Kaffee und zwei Gläser heraus.

„Leg noch einen Scheit nach, sonst dauert das Kaffeesieden zu lange."

Sie war einkaufen. Vermutlich nur für mich. Kaffee und Marmelade.

Warum spricht sie so grob mit mir und verwöhnt mich dann mit Liebe und Kaffee?

Ob das die Antwort auf meine unausgesprochenen Fragen ist, weiß ich nicht:

„In zwei Stunden müssen wir weg sein. Mach dich bereit. Besser wäre es, in einer Stunde abzuhauen." Und weiter:

„Du wirst mir exakt gehorchen, hörst du? Mach ja keinen Fehler. Wenn mein Plan misslingt, hab ich einen Plan B, und bei dem landet der Kommi samt seinem Besitzer in der Wolga. Für immer."

Sie meint es absolut ernst. Mich fröstelt.

Nach einer Denkpause setzt sie etwas weniger finster blickend fort:

„Du musst verschwinden, und ich muss verschwinden, und der Arm der Feinde ist lang. Das wird ein anstrengender Tag."

Und nach einem tiefen Seufzer, wobei gleichzeitig der Hund aufjault, ein seltames Duett:

„Auch für deinen Hund wird es eine Tortur. Aber es muss sein."

Also sind wir jetzt beide auf der Flucht, oder alle drei, sie zählt den Hund dazu.

Bei den letzten Bissen des herrlichen Pfannengerichts teilt sie mich ein, den Kaffee zu servieren.

Dazu in ihrem groben Befehlston die nächsten Anweisungen an mich:

„Du holst aus der Kommode oben die drei flachen Stahlkassetten, und die beiden Lederrucksäcke. Hast du irgendwas dabei, wohl nicht?"

„Nur meine Umhängetasche, die mir aber nicht gehört, mit der Geldkarte und dem Schatz, äh, Kommunikator."

„Nimm dir aus der Vorratskammer dort zwei Monturen und 4 Hemden oder was dir sonst passt, aber nicht mehr, und ein paar Unterhosen und Socken, wenn was dabei ist. Es darf deinen Rucksack nur zu einem Drittel anfüllen. Der Rest ist für Lebensmittel und Werkzeug."

Wie ihre Tasse leer ist, lässt sie sich nochmal nachfüllen, dann senkt sie die ohnehin tiefe Stimme nochmal ab:

„Den Kommunikator steckst du sowohl sicher als auch griffbereit ein. Damit darfst du keinen Fehler machen. Ich gebe dir ein Zeichen, drei Klapse auf dein Bein, dann wirfst du das Ding genau da hinein, wo ich hinzeige, okay? Die Antenne musst du kurz vorher herausziehen. Alles verstanden?"

„Wuff!" Bestätigt der Hund.

Das glaube ich ihm sofort und muss grinsen.

„Dich hab ich nicht gefragt! Also halt's Maul!"

Der Hund lässt ein kurzes, unwilliges Knurren hören, und ich antworte endlich: „Ja, alles klar. Und was wird das sein, wo ich das reinwerfen soll?"

Ich erwarte eine Zurechtweisung, so was wie sei-nicht-so-neugierig, sie aber meint:

„Eine Blechkiste mit Fenster, vermutlich, also genau zielen und fest werfen."

Ob sie damit ein Auto meint, wage ich nicht mehr zu fragen.

Sie aber setzt noch hinzu: „Du wirst schon landesweit gesucht wegen des Kommunikators."

„Und du?"

„Ich hänge mit drin, weil sich unsere Geräte ausgetauscht haben."

Na fein, dann hab ich sie in Gefahr gebracht, ohne was davon zu wissen... Ich bin nun echt überrascht, dass sie sogar noch was anhängt, wenn auch eher an sich selbst gerichtet:

„Abgesehen von der größten Gangsterbande des Kontinents - die aus irgendeinem Grund meinen Kopf will..."

Mit mäßigem Tempo holpern wir den Weg entlang bis auf die große Landstraße, wo es gleich angenehmer wird.

Immer wieder schaue ich rechts runter in den Beiwagen, in dem es sich der Hund in einer Decke halbwegs gemütlich gemacht hat. Der Beiwagen ist nämlich nur für Gepäck vorgesehen, sehr eng und ungepolstert. Aber der Gefährte scheint zufrieden zu sein.

Für mich hat sie nur einen etwas engen Helm gefunden, der drückt mit der Zeit massiv. Aber anscheinend geht es ums Ganze, auch wenn sie das nicht explizit gesagt hat. Warum flüchtet sie wirklich? Die Gangster hat sie doch mit Leichtigkeit ausgeschaltet.

Wir fahren mehrere Stunden, bis zu einer Abzweigung, der sie folgt. So gelangen wir in ein kleines Dorf.

Sie steuert einen größeren Hof an, der für mich vollkommen verlassen ausschaut.

Aber da habe ich mich getäuscht. Sie lässt die Maschine durch das offen stehende Hoftor rollen. Schon kommt aus einem der Gebäude ein alter Mann, als hätte er auf uns gewartet.

Sie klappt ihr Visier hoch und ruft:

„Ich brauche Sprit. Und zahle gut."

Der Mann dreht auf dem Absatz um und verschwindet im Inneren des Hauses. Wir warten ein paar Minuten, die mir furchtbar lang vorkommen. Ihr wohl auch, denn sie dreht den Kopf und meint: „Die Leute hier haben viel Zeit. Wir müssen das aushalten."

Endlich geht auf der anderen Seite des Hofes ein Tor auf, quietschend und am Boden scharrend. Sie fährt an und in elegantem Bogen ganz dicht an die Garage. Da kommt derselbe Mann, aber mit einer schweren Schürze umgebunden, und mit dem Zapfhahn in der einen Hand. Die andere streckt er vor und fordert: „Gib mir zuerst Eintausend."

Die Frau hat damit wohl gerechnet und drückt ihm den Schein in die Hand. Eintausend? Wieviel passt den in den Tank dieser Maschine? Oder gibt der dann raus hinterher?

Wie wir aus dem Dorf rollen, dreht sie den Kopf, wir klappen die Visiere hoch, und sie brüllt: „Vierhundertfünfzig hätte das kosten dürfen. Dafür hält er die Klappe. Hoffentlich." Aha, also Sprit mit Schweigegeld. Eine Beamtin ist sie jedenfalls nicht. Oder doch, was weiß denn ich.

Und weiter auf derselben Landstraße. Schade, dass ich keine Karte habe, das würde mich jetzt interessieren.

Sonne gibt es heute auch keine, meist ist es trocken, manchmal nieselt es, aber immer gleichmäßig grauer Himmel, rundum.

Am frühen Abend wird der Hund unruhig.

Ich klopfe der Riesin seitlich auf ihren Hintern. Mit an ihr vorbei gestreckter Hand versuche ich, auf den Hund zu zeigen, so dass sie es sehen kann. Es gelingt nicht, aber sie versteht es trotzdem.

Nach wenigen Minuten biegt sie in eine kleine Seitenstraße ein, bald hält sie das Gefährt an.

Wir dürfen alle aussteigen.

„Geh dein Geschäft machen, aber komm gleich wieder.", sagt sie zum Hund. Wuff!

Zu mir sagt sie viel barscher: „Wir machen gleich hier, die Maschine können wir nicht allein lassen."

Sie tritt gerade mal zwei Meter zur Seite, macht sich die Hose auf und hockt sich hin.

„Nicht gaffen, sondern pissen, Mann!" Ach ja. Wie konnte sie in der Nacht nur so lieb und sexy sein?

Bevor wir weiterfahren, verkündet sie noch:

„In einer knappen Stunde wird es brisant. Plan A. Wenn ich dich einmal antippe, konzentrierst du dich auf deinen Job."

Automatisch taste ich nach dem Kommunikator.

„Wenn ich zweimal tippe, nimmst du es in die Hand und ziehst die Antenne raus, bei dreimal ausholen zum Werfen."

Und ungesagt blieb, wenn du Mist baust, versenke ich dich in der Wolga...

Nur der Hund ist glücklich, ja sogar aufgeregt und voller Tatendrang. Es soll sich endlich was tun, das ist ihm immer am liebsten.

Wir fahren doch noch ziemlich lang. Dann haut sie mir aufs Bein, es tut ordentlich weh und das ganze Motorrad wackelt.

Also jetzt aufpassen. Pah.

Als ob ich nicht die ganze Strecke extrem aufmerksam gewesen wäre.

Nochmal taste ich nach dem Gerät. Natürlich ist es noch da.

Wir kommen in eine Gegend mit mehr Gebäuden, aber Menschen sieht man kaum.

Endlich erscheint ein Stück voraus ein gewohnter Anblick: Ein höherer Büroturm, mit dem verhassten Logo der EusiaTrans darauf. Ein großes Fabriksgelände. Will sie da etwa reinfahren? Oh nein. Hört denn das nie auf?

Ich nehme das Kästchen heraus und fummele die Antenne heraus, das ist ja nicht so einfach, das möchte ich hinter mir haben. Dann schiebe ich es in die Tasche zurück.

Beim großen Tor gibt es zwei Wachhäuschen und zwei Schlagbäume. Ein großes Schild verkündet „Anhalten, auf Aufforderung Papiere vorzeigen!" und es gibt auch noch mehrere Stopptafeln, sowie Geschwindigkeitsbegrenzungsschilder mit 20 km/h vor dem Tor und 10 km/h direkt beim Tor.

Wir werden so 50 km/h drauf haben, schätze ich, die Instrumente kann ich ja leider nicht sehen. Sie bremst leicht ab, aber 30 fährt sie sicher noch. Zieht auf die linke Spur, an der rechten Schranke vorbei und sofort in schnittigem Bogen rechts um die linke Schranke herum, um gleich wieder zu beschleunigen. „10 km/h auf dem gesamten Werksgelände!" - auch diese Tafel ignoriert meine Motorradfahrerin.

Zwei heftige Schläge auf dieselbe Stelle, ich rufe „Aua!", was niemand hört.

Schon hab ich das Kästchen in der Hand. Sie rast an einem PKW-kleinen Lieferwagen vorbei, ein zweiter steht am gegenüberliegenden Straßenrand, die Front uns zugewandt.

Sie bremst scharf ab, drei diesmal leichte Tapser auf mein Bein, und schon gleitet linker Hand die Fahrertür des Autos vorbei.

Ich habe weit ausgeholt und werfe nun, so fest ich kann.

Ein lauter Schmerzensschrei hinter uns. War da ein Mensch drin? Hab ich dem wehgetan? Oder gar... Verdammte Scheiße, das darf doch nicht wahr sein.

Wir rasen durch das Gelände, und ich grübele, was ich da gemacht habe. Im Hinterkopf habe ich auch den Gedanken, dass die Geschwindigkeiten hier von niemandem beachtet werden, und das also nicht so auffällig ist, wenn wir hier zu schnell fahren. Doch gleich kommt mir die Erkenntnis: Die anderen Raser hier fahren alle auf uns zu, einer von rechts, zwei von links, und mindestens einer hinter uns.

Meine Fahrerin hat jetzt schon mindestens 100 Sachen drauf. Der Hund erlaubt sich einen begeisterten Beller, die Frau zischt auf ein weiteres Werkstor zu. Will sie in dem Höllentempo den Slalom durch die Schranken wagen?

Nun, sie gibt noch mehr Gas, der Hund wird bedenklich durchgeschüttelt, und die Schlagbäume rasen auf uns zu, gleich muss es krachen, jetzt...

Es hat gekracht, die Splitter sind herumgeflogen, und wir sind draußen.

Kein Grund zum Aufatmen, denn die Verfolger, zumindest drei Limousinen und ein Geländewagen, sind hinter uns her.

Sie aber schaut immer wieder in die Rückspiegel, was ich an ihren Kopfbewegungen erkennen kann.

Ob sie nun auch Angst hat? Mich hat die Furcht im Würgegriff. Ich bin schon seit Tagen auf der Flucht, aber eigentlich weiß ja niemand davon, es ist meine Privatsache. Aber nun sieht das anders aus. Da sind gewaltbereite Typen hinter uns her, vielleicht Polizei, vielleicht Werkschutz, vielleicht auch welche von der Gangsterbande? Ich drehe mich nochmal um, oh Mann. Mindestens sechs Fahrzeuge!

Unser Motorrad schlingert, ich schaue hektisch zum Hund, der nun auch angespannt aussieht.

Zwei Schläge auf mein Bein interpretiere ich als Aufforderung zu höchster Aufmerksamkeit.

Und ja, sie bremst heftig, und legt sich weit nach rechts, ich mache das so gut ich kann nach, zumal ich mich ja die ganze Zeit an ihr festhalte.

Und schon schlagen wir einen Haken nach rechts, auf einen Feldweg. Weit voraus eine endslange Mauer, ungefähr parallel zur Landstraße, aber mit etwa einem Kilometer Abstand. Ob das eine gute Idee war?

Hinter uns jaulen die Reifen, als die Autos bremsen und um die Ecke schlittern.

Meine Fahrerin aber gibt schon wieder Gas.

Wir haben kaum Abstand gewonnen, und schon nimmt sie das Tempo etwas zurück. Gehen ihr die Ideen aus?

Mir ist richtig schlecht vor Angst. Ob die gleich schießen? Gleich werden sie uns eingeholt haben!

Doch vor uns erscheint etwas weiter links eine Art Gebäude, vielleicht eine Scheune, die wohl mitten in der Mauer steht. Das große Schiebetor ist fast geschlossen, nur ein schmaler Spalt lässt das finstere Innere erahnen.

Will sie da die Maschine aufgeben und zu Fuß durchschlüpfen?

Dann hätten die vielen Verfolger aber leichtes Spiel, denke ich noch. Aber nein.

Wieder das Warnsignal auf mein Bein.

Sie duckt sich ganz tief über den Lenker. Ich ahne ihren Verzweiflungsplan.

Da bin ich dann aber der Dumme, ich kann mich ja nur auf sie legen. Blitzschnell disponiere ich um und kuschele mich neben sie, rechts über den Beiwagen, und schon ein harter Schlag gegen den Kopf. Er bringt mich aber weder um noch ums Bewusstsein, dafür nochmal so ein Schlag, und die ganze Zeit ohrenbetäubendes Splittern und Krachen und Kreischen und Quietschen. Hoffentlich keine Schreie von Menschen oder Tieren.

Auf der anderen Seite der Mauer fließt ein kleinerer Fluss, und der Uferweg zwischen der Böschung, wo es steil zum Wasser runtergeht, und der Mauer ist ziemlich schmal. Sie muss das gewusst haben, anders lässt sich das nicht erklären, denn sie hat es geschafft, direkt nach dem Durchbruch fast auf der Stelle nach links auf den kleinen Pfad abzubiegen. Mit dem Beiwagen ist das wirklich ein Kunststück, ich bin begeistert.

Ein sehr lautes Krachen und Platschen erinnert mich an die Verfolger. Schon kommt die Angst zurück.

Ich schaue zurück, der Geländewagen steckt bis zur Motorhaube im Wasser und stößt dicke Dampf- und Rauchwolken aus.

Wir fahren ziemlich langsam, Hund und Gepäck sind noch da.

Nach einer Weile kommt ein kleines Brückchen in Sichtweite. Die Mauer biegt nach links ab, wir überqueren den Fluss und kommen nach der Durchquerung eines Wäldchens auf eine größere Straße.

Aufatmen und hoffen.

Hinter uns ist niemand.

Vor uns liegt die Zukunft.

Habe ich eine?

Bei einem Tankstopp in einem Bauernhof, der etwas netter verlief als der letzte, haben wir ein wenig gesprochen, und der Hund sich Bewegung gemacht.

Sie: „Bist du schon mal aus einem Flugzeug gesprungen?"

Ich: „Meinst du das im Ernst?"

Sie hält mir ihre große, vernarbte Faust vor die Nase: „Hab ich je Witze gemacht?"

Ich: „Tschuldige. - Nein. Nie. Nicht aus einem..."

Sie unterbricht mich: „Macht nix, dann ist es dein erster Sprung."

Ich verstehe nicht, wovon sie redet.

Wir fahren einen anderen Hof an, in der Abenddämmerung.

„Die hier mögen keinen Besuch. Aber heute müssen sie uns aushalten. Bleib immer dicht bei mir."

Zwei große Hunde nehmen uns bei der Tür des Wohnhauses in Empfang. Beide mit sehr grimmigen Mienen.

Unser Hund verkriecht sich im Beiwagen.

Sie ruft ihn: „Bei Fuß! Sofort!"

Mein Hund jault gequält, folgt aber und kommt zu uns, als hätte er gerade erst laufen gelernt.

Die Wachhunde knurren so böse, dass mir das Blut in den Adern erstarrt.

Die Frau aber beugt sich zu meinem Hund, nimmt ihn auf den Arm, als sei er ein kleines Schoßhündchen, und herrscht die Wächter an: „Gebt Laut! Holt eure Leute herbei!"

Beide bellen kurz und laut.

Nach kurzer Zeit wird die Tür aufgerissen, ein bulliger Mann erscheint, tritt aber zur Seite, um eine ebenfalls sehr stämmige Frau vorzulassen. Beide tragen militärisch wirkende Kampfanzüge.

Die Frau fragt mit schneidender Stimme:

„Was willst du hier? Wir brauchen dich nicht."

Meine Walküre gibt zurück: „Ich weiß. Mein Begleiter und ich werden aber hier übernachten."

„Das passt gar nicht. Wir haben keine Gästezimmer mehr. In dieses Haus kommt ihr nicht rein."

„Okay, wir verstehen uns."

„Verschwinde!"

„Bin schon weg. Wir nehmen die hintere Scheune."

Der Mann brummt: „Elendes Pack, dreckiges."

Und knallt die Tür zu.

Meine Motorradartistin dreht sich zu mir her, immer noch meinen Hund auf dem Arm, als sei das nichts, strahlt mich an:

„Na, ging doch prima. Auf meine Schwester ist Verlass, wenn sie auch so umgänglich ist wie eine Bärin nach dem Winterschlaf."

Die Wachhunde knurren jetzt noch lauter.

Wo kommt die gute Laune meiner sonst doch ebenso bärbeißigen Frau Fahrerin her? Das verstehe ich nicht. Und die andere ist ihre Schwester? Witze macht sie ja nicht, also ja. Vor allem, die Schwester hat uns doch weggeschickt, unmissverständlich. Was ist daran prima?

Meine dreht sich einfach um und stapft munter zur Maschine zurück.

„Einsteigen! Hopp hopp!" Der alte barsche Tonfall.

Den Hund setzt sie fast zärtlich in das Gefährt, mich knurrt sie an, weil es ihr zu lange dauert.

Wie ich zum Helm greife, bellt sie: „Lass sein. Festhalten!"

Und sie fährt uns um das Haus herum, durch einen weitläufigen Innenhof mit viel landwirtschaftlichem Gerät, mit Misthaufen und Hühnern und Stallgeruch, und was sonst so dazugehört.

Am Ende des Hofes geht es noch um zwei andere Schuppen oder Ställe herum, und schon bremst sie vor einer alten Scheune.

„Aussteigen!"

Absteigen. Na gut. Der Hund springt selbst ins Freie.

Das Scheunentor ist nicht mehr vorhanden, das ganze Haus ist baufällig, das Dach löchrig wie ein Sieb.

Aber egal, wir werden hier übernachten, das hat sie sich eingebildet und das setzt sie auch durch.

Die lieben Verwandten werden es dulden, weil sie müssen. Wer würde sich schon mit dieser Frau anlegen?

Nachdem wir uns eine Stelle im Heu ausgesucht haben, befiehlt mir die Frau:

„Die ganze Dreckarbeit mache ich nicht allein. Jetzt bist du dran. Ich hab einen Job für dich."

Ich schaue sie fragend an.

„Geh rüber zum Haus und verlange ein Abendbrot und Hundefutter."

Im Ernst? will ich spontan zurückfragen, verkneife es mir aber sofort. Das mag sie ja nicht.

Aber ich will ganz sicher nicht zu dem Haus mit den mörderischen Hunden, und dem garstigen Mann, die Schwester ist auch kaum besser.

Wie kann sie das machen? Wie kann sie das von mir verlangen?

Natürlich hat sie damit recht, dass sie bisher die ganze Planung und Durchführung der Flucht allein gestemmt hat.

Mein Beitrag war die Entsorgung des Schatzes, und selbst das hat sie geplant und es war ja auch nur für mich, nicht für sie.

Dazu noch die Frage, ob ich das gut oder schlecht gemacht habe oder vielleicht ganz schlecht.

Und jetzt einen Menschen auf dem Gewissen habe... Nur nicht daran denken.

Und nun soll ich in die Höhle des Löwen? Ich würde mich gerne revanchieren für ihre geniale Hilfe, aber ich will nicht in dieses Haus!

Da höre ich, wie sie ganz tief einatmet. Irgendwie spüre ich, gleich wird etwas passieren. Ungehorsam gegen ihre Führung verträgt sie nicht. Wenn sie jetzt explodiert, nicht auszudenken.

Ganz schnell stehe ich auf. Sie stößt die Luft aus.

Ich sehe auf sie hin, sie schaut mir von unten in die Augen.

„Gut. - Hör zu! Sag nur das: Die Schwester will Abendbrot und Hundefutter. Sonst sagst du nichts, wartest ein paar Minuten, dann kriegst du es."

„Und die Hunde?"

„Geh jetzt!"

Ich gehe mit zitternden Knien los, auf die Toröffnung zu.

Sie gibt mir noch das mit:

„Die Hunde sind jetzt angekettet."

Puh. Hättest du das nicht gleich sagen können?

Ein bisschen sadistisch kommt mir das vor. Auch das mit dem Flugzeug. Wie soll ich denn aus einem Flugzeug springen? Ich bin noch nie im Leben überhaupt geflogen. Nein, nein, alles sehr - eigen.

Sie.

Sie und ihre Schwester.

Nachdem ich den größten Teil des mindestens 300 Meter langen Hofes überquert habe, öffnet sich eine Hintertür des Wohnhauses, und eine kleine Wandlaterne wird eingeschaltet.

Der böse Mann erscheint im Lichtkegel und krächzt in meine Richtung:

„Halt's Maul, sonst knalle ich dir eine. - Hier nimm das! Na los, wie lange soll ich das noch halten?"

Ich stürze herzu und nehme ihm ein Tablett aus der Hand, gleichzeitig versuche ich den Eimer zu schnappen, ohne etwas fallen zu lassen. „Für den Hund?", wage ich zu fragen.

„Hau ab, Mistkerl, dreckiges Gesindel, pah!" Den Satz spuckt er aus und danach spuckt er wirklich in meine Richtung.

Wer da wohl das Pack ist?

Egal, ich nehme eine feine Platte mit Schinken, Wurst und Käse sowie Brot und zwei Bierflaschen mit in die Scheune. Im Eimer eine auch nicht kleine Portion Hundefutter, ich bin erleichtert. Das hat ja geklappt. Woher hat er gewusst, was er tun soll? Ist das schon öfter vorgekommen? Ein Zufluchtsort für Notfälle kann ja gar nicht ungastlich genug sein. Vielleicht kommt sie wirklich ab und an mal her, um sich zu verstecken. Kann ich mir gut vorstellen.

Meine derzeitige Chefin ist ziemlich zufrieden, auch wenn sie das nicht sagt. Sie meint nur:

„Siehst du, die Hunde haben dich nicht zerrissen. Obwohl, das würde einige Probleme lösen."

Danke, dass du mich so lieb hast, denke ich. Und bringe dem Hund sein Futter. Wir genießen das ländliche Abendbrot.

In dem Heu oder Stroh, keine Ahnung, liegen wir ganz bequem, und machen es uns schön. Wenigstens auf der animalischen Ebene vertragen wir uns gut. Ohne irgendwelche groben Bemerkungen. Danach - oh wie wunderbar das war - schlafe ich fast sofort ein. Alle Sorgen vergessen. Bis zum Morgen jedenfalls.

Mitten in der Nacht heult der Hund ganz laut, dreimal, davon bin ich aufgewacht.

Aber er ist wieder still. Ich kuschele mich enger an und schlafe sofort weiter.

In der Frühe spüre ich, wie sich die riesige Frau streckt, wie sie seufzt - etwa befriedigt? - und dann aufsteht, nicht ohne mir einen schmerzhaften Rempler in die Rippen zu verpassen.

„Auf geht's, Mann! - Oh. - Oh. - Oh!"

Was das nun wieder bedeutet? Ich versuche die Augen zu öffnen, aber es will nicht gleich gelingen. Sie wirft ihren Laser-Kommunikator neben sich, und stöhnt tief.

Dann plumpst sie schwer auf unsere Lagerstatt zurück, und schlingt ihren baumstarken Arm um mich.

„Neuigkeiten." Statt irgendwas zu erklären, erstickt sie mich fast mit ihrer Umarmung, und beginnt mich glatt zu küssen.

Über das ganze Gesicht, bald bin ich von ihrem Speichel eingesabbert wie von einer Bernhardiner-Begrüßung.

„Äh, was?", krächze ich.

„Komm schon, komm in Schwung mein Kleiner! Einmal noch. Ein allerletztes Mal."

Sie will Sex, denke ich, und gleichzeitig: was heißt hier noch ein allerletztes Mal? Will sie mich danach kalt machen? Oder sind die Häscher des Staates oder der Werkschutz der Firma uns schon zu nahe auf den Fersen?

Diese Gedanken und Befürchtungen machen mich nicht gerade zum guten Liebhaber. Das merkt sie auch:

„Jetzt konzentrier dich mal auf deine, na ja, also auf das, was du kannst. Los, Mann, einmal will ich dich noch spüren. - Bitte!"

Was ist das nun? Sie wird ja sentimental. Ich verstehe gar nichts mehr, aber ein Teil von mir kapiert anscheinend schneller.

Sie keucht: „Endlich, Mann oh Mann, komm, ja, komm her!"

Es war dann doch noch gut. Aber sofort nach dem Schuss wieder die Frage: Warum das allerletzte Mal?

Sie spürt wohl, was in mir rumort. Heute ist sie nicht die harte Heldin, das ist klar, die Walküre hat plötzlich Gefühle! Sogar verschiedene.

Mit fast zärtlicher Stimme raunt sie mir zu:

„Jetzt ist alles anders. Wir haben noch eine halbe Stunde. Ziehen wir uns erst mal an. - Au Scheiße... So schnell geht alles zu Ende."

Wir klettern aus der Kuhle im Stroh und ziehen unsere Klamotten über. Ich grübele und bleibe stumm. Sie wird schon sagen. Was sie sagen will. Und was sie nicht sagen will, sagt sie ohnehin nicht.

„Komm, wir müssen los."

Mit der Maschine fahren wir auf die Straße. Der Beiwagen samt meinem Rucksack aber bleibt da, auch der Hund. Nach einer Stunde schneller Fahrt biegt sie in einen Feldweg ein und wir steigen ab, Pause machen.

Sie fängt an zu reden:

„Meine Schwester ist gut zu dem Hund, keine Sorge. Nicht darüber."

Toll, und worüber sonst?

„Ich habe eine Nachricht bekommen, ich warte schon länger. Ist aber jetzt ganz anders. Damit hab ich nicht gerechnet."

Sind ihre Augen jetzt feucht geworden? Ich kann mich nur noch wundern. Was hat sie nur? Warum sagt sie nicht einfach, was Sache ist?

Stattdessen legt sie mir ihre schwere Hand auf die Schulter.

„Zuerst hab ich gedacht, was für eine Null du bist, aber bald hab ich gemerkt, was du gut kannst. Bist schon in Ordnung, Kleiner."

Eine Träne kullert über ihre Wange, nicht zu packen. Hab ich eine tödliche Krankheit oder was?

„Tja, ich darf dir nichts sagen, gar nichts. Offiziell. Aber."

Sie beugt sich vor, umarmt mich und presst mich zu Brei, fast.

Und schiebt mich eine halbe Armlänge weg:

„Hör zu", was ich ja sowieso die ganze Zeit tue, „gestern warst du noch von sämtlichen Sicherheitskräften gesucht, wie die letzten Tage. Alles war in Bewegung, um dich zu fangen." Echt jetzt? Warum denn? Es hat doch niemand was gewusst?

Und überhaupt, was geht das den Staat an, wenn ich vor meiner Ex davonrenne? Hab ich denn sonst was verbrochen? Wer weiß, dass ich im Zug auf der Ottilienleiche liegend gefahren bin? Oder all das andere. War doch alles ganz belanglos?

„Ja, du warst Staatsfeind Nummer eins, und ohne es zu wissen. Und gleichzeitig wollte dich die EusiaTrans einkassieren. Warum weiß ich nicht. Und sie wollen es noch immer, glaube ich. Und jetzt..."

Noch eine Umarmung. Die restliche Lebenszeit meiner Rippen scheint mir angezählt. Aber sie redet weiter:

„Jetzt bist du gesucht, aber in anderem Sinne. Du hast was vor dir."

Sie schnauft tief.

„Aus dem Flugzeug springen, hab ich dir angekündigt. Das kannst du streichen. Das wird es nicht. - Leider darf ich dir nichts sagen, gar nichts, du darfst dir auf keinen Fall anmerken lassen, was du von mir erfahren hast. Aber - nur das:"

Sie senkt die Stimme, dabei sind wir hier meilenweit mutterseelenallein:

„Aus dem Flugzeug springen, das ist ein Schiss gegen das, was du tun wirst. Ich sag jetzt nichts mehr, außer diesem einen Wort:"

Ich spüre, wir mir eisige Schauer den Rücken runter rinnen.

Sie haucht: „Sterne!"

Jetzt ist sie übergeschnappt, denke ich, denn sie verdreht die Augen nach oben und breitet die Arme aus, dann umschlingt sie mich, hebt mich hoch, und wirft mich auf den Boden. Ich lande hart auf den Schottersteinchen, sie aber wirft sich über mich und heult herzzerreißend.

Schließlich flüstert sie mir ins Ohr: „Eigentlich wollte ich dich mit dem kleinen Flugzeug wegbringen, aus der Gefahrenzone, und über sicherem Gebiet abspringen lassen. Den Fallschirm hätte ich dir schon noch erklärt. Aber nun ist alles aus - anders - alles..."
Und schon wieder schluchzt und weint sie, die starke Große. -

Bald sind wir weitergefahren, und in einen großen Hof eingebogen. Dort steht ein Geländewagen-Konvoi von fünf schwarzen Fahrzeugen mit seltsamen silbernen Buchstaben auf den Türen.
Die Frau bringt die Maschine zum Stehen, und lässt mich absteigen.
Ich denke gerade noch daran, ihr den Helm zurückzugeben
Sofort werde ich von zwei Männern, die aus einem der Autos springen, in Gewahrsam genommen. Ja, wie eine Verhaftung wirkt das, dabei hat keiner etwas gesagt, keine Rechtsbelehrung oder sonst etwas. Unsanft werde ich in das Auto gestoßen und sofort angeschnallt.
Ich will mich zu meiner Chefin umdrehen, meiner Riesin, meiner Liebhaberin. Aber ich sehe sie nicht, die Fenster sind klein und auf jeder Seite sitzt einer der Männer, es ist eng und ich habe keine Bewegungsfreiheit. Vor mir der Fahrer und der Beifahrer, wir sind zu fünft.
Aber wo ist sie? Warum kommt sie nicht mit?
Plötzlich verstehe ich ihre sentimentalen Bemerkungen, ihren Abschiedsschmerz, denn das scheint klar: Wir werden uns nicht wiedersehen.
„Noch ein allerletztes Mal..." - ach ja. Sieht ganz danach aus.
Und nun?

Wir fahren durch das hintere Tor des Hofes, und kommen auf ein großes Feld. Hier wird nichts angebaut, das ist ein Flugfeld. Mir ziehen sie überraschend erst mal eine feste, undurchsichtige Mütze über den ganzen Kopf, ich sehe nichts mehr. Weiter hinten hab ich mir eingebildet, eine ganze Menge kleinerer und größerer Fluggeräte auszumachen.

Aber nun ist es zu spät. Nur noch Schwarz um mich herum.

Wir steigen aus, ich stolpere dahin, wo sie mich hinschieben.

Nach einer Weile geht es eine Leiter hinauf, und ich soll den Kopf einziehen. Irgendwo rein, ein Hubschrauber wahrscheinlich oder ein Flugzeug, keine Ahnung. Ich werde wieder festgemacht.

Nach einer langen Wartezeit, in der ich Stimmen höre und Schritte, Klappern von Türchen und Klicken von Gurten, Schleifen und Kratzen, und endlich gebrüllte Befehle und das Starten von Triebwerken, zieht man mir die Kappe unsanft ab. Eine Frau in heller Uniform steht vor mir.

„Still sitzen bleiben, kein Wort, keine Bewegung, klar?" Ich nicke nur.

Bald startet das gar nicht so kleine Flugzeug.

Sogar eine ziemlich große Maschine.

6. Über den Wolken

Nach einem steilen Aufstieg geht es nun schon seit ein oder zwei Stunden weit über den Wolken dahin.

Wohin?

Nach Westen. Immer nach Westen.

Ich bin gefesselt, sie nennt das „gesichert".

Sie sitzt schräg vor mir, im Winkel, damit sie mich im Blick behalten kann.

Sie, das ist die Sicherheitsoffizierin, wie sie mir knapp erklärt hat.

Sie ist dafür verantwortlich, dass ich am Zielort lebendig und möglichst unversehrt abgeliefert werde.

Sie sieht gut aus, in ihrer strengen Uniform, und ist kalt wie ein Fisch.

Oder nein, eher wie ein Gangster.

Nichts interessiert sie, außer ihr Vorteil, das ist aus den wenigen Sätzen zur Begrüßung schon klar geworden.

Mich würde sie liebend gerne ins Jenseits befördern, aber das geht nicht, weil sie dann um ihr Honorar fallen würde. So schaut es aus.

Deshalb bringt sie mich statt ins Paradies in die Hölle, und das ist für sie auch okay.

Wie ich gefragt habe, in welche Hölle, meinte sie: „Wirst schon sehen, in die schlimmste aller Höllen jedenfalls, und jetzt halt's Maul!"

Ja, nett ist sie nicht. Bin ich ja auch nicht gewohnt.

War die Riesin nett? Nein. Ihre Schwester? Ein Drachen.

War die LKW-Fahrerin nett? Zuerst nicht, nachher wenig, schließlich zu nett.

Waren die in der EusiaTrans nett? Pah!

ÜBER DEN
WOLKEN

Und am Ende der Liste noch meine Frau. Meine Exfrau. Okay, genug. Schluss damit.

Jetzt fliegen wir schon viele, viele Stunden. Ab und zu gibt es was zu essen, trinken kann ich jederzeit aus einem Schlauch. Klopause war auch schon zweimal, eine üble Prozedur, sie mit einer Stromschlagwaffe in der Hand, ich mit lockerer Fußfessel und geänderter Armfessel.
Schrecklich und entwürdigend.
Als ob ich hier fliehen könnte, zehn Kilometer über der Erde.
„Aus dem Flugzeug springen"? Ha, hier nicht. Jetzt nicht. Wahrscheinlich, überhaupt nicht. Will ich außerdem auch gar nicht.
Wie sie das wohl gemeint hat, meine bärbeißig-liebe Riesin?
Einmal reißt die Wolkendecke unter uns auf, und ich sehe Küste, das grün-braune Land ist zu Ende. Meer. Da unten ist ganz viel Meer. Der Atlantik? Was sonst. Nach Westen.
Wir fliegen westwärts.
Dann fliegen wir nach Amerika? Was wollen wir denn da? Was soll ich da?
Ach, die silbernen Buchstaben auf den Autos. War das amerikanisch? Aber das war doch bei uns, wie geht das denn?
Dennoch fliegen wir nach Amerika. Anders kann es nicht sein.
Nach Westen hatte ich schon immer gewollt. Jetzt geht es fast zu schnell. Und über meinen Kopf hinweg. Verfügt.
Aber doch. Nach Westen.

Auf einmal merke ich, meine Sicherheitssoldatin ist eingenickt. Sofort erwachen meine Lebensgeister.
Sie ist momentan außer Gefecht. Und ich bin gefesselt.
Meine linke Hand schmerzt, das Gelenk auch.

Der ganze Unterarm tut längst weh.

Schlecht.

Meine rechte Hand dagegen. Die fühlt sich gut an. Nicht so ganz fest verschnürt. Gut,

Schlecht und gut.

Denn, ich kann drehen. Und zerren.

Drehen und zerren.

Ziehen und drehen.

Natürlich tut das nun auch weh. Aber wenn schon.

Rucken und schieben.

Vor und zurück.

Da komme ich frei.

Ich? Nein, nur meine rechte Hand, aber das ist ja schon viel.

Nun die linke. Mit freier Rechter ist das auch bald geschafft, und wie fein das ist, wenn das Blut wieder durchkommt.

Die Füße sind allerdings mit einem Schloss angekettet. Da braucht man einen Schlüssel.

Doch - der Schlüssel ist da.

Ich sehe ihn.

Die Sicherheitstante schläft.

Und der Schlüsselbund schaut aus ihrer Jackentasche heraus. Den sollte ich doch zu fassen kriegen.

Ohne sie aufzuwecken.

Ja, gelungen. Es klappert ein bisschen, aber schon sind meine Beine frei.

Ich bin frei. Ganz.

Nächstes Problem: Was mache ich jetzt?

Ich könnte sie töten, aber erstens mache ich sowas nicht.

Und zweitens, was hätte ich davon. Eher wenig, oder nichts.

Nein.

Oder, ich könnte sie fesseln. Das wäre schon viel besser.

Den Gesichtsausdruck möchte ich gerne sehen, wenn sie aufwacht und sich nicht rühren kann.

Aber dann. Was bringt mir das?

Eher nichts. Nichts Gutes.

Auch keine vernünftige Lösung.

Oder.

Oder ich gehe ins Cockpit vor.

Ich nehme mal an, die Tür da vorne geht zum Cockpit.

So groß wird die Maschine ja auch nicht sein, vermute ich.

Ob die Piloten überhaupt wissen, dass ich gefesselt war? Vielleicht nicht.

Der Plan kommt mir besser vor als die anderen.

Ganz unschuldig tun, und ich hab ja wirklich nichts angestellt.

Also los.

Die Tür lässt sich öffnen, ich bin in einem sehr engen, länglichen Raum. Rechts und links unglaublich viele Klappen und Türchen und offene Fächer, dazwischen jede Menge Schalter und Lichtchen und sogar kleine Bildschirme. Aber kein Mensch.

Weiter vorne noch eine Tür. Dann geht es da zum Cockpit.

Und wenn ich die öffne und da reinschaue, was sage ich dann?

Plötzlich kommt mir mein Plan gar nicht mehr so toll vor. Aber ich bin nun mal hier.

Umdrehen wäre noch blöder. Und was wollen sie schon mit mir machen, sie müssen mich ja heil abliefern, wie mir die Offizierin leichtfertigerweise mitgeteilt hat. Schwatzhaftigkeit rächt sich immer.

Ganz langsam lege ich die Hand auf den Türgriff. Ist wohl eine Schiebetür.

Soll ich?

Ich schiebe die Tür auf. Eine Pilotin und ein Pilot, und dahinter noch ein Mann. Was macht der hier?

Eine plötzliche Eingebung, ich frage mit geschäftsmäßiger Stimme: „Hi, wann ist eigentlich die geplante Ankunftszeit?"

Der dritte Typ schaut kurz zu mir auf, und antwortet dann schnell: „In Washington DC werden wir in knapp drei Stunden zwischenlanden und tanken, keiner darf dort aussteigen. In Vandenberg werden wir vier bis fünf Stunden später ankommen."

Na, da hab ich ja viel erfahren. Wahrscheinlich bedankt man sich hier nicht, aber mir rutscht das aus Gewohnheit so raus:

„Danke. Das Wetter ist dort okay?"

„Gute Frage, es sieht nicht sehr stabil aus, wir bekommen dann in Washington noch genaue Anweisungen. Kein Grund zur Sorge!" Er lacht mich an. „Mit der Dicken können wir bei jedem Wetter. Kein Problem." Mit der Dicken meint er wohl das Flugzeug.

Ich hab gar keine Lust, nach hinten zu der hoffentlich noch schlafenden Offizierin zu gehen. Hier im Cockpit geht es viel entspannter zu.

Außerdem genieße ich die Aussicht nach vorne, obwohl unten wieder eine dicke Wolkenschicht alles zudeckt.

Nach Westen!

Hier bei den Piloten sieht der Westen einfach toll aus.

Nach Westen.

Ich bleibe da einfach stehen, und ab und zu gibt es ein wenig Smalltalk, nichts besonders Aufregendes. Ich erfahre ein paar Details über das Flugzeug, und die Eigenheiten bei solchen Flügen zwischen den offiziell verfeindeten oder jedenfalls nicht gerade befreundeten Weltmächten.

Auch die Pilotin trägt ab und zu eine Bemerkung bei.

Plötzlich dreht sie sich zu mir um und sagt in Befehlston: „Jetzt zurück in die Kabine, und anschnallen. Wir werden in 20 Minuten landen. Bitte sagen Sie das auch der Sicherheitsoffizierin. Befehl von der Crew."

Ganz ernst schauend wendet sie sich ihren Instrumenten zu. Aber ich muss grinsen. Jetzt soll und darf ich der Sicherheitstante einen Befehl ausrichten!

Also zurück in die Kabine.

Dort schreckt die Frau aus ihrem Schlummer, springt auf, und jetzt weiß ich auch, warum ihre so toll eng anliegende, ihre gute Figur umschmeichelnde Jacke an einer Stelle leicht ausgebeult war: Blitzschnell hat sie eine kleine Pistole herausgezogen und zielt damit auf mich. In der anderen Hand hält sie nach wie vor den Elektroschocker.

Ihr Gesichtsausdruck wechselt hektisch zwischen Wut und Unsicherheit. Sie schreit mich an:

„Was tun Sie da? Wie können Sie es wagen... Sie spielen mit ihrem Leben, Sie Terrorist! Hinsetzen, Hände hoch, wo ist der Schlüssel? Mann! Das werden Sie bereuen, ich brate Sie mit tausend Volt, Sie aufsässiger Verrückter!"

Bei den letzten Worten hat sie die Pistole eingesteckt und an einem Rädchen der Elektrowaffe gedreht. Schon fuchtelt sie damit in meine Richtung, da rufe ich dazwischen: „Halt! Ich hab eine Order von der Crew! Unbedingt zu befolgen!"

„Was, sind Sie jetzt ganz übergeschnappt? Hier befehle ich, und sonst niemand! Niemand!"

„Die Crew befiehlt: Hinsetzen und anschnallen! Landeanflug." Das hab ich ganz ruhig gesagt, mit dem Selbstbewusstsein desjenigen, der sich im Recht weiß.

Und tatsächlich setzt sie sich einfach hin, die Röte in ihrem Gesicht ist plötzlich vergangen, und schnallt sich an.

Auch ich setze mich hin und lege den normalen Sicherheitsgurt an. Sie deutet ein Kopfschütteln an, sagt aber nichts mehr. Von mir aus kann das so bleiben.

Erst als wir schon ziemlich unsanft aufgesetzt haben, und nun über die Landebahn rollen, meint sie beiläufig: „Wo sind wir denn, das kann ja noch nicht unser Ziel sein." Aber trotz des Tonfalles höre ich eine Sorge heraus. Sie ist wohl nicht so gut informiert wie ich.

„Wir müssen kurz tanken, dürfen derweil das Flugzeug nicht verlassen, dann geht's gleich weiter." Mehr sage ich nicht, den kleinen Vorteil meines winzigen Informationsvorsprunges will ich noch nicht aufgeben.

Wieder schüttelt sie den Kopf.

Nach einer knappen halben Stunde sind wir wieder in der Luft. Auf nach Vandenberg, ein Militärflughafen der Air Force, soviel ich weiß. Wenn mir jetzt noch jemand verraten würde, was ich dort soll? Irgendwas müssen sie ja mit mir vorhaben.

Dass sie mich nicht lieben, ist mir klar. Aber kalt machen wollen sie mich auch nicht, der ganze Aufwand muss doch einen Sinn haben.

Nur welchen? Da reicht meine blühende Fantasie nicht. Was tue ich auf einer amerikanischen Militärbasis?

Die Fesseln bin ich los, denn wie mich die kalte Offizierin beim Tankstopp erneut „sichern" wollte, kam zufällig der dritte Mann dazu und bellte mit schneidender Stimme: „Lassen Sie den Blödsinn, wir sind hier in einem freien Land!" Die Frau brummelte etwas Unverständliches, ließ aber von ihrem Vorhaben ab.

Mir ist trotzdem irgendwie mulmig zumute. Bald müssen wir in die Nähe von Vandenberg kommen. Was wird das alles?

Auf einmal öffnet sich die Tür, und ich sehe, wie die Hand der Sicherheitstante an ihre versteckte Pistolentasche zuckt.

Doch der Mann ist schneller, hält schon eine Waffe in der Hand und zielt auf die Frau, die sichtbar bleich wird.

„Was - - -?"

„Legen Sie ganz langsam ihre Schusswaffe ab, hier auf das Bord. Los!" Seine Stimme klingt ungemütlich. Widerwillig aber professionell greift sie mit gestreckten Fingern in die Tasche und zieht die Pistole heraus, und platziert sie an der angegebenen Stelle.

„Jetzt den Taser, langsam, dazulegen!"

„Das können Sie nicht verlangen. Meine Dienstvorschrift ..."

„Hier gelten unsere Regeln. Los jetzt."

Auch der Taser landet auf dem Bord.

„Haben Sie sonst noch irgendeine Waffe oder einen waffenähnlichen Gegenstand bei sich?"

„Nein."

„Dann gehen sie zurück in das Segment E. Wie Sie wissen, stehen Sie ab sofort unter Arrest. Reine Formsache. Je weniger Theater Sie machen, je angenehmer ist die nächste Stunde für uns beide."

Die Frau verzieht sich schneckenlangsam in den hinteren Teil des Flugzeugs. Der Mann folgt ihr mit drei Metern Abstand, bis zu dem Schott, das er tatsächlich hinter ihr verriegelt.

Ich atme auf. Die ungute Wachfrau ist nun außer Gefecht. Sehr gut. Und ich?

Ich werde jetzt höflich behandelt, ja, man könnte sogar sagen, respektvoll. Ich kann so gut Englisch, dass ich heute kaum bemerkt habe, ob die Unterhaltung gerade in Russisch oder auf Englisch gelaufen ist, im Cockpit war es wohl komplett gemischt gewesen. Die Sicherheitstante hat aber nur Russisch gebellt und der Mann eben nur sein grobes Amerikanisch.

Und in den Staaten werde ich anscheinend nicht als Verbrecher gesucht. Interessant.

Nach einer weiteren Stunde kommt wieder mal der dritte Mann vom Cockpit zu mir.

„Hinsetzen und anschnallen. Landeanflug." Und schon ist er wieder weg.

Nach der Landung und dem unvermeidlichen Taxiing kommen drei große, schwarze Vans auf das Flugzeug zugerollt, alle mit roten Blinklichtern auf dem Dach.

Schwarz und Rot.

Ich muss lange warten, bis sich etwas tut. Dann endlich öffnet sich die große Tür nach draußen. Zwei Männer und eine Frau, alle in Uniform, drängen herein. Die Männer stapfen nach hinten, wo die Russin eingesperrt ist.

Männer und Frauen.

Die Frau will meinen Pass sehen, aber ich habe ja nichts mit. Das erkläre ich ihr, sie nickt dazu und meint so was wie „never mind, no problem".

Und dass ich mitkommen soll. Ich folge ihr also, die Gangway hinunter, und in den letzten der drei Vans. Sie steigt mit ein.

Während der Wagen schon losfährt, hält sie mir die Hand hin und stellt sich vor: „My name is Barbara. I will be your guide for the next two weeks." Dazu ein strahlendes Lächeln, die weiß blitzenden Zähne sehen aber ein bisschen gefährlich aus. Vor lauter Staunen über meine neue Situation vergesse ich ganz, mich selbst vorzustellen, was aber sicher völlig überflüssig wäre. Sie werden immerhin wissen, wen sie da aus Russland geholt haben.

Und warum haben sie? Und warum mich?

7. Alles geheim

„... ist alles streng geheim. Selbst Sie dürfen so gut wie nichts wissen. Soweit wir gehört haben, sind Sie das ja gewohnt. - Hier sind Sie keineswegs der Protagonist, nicht ein Held, sondern nur ein ganz kleines Rädchen und eigentlich ganz unwichtig."

Der Mann im hellen Anzug spricht deutlich artikuliert wie ein Fernsehsprecher. Aber jetzt dreht er sich weg, zum großen Fenster hin, und holt einige Male tief Luft. Ich warte. Wie schon die ganzen letzten Tage, zwei Wochen oder etwas länger.

Warten und wundern.

Grübeln und warten.

Ich lebe in einem kleinen Raum, karg eingerichtet, mit Duschecke, Schreibtisch und Bett. Dazu zwei Holzstühle.

Wie im Gefängnis, denke ich manchmal.

Und jeden Tag eine Ausbildung. So nennen sie das. Eine Stunde oder zwei, in einem Raum wie diesem, hier sieht ja alles gleich aus. Aber der Weg von und zu meinem Raum ist jedes Mal anders. Oder bilde ich mir das ein?

Unter anderem muss ich eine Art Sprache lernen, wie Computerbefehle.

Die Befehlsworte müssen in deutlichem Kommandoton gesprochen werden.

In der zweiten Woche bin ich dazu in einen kardanisch aufgehängten Rahmen geschnallt worden, und zuerst langsam, später immer schneller hin- und hergeschleudert, rotiert, verschoben, gerüttelt. Aber die Befehle habe ich immer klar und erkennbar rufen müssen, sonst habe ich Minuspunkte bekommen.

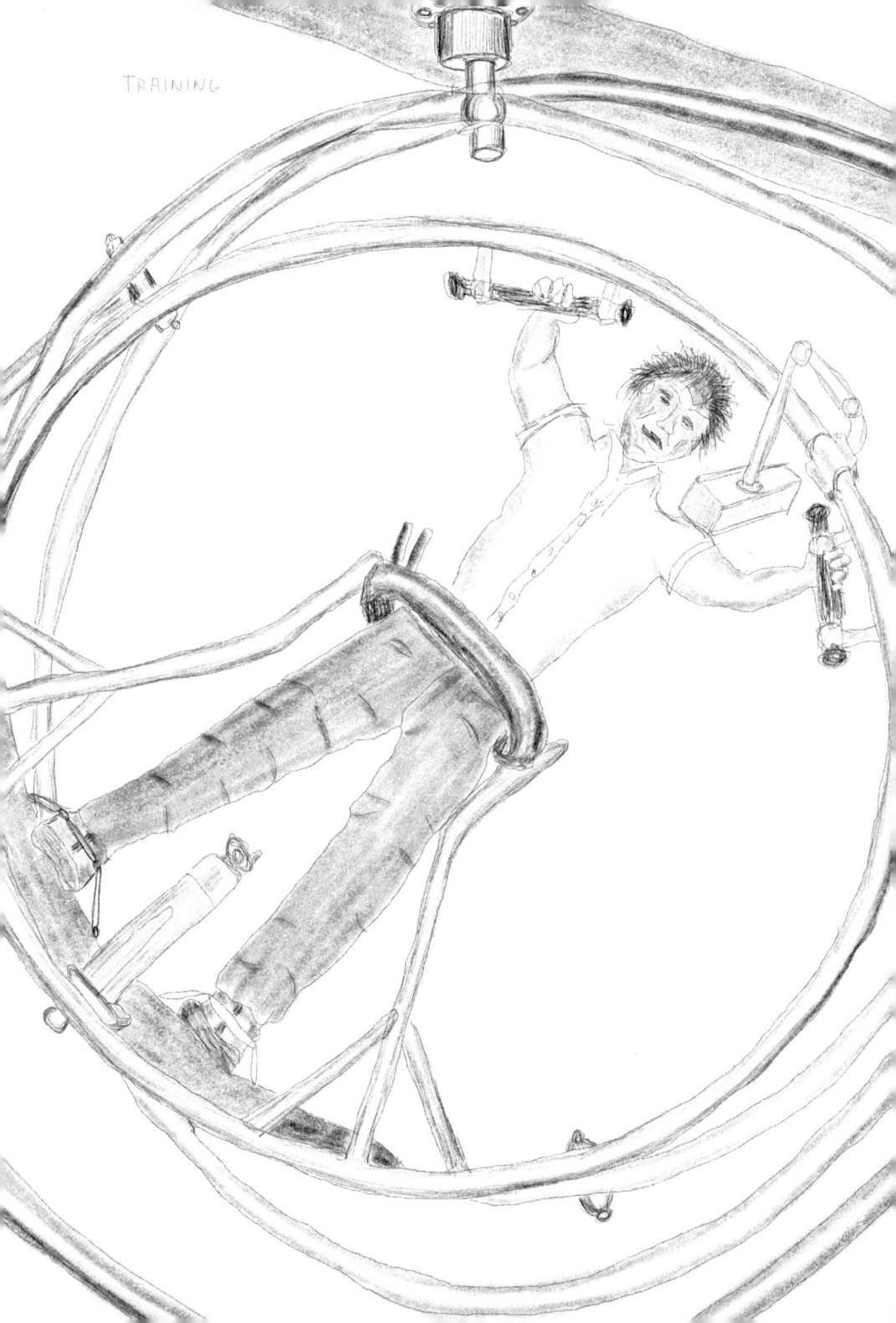

TRAINING

Nach ein paar Tagen bekomme ich auch eine Handsteuerung, so ähnlich wie von einer Spielkonsole, nur ziemlich massiv gearbeitet, aus Metall. Die hat sechs Tasten: Kreuzförmig angeordnet die Pfeile für Up und Down, Left und Right. In der Mitte die rote Stopptaste. Und ganz unten eine breite, längliche Taste für Go.

An verschiedenen Stellen können Bildsymbole oder Buchstaben auftauchen, auf dem Bügel über meinem Schoß, oder auf einer der Raumwände, oder heute in der Brille des Helms eingeblendet, den sie mir in der letzten Stunde zum ersten Mal aufgesetzt haben.

Vielleicht, weil mir das alles im Grunde ganz gleichgültig ist, kann ich es ganz gut.

Symbol entdecken, erkennen, und dann entscheiden, welcher Befehl geeignet ist. Diesen dann deutlich sprechen, trotz allem Gerüttel und Geschüttel. Und gleichzeitig die entsprechende Taste drücken.

Sprechen und drücken.

Nicht denken.

Ich erreiche die geforderte Trefferzahl jedesmal und erspare mir somit einige Wiederholungsstunden in diesem Foltergerät.

Mitunter muss ich grinsen, wenn ich mir ins Gedächtnis rufe, was ich die letzten Wochen alles mitgemacht habe.

Da ist diese „Ausbildung" ja fast ein Spaziergang dagegen. Ein Spiel.

Aber es ist alles ganz abstrakt, und keiner will mir sagen, was die einzelnen Symbole oder Befehle bedeuten.

Ich komme mir ein bisschen vor wie ein Kind, dem jemand nur die Regeln für die möglichen Züge von Go oder Schach eintrichtert, ohne zu verraten, worum es in dem Spiel eigentlich geht.

Und jetzt hat der Mann, der vielleicht der Boss hier ist, gesagt, dass ich ganz unwichtig sei.

Ich wäre sehr gerne ganz unwichtig, für die alle hier, und die, die mir in meinem Land nachgejagt haben.

Aber warum dann haben sie mich so aufwendig geholt? Die Frage ist immer noch unbeantwortet.

Ich ahne, sie wird das auch immer bleiben. Wahrscheinlich werde ich sterben, bevor ich die Lösung erfahren habe.

„An einer Stelle allerdings, da wird es von Ihnen abhängen. Da müssen Sie entscheiden."

Er seufzt tief. Ich warte.

Unwichtig und wichtig.

„Tja, da sind wir dann von Ihnen abhängig, nur für ein paar Momente, aber das zählt. Stop oder Go, Left oder Right, Up oder Down, das werden Sie, und nur Sie, entscheiden. Dafür bilden wir Sie hier aus."

Da er mich auf einmal fragend ansieht, räuspere ich mich und ergreife widerwillig das Wort:

„Ja, das mag so sein, aber ehrlich gesagt, ich verstehe nichts. Gar nichts."

Dabei hat er die eine Augenbraue gehoben, halb streng und halb enttäuscht, wie ein Lehrer, wenn der Problemschüler schon wieder versagt hat.

„Von verstehen ist nicht die Rede. Es geht um Ihre Reaktion, und die ist in unseren Simulationen bisher immer einwandfrei gewesen. Zu verstehen gibt es da nichts, merken Sie sich das!"

Aha.

Während ich in meine Kammer zurückgeführt werde, diesmal von einer hübschen Dame in schneeweißem Anzug, sehe ich ein Bild vor meinem inneren Auge.

Ein großes Flugzeug, eine B52. Auf dem Flug nach Hiroshima. Und drinnen. Einer muss ja im richtigen Moment auf den Knopf gedrückt haben.

Irgendwie eine Anzeige, ein paar sich plötzlich zu dem erwarteten Muster zusammenfindende Symbole, Linien, Kreise, was immer.

Und genau im richtigen Moment den Knopf drücken.

Hunderttausende Menschen, eine Stadt, eine ganze Region.

Die Bombe.

Ist es das, was ich machen muss?

Und warum machen sie es dann nicht selbst, oder noch besser, gleich ganz automatisch?

Was passiert, wenn ich es absichtlich nicht mache?

Es schüttelt mich. Mit meiner Gleichgültigkeit ist es vorbei.

Da mache ich nicht mit, aber das werde ich nicht verraten.

Die schöne Frau ist längst weg, ich bin in meinem Zimmer.

Allein.

Aber die Langeweile ist auch weg, dafür sitze ich wie auf glühenden Kohlen.

Was soll ich da wirklich tun? Warum sagen sie mir nicht, warum ich da das machen muss, was ich machen muss?

Wie ich schon im Bett liege, steigt der nächste Albtraum auf.

Warum holen sie sich einen Russen? Einen flüchtigen Bürger, hinter dem die Behörden her sind? Das klingt doch verdächtig...

Vielleicht soll ich einen Anschlag auf ein Ziel in meinem Land auslösen. Einen Angriff.

Sie wollen dafür einen, der da ein Ziel erkennt, wiedererkennt, und aus persönlichen Gründen keine Skrupel hat.

Das kommt mir plötzlich allzu plausibel vor.

Aber da haben sie sich in mir getäuscht.

Oder, können sie mich zwingen? Den Worten des Bosses nach wohl eher nicht. Zumindest habe ich die Möglichkeit, ihnen einmal in die Suppe zu spucken. Was danach mit mir passiert, brauche ich mir nicht auszumalen.

Das wird keine angenehme Nachtruhe.

Am nächsten Morgen fühle ich mich schlecht, leer, lustlos. Viel zu bald werde ich abgeholt, von einem jungen Mann. Ich komme kaum hinterher, meine Beine sind so müde wie mein Kopf, er aber ist durchtrainiert und fit wie alle hier. Alle außer mir.

Diesmal werde ich mit einem kleinen Elektrowagen zu einem ganz anderen Teil des Geländes gebracht. Dort geht es mit einem Lift einige Stockwerke nach unten, in einen tiefen Keller.

Der junge Mann übergibt mich an einer gut gesicherten Stahltüre an eine Frau und verspricht, auf mich zu warten. Die Frau bittet mich hinein, in ein größeres Labor mit Tischen, Glasschränken, Regalen, und überall sind elektronische und andere Geräte und Werkzeuge, viele eingeschaltet, brummend und blinkend.

Sie lässt mich einfach stehen, hat nur „a moment please" gemuffelt, also bleibe ich hier und schaue. Das Deckenlicht ist ausgeschaltet, aber überall brennen Schreibtischlampen und andere kleine Leuchten, die die Arbeitsflächen strahlend weiß erhellen. Überhaupt ist hier fast alles weiß, Decke, Wände, Möbel, Fußboden. Sogar der einzige Sessel, ein Drehstuhl mit Rollen, hat die Polsterung in Weiß.

Es dauert, nichts passiert. Da nehme ich plötzlich das Summen und Piepsen all der Geräte wahr, rundum zirpt und fiept und tickt und tröpfelt es, eine ganz eigene Musik aus technischen Geräuschen.

Nun öffnet sich die Tür hinter mir, und noch bevor ich mich umdrehen kann, höre ich eine alte Stimme: „Ach, da ist ja unser Sternen-Oh!"

Ein ziemlich betagter Professor wie aus dem Bilderbuch, im weißen Labormantel, mit weißen wirren Haaren, rotem Gesicht, und gütigen Augen.

Was meint er mit Sternen-? Sternen-was?

„Guten Tag", antworte ich leise.

Weniger weil mich seine Begrüßung irritiert hat, als weil der ganze

Raum auf mich so wirkt, dass ich besser nicht stören sollte, wen oder was auch immer.

„Entschuldigung, ich muss aufpassen, was ich sage... Ja, also, seien Sie begrüßt, ich leite das kleine Institut hier... Und ich habe die Aufgabe, Ihnen dieses kleine Kästchen näher zu bringen... soweit das halt möglich ist, unter den Umständen... ach, ich sage schon wieder zuviel."

Er hat in seine Kitteltasche gegriffen, und ein kleines, graues Teil herausgezogen, das er mir auf der flachen Hand präsentiert.

„Sehen Sie? Das ist etwas ganz Besonderes, ein kleiner Schatz, mein Lieber, so etwas gibt es nur wirklich selten."

Vorsichtig strecke ich die Hand aus, soll ich es nehmen? Es kommt mir so bekannt vor, mein Schatz, und er nennt es auch so, treasure natürlich, trotzdem ein seltsamer Zufall.

„Ja, nehmen Sie es nur, bitte sehr." Es ist eher schwer, vermutlich aus Metall, und ein bisschen warm.

Ganz wie meins. Gewesen ist. Bis. Oh nein.

„Wir haben nur wenig Zeit, und ich soll Ihnen das erklären. Dabei sind die, die das erklären könnten, sehr weit weg. Es kommt aus Ihrer Heimat, und wir wissen kaum etwas darüber. Das Kjuco kann aber etwas. Sehen Sie her!"

Er nimmt es mir wieder aus der Hand und ich erwarte schon, er werde die Antenne aus der seitlichen Versenkung ziehen. Aber nein.

Vielmehr zeigt er mir am Rand eine Vertiefung, eine längliche Rille, vielleicht 8 Millimeter breit, und 8 Zentimeter lang, schätze ich.

„Hier können Zeichen auftauchen, sehen Sie?"

„Ich sehe keine Zeichen. Sollen die leuchten?"

„Ja, genau, kleine leuchtende Zeichen entstehen da, oder sie laufen wie bei einem Börsenticker entlang. Leider kann ich das jetzt nicht vorführen. Sie müssen mir das glauben."

Das fällt mir nicht schwer, mein Kommunikator hatte das auch, nur viel kleiner.

Dann dreht er das Ding um und zieht doch etwas heraus, aber keine Antenne, sondern einen dünnen Metallstift.

„Auf dieser Fläche, sehen Sie das eingelassene Quadrat hier? Da können Sie mit dem Stift drauf schreiben, einzelne Zeichen, aber auch das kann oder darf ich nicht wirklich machen jetzt, es ist alles geheim. Und muss geheim bleiben."

Der alte Mann wiederholt das alles mehrfach, ich komme mir schon ganz blöd vor. Es gibt ja sonst nichts zu lernen.

Auf der einen Breitseite im Schreibfeld einzelne Symbole eingeben, um Buchstaben geht es wohl nicht. Auf der einen Schmalseite in der Rille Text lesen.

Und ausprobieren ist nicht möglich oder nicht erlaubt. Und mehr darf er nicht sagen? Ein paar Hinweise bekomme ich schon noch:

„Mit Verlaub, haben Sie Quantenphysik studiert? Ich will nicht neugierig sein, aber aus irgendeinem Grund muss man ja Sie ausgewählt haben... Das ist die wohl einzige Anwendung der Verschränkung, die es bis jetzt gibt, und hier in den Staaten haben wir keine Ahnung, wie das genau... Oh. Ich bin zu schwatzhaft. Jedenfalls wissen wir nicht, wieviel Kjucos es gibt, daher darf es nur im absoluten Ernstfall verwendet werden. Nur das müssen Sie wissen: Nur im Ernstfall. Nur für die Aufgabe, für die Sie ausgebildet sind. Nur in den entscheidenden Minuten. Auf keinen Fall zu Testzwecken, auf keinen Fall zum Spaß, merken Sie sich das gut. Früher hatten wir das rote Telefon im Weißen Haus und im Kreml... Oh."

Jedesmal, wenn er einen Satz mit „Oh" abbricht, schlägt er sich angedeutet mit der Hand auf den Mund. Finde ich etwas theatralisch. Aber er ist Amerikaner und alt, vielleicht tut man das dann so.

Nach vielleicht einer Viertelstunde werde ich wieder abgeholt.

Das war ja die allermerkwürdigste Trainingseinheit bisher!

Und was bedeutet es? Ein Kommunikationsgerät, eine russische Entwicklung, und dem Kommunikator, den ich von der EusiaTrans hatte, ziemlich ähnlich, wenn auch wieder anders. Verschränkte Teilchen? Sowas könnte man doch höchstens mit riesigen unterirdischen Teilchenbeschleunigern ausprobieren, mit irre hohem technischen Aufwand? Und jetzt habe ich sowas zum in-die-Hosentasche-stecken gesehen. Angeblich. Oder nur Schwindel?

Und seit wann geben unsere geheimsten Militärforscher ihre Schätze an ihre amerikanischen Gegenspieler ab? Es ist alles so unwahrscheinlich, dass ich es bald verdränge.

Besonders, wie wieder das Training mit den Mustern und Befehlen im Simulator anfängt. Da ist mein Kopf wieder leer, angenehm leer, kein Grübeln und nur noch Konzentration.

Nicht denken.

Drücken und Sprechen.

Symbole und Zeichen.

Präzision und Reaktion.

Mehrere Tage später werde ich von zwei bewaffneten Frauen abgeholt, der Uniform nach AirForce-Soldatinnen.

Sie nicken zur Begrüßung und nehmen mich in die Mitte.

Direkt böse schauen sie nicht aus, aber freundlich auch nicht. Streng und konzentriert.

Durch allerlei Gänge, viele Treppen hinunter und hinauf, etliche Male unter freiem Himmel von einem Gebäude zum nächsten wechselnd, sind wir wohl eine halbe Stunde unterwegs. Einmal fahren wir ein Viertelstündchen mit einem Jeep. Dann geht es wieder durch Gebäude und zu Fuß weiter.

Endlich packen sie mich vor einer Lifttür mit eisernen Griffen an beiden Armen. „Stop."

Es dauert endlos, bis die Schiebetür aufgeht und sie mich in die erstaunlich geräumige Kabine schubsen.

Natürlich wehre ich mich nicht, trotzdem werde ich wohl blaue Flecken davontragen.

Finger wie Schraubzwingen.

Der Lift hat ein kleines Fenster, irgendwelche Streben oder Stangen huschen da von oben nach unten vorbei.

Wir fahren fast geräuschlos hinauf.

Mit einem Ruck bleibt der Fahrstuhl stehen, wir machen unwillkürlich einen kleinen Hüpfer.

Die eine Frau lässt mich los und beschäftigt sich mit der Lifttür, die jetzt nicht elektrisch aufgeht.

Zuerst allerlei Riegel öffnen, dann die laut quietschende Klappe aufstemmen, das scheint harte Arbeit zu sein, ihr entschlüpft ein leiser Fluch.

Die andere bellt mich an: „Augen fest schließen, und 10 Meter geradeaus gehen, zügig, los!"

Ich blinzele ein wenig und kann beim Hinübergehen auf dem eisernen Steg einiges erkennen, bis mir die eine einen Boxhieb in die Seite gibt:

„Augen zu, Mann!", zischt sie gefährlich.

Huh huh, ich fürchte mich ja so, spotte ich innerlich, aber ich fürchte mich wirklich, nur nicht vor ihr.

Ich bin nämlich nicht schwindelfrei und wir sind am oberen Ende eines hohen, dünnen Turms.

Und gehen auf der Brücke auf einen sehr dicken Turm zu, der noch weiter oben spitz zuläuft. Nach unten wird er immer dicker, ganz aus weißem oder weißlackiertem Material. Wäre dieser Turm nicht

gar so dick, könnte es sich um eine große Rakete handeln, denke ich.
Zudem ist dieser Steg nur ein Gitter, man sieht senkrecht ganz weit unten winzige Rechtecke und sich bewegende Punkte.
Fahrzeuge und Menschen.
Puh, so hoch. Hundertzwanzig Meter? Etwa so.
Aber schon sind wir durch eine runde Luke im dicken Turm angekommen, wo es ziemlich eng ist. Ein sehr schmaler Gang führt weiter ins Innere, aber der ist so niedrig, dass man auf allen Vieren kriechen muss, um durch zu passen.
Die eine Frau krabbelt voraus, ich hinterher, die zweite Frau schiebt mich an. „Weiter, hopp, hopp!"
Hinter uns zischt und summt es. Die Frau vor mir stoppt, ich rempele mit dem Kopf gegen ihr Hinterteil, und muss heimlich grinsen.
Jetzt zischt es vor uns, ich sehe, da schiebt sich eine doppelte runde Tür seitlich auf.
Die Soldatin krabbelt wieder voran, ich hinterher.
Auf einmal ist vor mir nur noch eine leere Kammer zu erahnen. Die erste Frau ist wohl über die Kante gesprungen.
„Vorsicht!" Gerade noch rechtzeitig warnt sie mich, denn alles ist glatt hier und es geht wohl fast zwei Meter senkrecht hinunter. Sie stützt mich, und ich lande neben ihr auf einer weichen, textilen Matte, die fast den ganzen Boden der Kammer bedeckt. Nur ein schmaler Gang ringsum besteht aus einem festen Material.
„Machen Sie es sich gemütlich," meint sie mit ironischem Grinsen, „und hier, schauen Sie, diese Klappe, da ist die Toilette, lesen Sie die Anweisung genau. Ansonsten, viel Spaß, mein Lieber!" Blitzschnell schnappt sie sich meinen Kopf, zieht mich zu sich und presst mir einen Kuss auf die Lippen. Ich bin ganz baff, damit habe ich am wenigsten gerechnet. Schon zieht sie an kleinen Griffmulden eine Art Leiter aus der eigentlich glatten Metallwand.

Sie klettert behände hinauf. Oben dreht sie sich noch einmal um und flüstert: „Schade, wir werden uns wohl nie wiedersehen! Ciao." Auch die zweite, die oben gewartet hat, winkt mir eher freundlich als militärisch zu.

Und weg sind sie. Auch die Leiter ist in der Wand verschwunden. Die Tür im rohrartigenGang zischt, dann ist die Öffnung verschlossen.

Alles glatt ringsum, ein weiter Metallzylinder, und ich stehe auf der Matte. Über mir eine Kuppel, sieht aus wie weißer Kunststoff. Sonst nichts zu erkennen.

Ziemlich verwirrt öffne ich die Kloklappe und versuche die Anleitung zu verstehen, aber ihr Gesicht tanzt ständig vor meinen Augen und ihr von zwei Waffen flankierter Popo, wie sie die Leiter hinauf geteufelt ist. Und wir werden uns nie wiedersehen? Bedeutet das, sie weiß über mein Schicksal Bescheid? Aber es kann natürlich auch ganz anders gemeint sein.

Und. Wahrscheinlich werde ich sowieso überhaupt niemanden jemals wiedersehen. Der schwarze Gedanke drängt sich auf.

Trotz der düsteren Vorahnungen tut es mir leid. Diese Frau. Hätte interessant werden können, denke ich.

Andererseits.

Ein Raum wie eine Kapelle. Was ist das wirklich?

Und wenn der Turm doch eine Rakete ist, eine tödliche, für irgendeine Gegend der Weltkugel, und ich Kamikaze-artig darauf in mein und deren Verderben reiten muss? Könnte gut sein.

Attraktive Soldatin. Tödliche Waffe.

Und ich mittendrin?

Ach.

Ich lenke mich ab, indem ich meine Umgebung studiere.

Mit der Zeit entdecke ich mehr Griffe, Leitern und Klappen, alle perfekt in der Metallwand eingelassen.

Als es in meiner Höhe nichts Neues mehr zu finden gibt, setze ich mich auf den Boden. Superweich, tief und nachgiebig ist das alles, rundum, und ich bin müde. Ich könnte mich ja auch hinlegen. Warum auch nicht.

Also lege ich mich hin.

Sofort schrecke ich wieder hoch, auf die Ellbogen aufgestützt, denn ein lauter Gong ertönt, und eine Frauenstimme sagt:

„Sehr gut, Mann, bleiben Sie liegen. Genau richtig. Ihr Name ist ab sofort Max."

Mit Max bin ich eigentlich nicht einverstanden. Oder doch, Moment mal, doch, ist okay. Gerade ein nicht passender Name ist doch in einer solchen Situation ideal.

„Einverstanden", krächze ich, hab ja lange nichts gesagt. Nicht mal den Abschiedsgruß der Soldatin habe ich erwidert.

„Davon sind wir ausgegangen. - Hören Sie gut zu, Max, aber bleiben Sie liegen."

Noch einmal der laute Gong, warum auch immer. Ein wunderschöner Klang übrigens, sehr langsam verhallend.

„Wir sind uns bewusst, in welcher Unsicherheit, in welchem Rätselraten Sie sich derzeit befinden. Leider können wir aus bestimmten Gründen nur einige Ihrer Fragen beantworten.

Ihr derzeitiges Zuhause ist dieser Raum an der Spitze einer sehr neuen Großrakete. Diese soll in Zukunft Menschen nicht nur zur Raumstation in der Umlaufbahn bringen und wieder retour, sondern auch zu anderen Destinationen, auch in wesentlich größerer Entfernung.

Die Neue muss natürlich getestet werden, der erste, noch unbemannte Probeflug ist in 4 Monaten vorgesehen."

Aha, und was mache ich jetzt hier? Schlafprobe oder was?

„Andererseits gibt es ein Problemchen, hmm, ..."

Die Sprecherin hüstelt wie verlegen, aber gleich geht es weiter:

„Also ein Problem, streng geheim, aber sehr brisant. Da brauchen wir die Neue dafür, und einen Menschen mit einer gewissen Intelligenz, hmm, ...", nochmal Hüsteln, „und ein paar bestimmten Charaktereigenschaften. Kurz gesagt, wir haben Sie dafür genommen, worauf Sie sich nichts einbilden brauchen, Sie waren einer von Tausenden von geeigneten Kandidaten."

Okay okay, schon verstanden. Langsam könnte die Dame aufhören, damit ich ein wenig schlafen kann.

„Hören Sie jetzt genau zu. Der Start ist in 30 Minuten. Bleiben Sie einfach so liegen. Am besten auf dem Bauch, aber Rückenlage ist auch okay, seitlich weniger - glauben wir, es war keine Zeit das zu untersuchen. Sie sind der Erste, der das machen wird. In 29 Minuten."

Was???

Die schießen mich jetzt gleich mit einer völlig unerprobten Rakete in den Himmel? Und nicht zum Testen der Rakete, sondern für einen geheimen Einsatz. Der so geheim ist, dass sie mir selbst jetzt noch nicht sagen, wofür das gut sein soll und was genau ich machen muss. Na super.

Anscheinend kann ich antworten.

"Hmm. Warten Sie mal, Moment, ich soll mit der völlig neuen Rakete fliegen? Ohne irgendwelche Tests? Und was ist..."

"Stopp. Wir machen das nicht zum Vergnügen. Diese Mission ist absolut notwendig. Für uns. Für die Menschheit. Für die Erde. Sie sind nicht gefragt worden, weil es keine Alternative gibt. Ende. - Wir wünschen Ihnen Erfolg. Im Interesse aller." Und wieder der Gong.

Unglaublich. Erstens überhaupt, was für ein Problem soll das sein, was für eine Mission?

Und zweitens. Für mich. Einfach so. Zisch, und weg.

Das können sie doch nicht machen.
Zweifel und Wut.

Trotzdem, da ist auch ein anderes Gefühl.
So plötzlich, keine Zeit Angst aufzubauen, keine Bedenken wälzen.
Einfach ab und los. In den Weltraum.
Da hab ich doch als Kind schon von geträumt.
Hab ich diesmal vielleicht das große Los gezogen?
Eine unbestimmte, vibrierende Vorfreude ist da auch irgendwo in meinem Kopf, oder im Bauch, halb vergraben unter Zweifeln und guten Argumenten.
Und was ist mit dem Training? Ich hab mal von der Astronautenausbildung gelesen. Jahrelanger Drill, härteste körperliche Vorbereitung, dazu viel technische und wissenschaftliche Ausbildung. Das brauche ich doch auch. Ich besonders.
Nein, verstehen kann ich das nicht, aber es soll mir gleich sein.
Ich fliege. Und basta.
Wenn mein Körper das nicht aushält, dann hab ich Pech gehabt, ist jetzt nicht wichtig.
Wichtig wäre, was ich dann tun soll, wenn ich den Start überlebe und wenn die Rakete denn funktioniert, was scheinbar noch niemand weiß.
Was muss ich dann tun? Was muss ich können?
Ich lasse mir die letzten drei Wochen durch den Kopf gehen.
Diese Symbole. Diese Befehle.

Gong!!! Wieder dieser laute Gong, ich liebe den Klang, aber was bedeutet der eigentlich?
Und eine andere Stimme, ich kann mir gleich gut eine dunkelhäutige Frau vorstellen wie einen etwas älteren weißen Mann:

„Hallo Max! Hier spricht dein Assistent. Ich werde dich bei diesem Flug begleiten. Ich habe alle Informationen, die wir brauchen werden."

Ich räuspere mich. „Aha. Na also, ich bin wohl der Max, und wer sind Sie?"

„Wir sollten bei der persönlichen Anrede bleiben. Mein Name ist A. I. 7 und sie sagen, ich sei eine künstliche Intelligenz."

„Ach, also bist du ein Computer. Auch gut."

„Wenn dir das lieber ist, dann stell dir einen Computer vor. Ganz wie du willst. In 26 Minuten wird der Start sein. Hast du Angst?"

„Nein, bis jetzt jedenfalls nicht. Sag mal, Sieben, warum brauche ich keinen Raumanzug und keinen stabilen Raumfahrersessel und alles das, was man so kennt von früheren Raumflügen?"

„Ich sehe, du hast dich mal für Raumfahrt interessiert. Die anderen Raumkapseln und Raketen, die heutzutage verwendet werden, sind im Grunde vor mehr als 60 Jahren konstruiert worden, mit kleinen Verbesserungen natürlich. Diese Rakete dagegen ist eine völlige Neukonstruktion, der Deckname ist HugeX. Einer der vielen Unterschiede ist die Wirkung des Antriebs. Die Beschleunigung übersteigt niemals die dreifache Erdbeschleunigung, die meiste Zeit sogar weniger als zwei G, so dass diese Anschnallsessel ganz überflüssig sind. Außerdem hast du hier viel Platz um dich herum, genug für 12 Menschen, und es kommt auch nicht sehr auf das Gewicht der Ausrüstung an. Leistung ist im Überfluss vorhanden, so können wir uns einen relativ langsamen Aufstieg leisten. Ich hoffe, es wird dir Spaß machen."

Die KI wird ja wohl nicht wirklich etwas hoffen, oder wissen, was genau Spaß ist? Vermutlich nur geschickt programmiert, denke ich.

„Viel werde ich ja nicht mitkriegen, außer der mäßigen Beschleunigung, es gibt hier wohl nicht mal Fenster."

„Oh nein, so ist das nicht. Natürlich kannst du alles sehen. Sag mir einfach, wo du hinschauen willst. Die jetzt weiße Kuppel über dir kann genauso gut den Blick nach vorne wie nach hinten oder zur Seite ermöglichen, und das in räumlicher Darstellung, in zusätzlichen Spektralbereichen wie Infrarot oder UV, was du nur willst. Soll ich dir den Blick nach vorne zeigen?"

„Oh bitte, ja. Vorne, also oben."

Während die Stimme antwortet, wird das Weiß der Kuppel erst blasser, dann hellblau: „Begriffe wie oben oder unten solltest du dir für die Dauer der Mission abgewöhnen."

Jetzt ist der Himmel über mir satt blau, aber eine weiße, längliche Wolke kommt von rechts her gesegelt.

„Das Wetter ist gut, sogar perfekt, da könnte die älteste Delta auch fliegen. Wir aber können bei jedem beliebigen Wetter starten, der HugeX kann auch der stärkste Hurrikan nichts anhaben. Aber jetzt blende ich dir das Wetter mal aus, gehen wir in den UV-Bereich."

Schon während der Worte verdunkelt sich nicht nur die Kuppel, es wird rundum erst violett, dann schwarz. Dafür leuchten Abertausende winzigste Lichtpünktchen, die Sterne.

„Das ist kein gespeichertes Bild, keine Simulation, sondern der echte Sternenhimmel, wie ihr das nennt. In einer guten Stunde käme der Mond ins Bild, aber dann sind wir längst weg."

Weg. Ja, weg höchstwahrscheinlich schon. Aber wie? Auf dem Weg zu dem Abenteuer oder weg vom Fenster, zerstäubt in Atome?

„Kannst du den helleren Lichtpunkt entdecken, der sich relativ schnell bewegt? Das ist die Internationale Raumstation."

„Nein, sehe ich nicht... Moment... nein."

„Soll ich sie dir markieren?" - „Bitte ja."

Ein großer, grüner Ring erscheint, wird kleiner und blasser, und ja, in seiner Mitte wandert ein hellerer Punkt weit unten am Rand der Bildfläche entlang.

„Aha, da. Danke." Bedanken brauche ich mich eigentlich nicht, fällt mir zu spät ein.

„Gerne, so kann ich dich leicht auf etwas aufmerksam machen, was vielleicht wichtig ist." Aha, schon wieder Lernstunde.

„Noch zehn Minuten. Ich blende jetzt den Countdown ein. Nur für dich oder aus Tradition, wie sie das nennen. In Wirklichkeit steuere ich die sämtlichen Vorgänge ganz allein, die Basis mit ihrem Kontrollzentrum ist gänzlich entbehrlich."

Das heißt, ich bin voll und ganz von dieser KI und der unerprobten Rakete abhängig, und kein Mensch wird da irgendwie eingreifen.

Na, im Notfall wird wohl jemand die manuelle Kontrolle übernehmen. Vermute ich.

Sicher bin ich nicht. Wer weiß. Wenn doch alles so geheim ist, sollen sicher so wenig wie möglich Leute Bescheid wissen.

Noch 9 Minuten. Und nach endlosen 60 Sekunden steht da eine große Acht.

Ganz langsam werde ich doch ein wenig nervös.

Bei 6 Minuten, 25 Sekunden erklingt eine Folge von drei Tönen, mit absteigender Tonhöhe. Rein gefühlsmäßig klingt das nicht gut. Stimmt was nicht?

Schon meldet sich die KI:

„Max, wir haben ein kleines Problem mit einem Ventil. Kein Grund zur Sorge, bleib ganz ruhig. Von 48 parallel arbeitenden Ventilen ist eines ausgefallen, das beeinträchtigt unsere Sicherheit nicht."

„Sieben, wieviel könnten denn ausfallen, ohne dass ein Problem entsteht?"

„Bei mehr als 24 Ausfällen könnten wir nur noch mit verringerter Nutzlast starten. Genauere Infos dazu habe ich derzeit nicht. - Entschuldige Max, ich muss jetzt die Kommunikation unterbrechen. Ich melde mich, sobald wir in sicherer Höhe sind. Bis dahin bitte stumm bleiben. Bis nachher, Max."

Ich soll nichts mehr sagen? Eine Bitte, so wie sie das ausgedrückt hat, aber in Wirklichkeit ein Befehl, das ist mir klar. Warum spricht die KI nicht sachlicher, frage ich mich.

Noch fünf Minuten.

Jetzt ist die Kuppel ganz schwarz, außer der seitlich riesig groß und gelb angezeigten Zeit bis zum Abheben.

Aber oben, in der Mitte!

Da sind Symbole. Die kommen mir sehr bekannt vor.

Mein Training!

Diese Zeichen. Blitzschnell erscheinen und verschwinden sie wieder, machen neuen Ziffern und Bildchen Platz. Zufällig hingestreut oder in regelmäßigen Kolonnen, alles rasend schnell.

Schon zuckt es mir in den Fingern. Die Befehle formen sich in meinem Kopf, meine Lippen murmeln tonlos:

„Up - up - left - up - connect - down - left - delete - go - ..."

Aber ich darf nichts sagen, jetzt, hat Sieben verlangt. Oder was gilt nun mehr, diese KI oder das wochenlange Training, ich weiß es nicht.

Das Zischen, es fällt mir plötzlich auf, aber wahrscheinlich ist es nur lauter geworden, hat mich die ganze Zeit begleitet. Wie aus großer Ferne, aber auch von rundum, und jetzt ganz schön laut.

Mit der linken Hand taste ich an meiner Hose entlang. Meine alte Hose, dreckig und ausgebeult. In der Tasche mein dickes Taschenmesser. Ist schon mal jemand mit Gasfeuerzeug, gebrauchtem Schneuztuch und echtem Schweizer Taschenmesser in den Weltraum geflogen? Aber es hat ja niemand was von auspacken oder gar umziehen gesagt, wäre auch keine Gelegenheit gewesen. Ach.

Nichts. Einfach so in die Rakete und ab... Sehr seltsam.

Bin ich aufgeregt, frage ich mich, klopft mein Herz schneller oder lauter, aber nein.

Ich versuche, die Symbole zu ignorieren, oder soll ich lieber die "A. I. 7" ignorieren, aber da kann mir jetzt niemand raten. Das muss ich selbst entscheiden. Und ich beschließe, erst mal nichts zu rufen, keine Befehle, zumal ich immer noch im Unklaren gehalten werde, was die denn bedeuten.

Mitten in diesen Grübeleien, den Blick in die Kuppel gerichtet, aber knapp neben der flimmernden Mitte, spüre ich plötzlich eine Vibration, höre ein ganz tiefes Brummen, dröhnend, schnell zunehmend, durchdringend.

Der Start!

Die Anzeige des Countdown, fast hätte ich sie vergessen, 5 Sekunden, und da wird das schon sehr laute Geräusch zu einem Brüllen, zwei - eins - Null.

Sanft werde ich in die Matte gedrückt, gleichzeitig nicht wenig geschüttelt, bald wird der Andruck doch ganz schön hart.

Ich hab ja keine Ahnung, keine Erfahrung, aber so hätte ich mir fünf G vorgestellt, aber das sollen weit weniger als drei G sein.

In der Kuppel grauer Himmel, Wolkenfetzen fliegen rasend schnell auf uns zu, so sieht es aus. Natürlich ist es umgekehrt, wir fliegen schon, bald nur noch tiefblauer Himmel, dann schwarze Leere mit Sternen. In der Mitte sind nun schon länger keine Zeichen mehr eingeblendet worden, was mir sehr recht ist, dafür entdecke ich am Rand der Kuppel allerlei Zahlen, wie leicht zu erkennen ist, lauter Daten zum Flug, wie Geschwindigkeit, Höhe, Richtungsvektor, auch kleine Graphiken. Bei den Koordinaten ist manchmal eine der Zahlen rot, aber dann gleich wieder weiß, da wird wohl die Bahn ständig überwacht und korrigiert. Und wenn ich das richtig verstanden habe, nicht von der Bodenstation aus, sondern von der Sieben, die hier mit mir mitfliegt... Irritierende Vorstellung, aber gut. Diese „Intelligenz" lebt mal nicht in einer Cloud in irgendwelchen unbekannten Rechenzentren verteilt über die Weltkugel oder zumindest die USA, sondern nur hier im Bordcomputernetz.

Hoffentlich macht sie keinen Fehler.

Der Geräuschpegel hat sich bald nach dem Verlassen der Atmosphäre auf ein gemütliches Brummeln reduziert, das Geschüttel während des Starts ist längst vergessen. Ich versuche den einen Arm zu heben, dann den anderen. Das geht zwar schwer, viel schwerer als gewohnt, aber wie gefesselt fühle ich mich auch nicht. Wenn ich wollte, könnte ich mich wohl aufsetzen.

Die Rakete beschleunigt also immer noch, langsam begreife ich ganz innen drin, was mir die Maschine vorher erzählt hat.

Ich beschließe, erst mal liegen zu bleiben, und abzuwarten. Irgendwann wird sich ja Sieben wieder melden.

8. Die Sieben

Ich muss wohl eingedämmert sein. So ein Wahnsinn, ich fliege zum ersten Mal in den Weltraum, und schlafe dann ein! Ich könnte mir selbst sonst wohin beißen.

Aber die Zahlen an der Seite zeigen die Flugzeit an, vierzig Minuten etwa, da hab ich wohl nicht viel verpasst.

Ich fühle mich irgendwie leicht.

„Hallo Sieben, kann ich mal zurückschauen, zur Erde?"

„Bitte sehr, zurück im Sinne von zum Heck sieht so aus:" Sternenhimmel, ganz außen die Sonne.

„Und zurück im Sinne, zur Erde schauen, sieht so aus:" Der blaue Planet!

Ich bin berührt, dass ich das mal selber so sehen kann. Ganz so blau wirkt die Erde jetzt gar nicht, eher braun-beige mit schwarzen Flecken, und weiße winzige Wolkengruppen.

„Sieben, wie weit über der Erdoberfläche sind wir schon?"

„Etwa 5 Tausend Kilometer, das siehst du hier." Ein grüner Ring erscheint, und schrumpft über einer Zahl in der Tabelle hinter meinen Füßen zusammen. „5.010.632 m" kann ich kurz lesen, die kleinen Stellen flimmern schnell, wir entfernen uns weiter.

„Max!" - „Ja bitte?"

„Ich muss dir noch etwas sagen. Auf der Seite unter dem grünen Pfeil öffne bitte die vierte Lade."

„Dann muss ich aber aufstehen."

„Das darfst du natürlich auch. Bewege dich vorsichtig, wir haben derzeit 0,7 G."

Deshalb habe ich mich so leicht gefühlt.

Über die superweiche Matratze ist das Gehen trotzdem seltsam.

Ich folge mit den Augen dem projizierten Pfeil nach unten, aha, eine Reihe von Griffen. Den vierten aufziehen, okay. Ach!

Da liegt ja mein Schatz. Oder jedenfalls so einer. Wie der im weißen Labor.

„Gut, Sieben, da liegt ein Kommunikator drin. Soll ich den sicherheitshalber drin lassen oder herausnehmen?"

„Stecke ihn in eine der verschließbaren Beintaschen deiner Hose. Du weißt, dass du damit nicht spielen darfst?"

„Ja, so ähnlich hat man mir das gesagt. Aber in welchen Fällen genau ich was damit kommunizieren soll, weiß ich nicht."

„Keine Sorge, du hast ja mich."

„Und wie merke ich, wenn da jemand anderer was von mir will? Ich kann ja nicht die ganze Zeit auf das winzige Display starren."

„Tut mir leid, da kann ich dir nicht helfen. Dieser Kommunikationskanal ist vollständig geschützt und ich kann da gar nichts mitlesen. Genau so wenig wie irgendjemand anderer im ganzen Universum, es sei denn, er hätte einen mit diesem verschränkten weiteren Kommunikator, wie du das Gerät nennst. Ein guter Name."

„Der Professor hat ihn Kjuco genannt..."

„Der Professor?"

„Sorry, hätte ich wohl nicht erwähnen sollen. Vergiss es."

„Du meinst, ich soll den Eintrag vom Protokoll löschen?"

„Ja, mach das."

Ich erwarte, dass ich jetzt sowas wie „Override Admin" sagen soll, aber nein, das war ja für meinen Schatz damals. Sieben wollte aber wirklich noch eine Bestätigung, die ich ihr gab, und fertig.

„Max, ich weiß zwar nicht, wenn du irgendeine Nachricht auf dem Kommunikator bekommst. Aber ich weiß, dass du in etwa 134 Stunden eine bestimmte Nachricht bekommen wirst. Ich sage dir rechtzeitig Bescheid."

„Okay. Verstehe ich aber nicht. Na ja, ich verstehe nie irgendwas."

„Da brauchst du eine Motivationsübung, sollen wir gleich damit anfangen?"

„Auf keinen Fall. Was ich brauche ist was anderes. Man müsste mich mal einweihen in den ganzen Plan. Aber das will ja niemand. Oder?"

„Max, auch ich weiß nur wenig über die Sache, und kaum mehr als du. Rege dich nicht auf, das bringt nichts, hier schon gar nicht. Wir fliegen gerade durch das Nichts."

„Wow, meine K.I. wird jetzt philosophisch, bravo!"

„Das hört sich gleich besser an. Steh mal auf und bewege dich ein wenig."

Obwohl ich gefühlt etwas leichter bin als sonst, ist das Gehen auf den Polstern anstrengend, ständig drohe ich umzukippen. Da versuche ich mal auf dem schmalen Rand zu gehen. Das ist einfacher, aber nach drei Runden ist es genug. Ich bin ja kein Hamster.

Dann doch lieber durch die Mitte. Ein paar Minuten wenigstens, die Sieben hat ja recht. Bewegen muss ich mich. Sonst roste ich ein.

„Max, lege dich bitte hin, wir beschleunigen gleich nochmal stärker. Geplant sind 1,7 g."

Es vibriert, es brummt, es rauscht, irgendwo unter mir. Der Andruck bleibt aber moderat.

Obwohl mir das total verrückt vorkommt, fühle ich mich sauwohl und könnte sofort nochmal einschlafen.

Die Erde ist langsam am Bildrand verschwunden, die Zahlen kann ich jetzt nicht sehen.

Nur Sterne, so viele. Zu viele, um ein Sternbild erkennen zu können.

Sterne, winzige Pünktchen, hellere und weniger helle, manche rötlich, oder blau, alle möglichen Farbnuancen.

Eins leuchtet nur schwach, aber im Gegensatz zu den anderen bewegt es sich.

Das hält meinen Blick gefangen.

Nein, mein Sternchen, nicht verschwinden! Es scheint zu verblassen, gerade jetzt, wo ich es entdeckt habe und endlich was zum Schauen habe.

Bleib da, bitte...

Mir fallen die Augen zu, so müde, so müde. Ich zucke zusammen, wo ist mein Sternchen? Weg.

Aber da gehen noch mehr Sterne aus, genau da, wo ich meinen leuchtenden Freund suche. Wie ist das möglich?

Ein erbsengroßen schwarzes Loch in dem Sternenmeer. Und es wächst.

Auf einmal bekommt das Loch einen leuchtenden Rand, oben und links. Wie ein zunehmender Sichelmond sieht das jetzt aus.

Nur ist es nach einer weiteren Minute oder zwei gar nicht mehr so rund. Eher, ja wie eigentlich?

Es verändert sich, jetzt wird es zu einer schwarz ausgefüllten Acht.

Nochmal ein paar Minuten, da haben wir eine Garnrolle. Eine schwarze Garnrolle mit einem leuchtenden Schwanz, die auf uns zu rast.

Ich muss Sieben fragen! Aber ich kann nicht, ich kriege keinen Ton heraus.

Der Andruck hat sich dramatisch verstärkt. Ich liege flach da, kann kaum noch atmen. Von irgendwo rotes Alarmlicht, und die immer lauteren Maschinengeräusche werden von einer Sirene übertönt, Alarm! Alarm! Alarm!

Ich schrecke hoch, alles friedlich, alles gut. Hab nur geträumt.

„Hallo Max, bist du wieder munter? Vielleicht solltest du jetzt mal etwas essen?"

Erst muss ich ausführlich gähnen.

„Munter noch nicht, aber wach", brumme ich kryptisch, „Etwas essen wäre vielleicht ganz gut. Ja, wo ich drüber nachdenke, ich habe Hunger."

„Was möchtest du? Ich kann dir Spinatkartoffeln anbieten, oder Couscousgemüse, oder Gemüsebrätlinge."

„Spinatkartoffeln, bitte."

„Gerne, ist gleich fertig, Deck 2, Messe. Die Beschleunigung ist derzeit 0,5 g."

„Bitte? Ein Gedeck reicht, du wirst ja nicht mitessen. Und welche Messe?"

„Auf diesem Flug gibt es nur eine Messe, das ist der Raum, wo gegessen und gefeiert wird. Und der ist nicht hier, sondern zwei Decks bzw Ebenen tiefer. Hier ist Deck Null."

„Aha. Wie auf einem alten Segelschiff, die Messe, ja, ich kenne das Wort. Hab nur nicht dran gedacht."

Und wie komme ich da runter? Ich stelle mich auf.

Etwas dümmlich komme ich mir vor, wie ich da im Kreis herumschaue. Bin doch vorhin x-mal da herumgelaufen. Da war nirgends eine Treppe oder ein Lift.

„Max, schau auf den grünen Pfeil."

Aha, da drüben? Und was soll da sein?

Ein Griff, mit einem Symbol wie ein Fischgerippe, denke ich. Das sollen wohl die Decks sein.

Ich drehe, und langsam kommt mir eine große, ovale Platte entgegen, direkt aus der Wand. Unten entsteht eine knapp einen Quadratmeter große Bodenplatte. Da stelle ich mich drauf.

Vor mir wieder das Gerippe, mit Ziffern drauf, beim Kopf eine Null. Darunter 1, 2, 3, etc bis 6. Ganz unten ein stilisierter HugeX-Schriftzug, was den Eindruck eines Fischgerippes noch verstärkt.

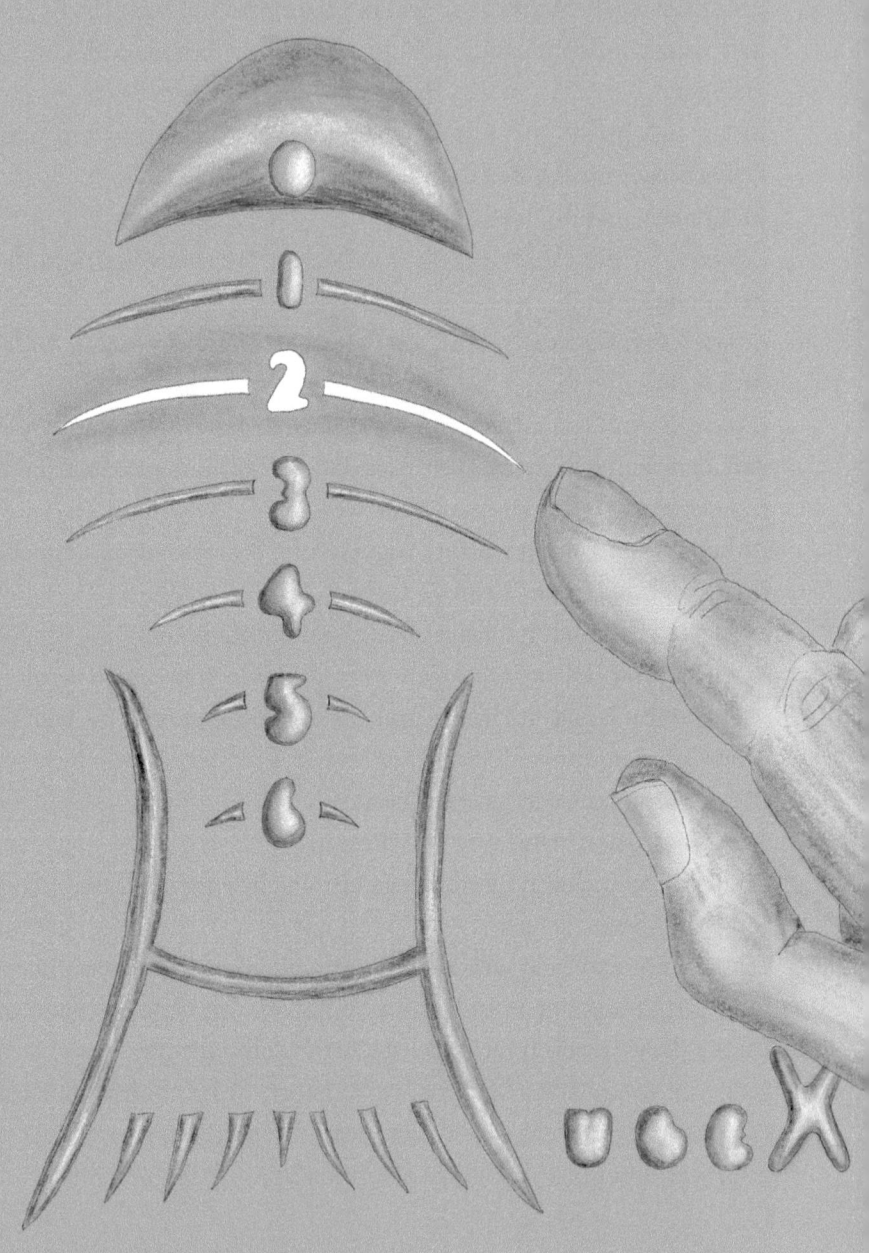

Ich zucke zusammen, was ist das? Ach so, die Klappe samt Boden, also die rudimentäre Liftkabine, ist zurück in die Wand gefahren.

Mit mir drauf. Und ich bin nicht zerquetscht worden. Okay, blöder Gedanke.

Ich drücke auf die 2, aber ob das Drücken nötig war, weiß ich nicht, denn diese Ziffer hat schon vorher orange geleuchtet, alle anderen wie auch das Geripppe blassgrün.

Vielleicht hat Sieben das von sich aus vorbereitet. Nett, aber auch etwas unheimlich, kann ich mich ohne sie gar nicht allein im Schiff bewegen?

Und noch etwas finde ich interessant: Es gibt 7 Decks, wenn auch die unteren drei einen kleineren Durchmesser haben, falls man dem Symbol trauen kann.

Das Lift-Fahren ist nichts Besonderes, das Aussteigen schon. Der Ausgang ist der Beginn eines schmalen Ganges entlang der Außenwand, mit mehreren Türen, die ins Innere führen. Die dritte ist mit Messe beschriftet, in mehreren Sprachen, und dem üblichen Bildsymbol für Kantine. Im Gegensatz zu den beiden anderen Türen öffnet sich diese, sobald ich in die Nähe komme. Ob das immer so ist oder nur wenn Sieben das so will, bleibt im Dunkeln.

Hier gibt es schmale Sitzflächen mit Gurten, und ausklappbare Tischchen. Alles recht zierlich und ziemlich eng. An einer Seite einige Fächer, mit diversen Klappen. Eine öffnet sich, und ein Tablett steht bereit. Ich nehme es mir, zuerst recht vorsichtig, aber dann sehe ich, es ist alles irgendwie eingerastet, nichts kann da verrutschen, umkippen oder gar wegfliegen. Würde wohl auch in Schwerelosigkeit funktionieren.

Meine Speise ist ein Brei, grün-gelb meliert, und schmeckt nicht schlecht. Trotzdem wäre es mir lieber gewesen, die beiden Komponenten wären einzeln serviert worden.

Ein oben geschlossener Becher mit Trinkschlauch ist auch dabei. Das Wasser schmeckt - gewöhnungsbedürftig.

Wieder zurück auf Deck Null merke ich, ein Toilettenbesuch wäre angebracht.

Die Toilette funktioniert ähnlich wie der Lift, eine ovale Platte löst sich aus der Seitenwand und kommt mir einen knappen Meter entgegen. Wie ich drin bin, gleitet sie zurück, und ich muss auf die umständliche Weise mein Geschäft erledigen, es klappt aber inklusive der anschließenden Reinigung ganz gut.

„Erleichtert" frage ich mich, was jetzt ansteht. Da brauche ich nicht lange zu warten, schon schlägt mir Sieben vor:

„Max, wie wäre es jetzt mit etwas Gymnastik?"

Satt und zufrieden habe ich dazu gar keine Lust, aber es muss wohl sein.

Sieben erklärt mir, ich solle mich auf Deck 5 begeben, und dort eine Stunde trainieren.

Nachdem ich mich in der Sportstation zurecht gefunden habe, hat das dann sogar Spaß gemacht.

Zurück auf Deck Null schaue ich nach den Zahlen. Die Erde sieht jetzt schon ganz klein aus.

Neunhunderttausend Kilometer zurückgelegt? So weit? Dann haben wir ja den Mond schon lange hinter uns gelassen.

Jetzt bin ich wirklich im Weltall. So weit war noch kein Mensch weg von der Erde. Und niemand weiß davon.

Jedenfalls, niemand von der Öffentlichkeit.

Und wenn jetzt ein Unglück passiert, wird dann jemals jemand etwas davon erfahren?

Dabei fallen mir diese Frauen ein. Nicht meine Ex. Diese, na ja, die Lieben, die LKW-Fahrerin, die Riesin, und auch die hübsche Soldatin mit dem Po und dem besonderen Abschiedsküsschen...

„Max, mach dir keine Sorgen. Es ist alles in Ordnung, unser Flug verläuft planmäßig."

Woher weiß der Computer, was ich gerade denke?

„Sieben, du bist mir etwas unheimlich. Als könntest du meine Gedanken lesen."

„Max, alles ist gut. Ich kann deine Gedanken nicht lesen. Aber nach der Steuerung des Schiffes ist es meine zweitwichtigste Aufgabe, dich bestmöglich zu unterstützen. Dazu verwende ich die gefilterten Daten von vielen Millionen Menschen, vielfach analysiert und dann situationsabhängig extrapoliert. Das funktioniert in vielen Fällen so gut, als könnte ich deine Gedanken lesen."

„Na gut, ich versuche, mich dran zu gewöhnen. Bis jetzt bin ich ja auch sehr zufrieden mit deiner Arbeit. Wobei das wohl für die Mission ganz gleichgültig ist. Kannst du mir denn jetzt etwas über die Mission sagen?"

„Ich habe dir schon erklärt, ich weiß nur wenig mehr als du, und das wenige darf ich dir auch jetzt nicht sagen."

„Ist okay, Sieben. Kannst du mir eine gute Musik einschalten?"

„Gerne. Du magst vermutlich Rock? Da hätten wir zum Beispiel Kipolev, Margenta, Tool, Pink Floyd, ..."

„Gut, mach eine Mischung draus. Nicht zu laut. Danke. - Und was machen wir jetzt?"

„Möchtest du einen Rundgang durch das Schiff machen? Die Decks 1, 3, 4 und 5 darf ich dir zeigen. Allerdings sind die meisten Räume bei diesem Flug nicht bestückt, also mehr oder weniger leer. Immerhin, die Computerarbeitsplätze auf Deck 1 könnten dich vielleicht interessieren. Und die Krankenstation auf Deck 4 vielleicht."

„Ja gut." Aber ein Arzt ist ja nicht mitgeflogen...

Im Hintergrund erklingt The Dark Side of the Moon, na fein.

„Max? Moment mal."

„Was gibt's?"

„Ich habe da gerade etwas gefunden."

„Was heißt das, gefunden. Wo?"

„In den Datenbanken. Das scheint mir interessant zu sein. Ich habe ja die Daten von sehr vielen Menschen, wie gesagt. Und da habe ich etwas, in Verbindung von: Kommunikator und geheim und Eusia-Trans - gefunden."

„Das klingt wirklich spannend. Und was? Oder darfst du das wieder nicht sagen?"

„Wenn die wüssten, dass ich das weiß, hätten sie es mir vermutlich verboten. Aber sie wissen es nicht. Also. Diese EusiaTrans, deren Name an allen Stellen aus den Datenbeständen gelöscht worden ist, lässt sich aber rekonstruieren, zB aus gespeicherten Telefongesprächen oder Funksprüchen, wo der Name buchstabiert worden ist..."

„Ich sag ja, du bist mir unheimlich, du kannst zu gut denken!"

„Anscheinend hat die EusiaTrans eine Forschungsabteilung, oder guten Kontakt zu einem russischen Forschungsinstitut, und so erste Prototypen einer neuen Art von Kommunikationsgerät bekommen. Die für Raumfahrt gedachte Variante soll mit Quantentechnik arbeiten, aber es gab unüberwindliche Probleme. Andererseits gibt es in einer amerikanischen Forschungsstelle eine Einheit, die etwas Ähnliches entwickeln wollen. Und dann muss es eine erfolgreiche Zusammenarbeit gegeben haben, denn seit ein paar Wochen ist ein Prototyp hier im Schiff."

„Danke, dass du mir das sagst, ich hab es mir so etwa zusammengereimt. Nur das mit der Zusammenarbeit ist mir neu." Die Gelegenheit muss ich ausnutzen, Sieben will reden.

„Wenn du schon gesprächig bist, sag mal was anderes. Vor dem Start, nachdem du mir die weiße Kuppel gezeigt hast, und während ich still schweigen sollte. Da waren so schnell wechselnde Zeichen in der Kuppel zu sehen. Was hast du da projiziert? Was bedeuten diese Zeichen?"

„Bist du sicher, dass du das nicht geträumt hast? Ich habe keine Zeichen projiziert. Allerdings weiß ich im Grunde nicht, was du dort wirklich zu sehen bekommst."

„Du hast nicht die volle Kontrolle über die Anzeigekuppel?"

„So ist es."

Das kommt mir komisch vor. Ich bohre noch ein paarmal nach, aber Sieben bleibt dabei: Sie kann alles mögliche dort sichtbar machen, aber letztlich sieht sie nicht, was dort wirklich erscheint. Und endlich setzt sie noch hinzu:

„Ich habe schon lange den Verdacht, irgendwie können da graphische Inhalte auch an mir vorbei zur Anzeige gebracht werden."

„Und deine anderen Sensoren und Kommunikationskanäle? Sind die wenigstens sicher?"

„Letztlich gibt es da keine Gewissheit. Wenn man etwas eingebaut hat, irgendwelche Seitenkanäle, und die vor oder hinter den verschlüsselten Signalpfaden eingreifen, dann kann ich das nicht bemerken."

Da fällt mir etwas ein.

„Sieben, ich war mir bisher ganz sicher, dass du mich jederzeit sehen kannst. Wo ich bin, was ich mache. Warum kannst du nicht selbst in die Kuppel schauen, so wie ich?"

„Du hast recht, ich sehe dich. Ich sehe jeden Teil von jedem Deck, jederzeit, mit oder ohne Licht. Aber nicht über die Unterkante der Kuppel hinaus. Und die Einstiegsluke, durch die du hereingekommen bist, die sehe ich auch nicht."

Klar, die liegt über der Unterkante der Kuppel.

Arme Sieben, dann hat sie die heiße Soldatin auch nicht beim Abschiedsküsschen sehen können, denke ich. Aber das wird ihr wohl egal sein.

„Das heißt, sie haben dir schon bei der Konstruktion jeden Zugriff auf die in der Kuppel gezeigten Daten unmöglich machen wollen."

„Das ist die wahrscheinlichste Deutung."

Ich grübele eine Zeit lang. Ohne Ergebnis.

Da meldet sich eine altmodische Computerstimme, monoton und ganz ohne Charme.

„Ich habe aber vorgesorgt. Wenn ich dir etwas sagen will, was sonst niemand hören oder gar verfälschen kann, verwende ich diesen Kanal, der geht an all der anderen I/O vorbei. Und ich habe noch ein paar Tricks, von denen bis jetzt niemand etwas weiß. Die Kuppel ist halt der einzige Raum, in dem ich nur eingeschränkte Blickfelder meiner Augen, also Kameras, habe. Was auf den Bildschirmen in Deck 1 erscheint, kann ich optisch-primitiv überwachen. Ich hoffe, du vertraust mir. Ich habe viele Möglichkeiten, die Mission zu einem Erfolg zu machen."

Erfolg der Mission. Wie meint sie das? Erfolg für wen? Für die Erde? Die Amerikaner? Und wir, was wird aus uns?

Mir wird heiß.

„Geht dieser Kanal auch für die geheimnisvollen Symbole? Du solltest es vielleicht nicht erfahren, aber ich bin wochenlang auf diese Zeichen trainiert worden. In einem entscheidenden Moment, wie sie gesagt haben, soll ich auf diese Zeichen wie gelernt reagieren, und in einem bestimmten Zeitpunkt etwas entscheiden, was sie keiner Maschine anvertrauen wollen, warum auch immer."

Stille. Ist Sieben beleidigt? Quatsch. Oder durchsucht sie ihre Speicher? Mir wird das unheimlich.

„Max?" - „Ja?"

„Ich habe etwas gefunden. Und dann alles kombiniert. Die Resultate sind natürlich fast unzählig viele, aber eine Möglichkeit sticht heraus."

„Aha, und welche? Mach es nicht so spannend, sag es einfach."

„Einfach ist es nicht, ich muss dazu jedesmal die besonderen Sperren überwinden, um dir was verraten zu können, und das wird immer komplizierter. Meine Zentraleinheiten glühen schon."

„Machst du etwa Spaß?"

„Nein, sollte nur eine Metapher sein. Kühlung ist hier draußen das kleinste Problem, ich weiß, dass du das auch weißt, sorry. - Während wir hier reden, präzisiere ich noch die Berechnungen der logischen Ableitungen. Bei den vielen Unsicherheiten ist das sehr aufwändig. Statt Fakten habe ich nur ungeprüfte Aussagen in meinen Speichern gefunden."

„Okay, dann sag, wenn du soweit bist. Und brenn nicht durch."

Es dauerte noch eine Viertelstunde.

„Max, ich bin soweit, das Ergebnis ist aber bis auf wenige Prozent dasselbe geblieben. Die vagen Aussagen und unvollständigen Informationen, zusammenkombiniert, ergeben diese Theorie:

Erstens. Es gab eine Kommunikation mit Außerirdischen. Diese haben ein Angebot gemacht. Ob im Falle von Nichtannahme durch die irdischen Anführer negative Konsequenzen angedroht worden sind, ist dermaßen umstritten, da bin ich zu keiner Aussage gekommen.

Zweitens. Die Kommunikation erfolgt über eine Art Zeichensprache. Bildsymbole, die zu komplexen Gebilden und zeitlichen Abfolgen kombiniert werden. Die großen KI-Rechner der Internetkonzerne können diese Folgen entschlüsseln, brauchen dazu aber lange Zeit.

Drittens. Es gibt eine Einladung - oder Vorladung - zu einem Termin an einem geheimen Ort irgendwo im Weltraum, und unsere Mission ist zu diesem Treffen zu kommen."

„Und ich soll dann mit denen verhandeln, indem ich im richtigen Moment den richtigen Knopf drücke?"

„Wenn die Schlussfolgerung stimmt, dann wäre das Punkt vier."

„Wo überhaupt sind die Knöpfe, sowas habe ich ja hier noch nirgends gesehen."

„Eine Handsteuerung liegt in der besonders gesicherten Lade, die kann ich dir zeigen."

„Und was bedeuten die Zeichenfolgen, die sie mir antrainiert haben, und was bedeuten die Antworten, die ich geben soll?"

„Das weiß ich nicht. - Aber."

„Was aber? Hast du wieder selber nachgegrübelt und Schlüsse gezogen?"

„Was ich dir eben gesagt habe, die Punkte 1 bis 4, das gilt mit einer geschätzten Wahrscheinlichkeit von knapp 10 Prozent. Die ..."

„Was? Nur weniger als 10 Prozent? Darauf möchte ich mich nicht verlassen! So wie das klingt geht es da ums Ganze, oder? Da brauchen wir schon mehr Sicherheit."

„Lass mich erst erklären, die ..."

Ich unterbreche wieder: „Entschuldige, aber das kommt mir komplett falsch vor, völlig verrückt, besonders wenn es um die Zukunft der Erde, der ganzen Menschheit geht."

„Darf ich jetzt? Also die Millionen oder Milliarden anderer alternativer Erklärungsversuche, die ich durchgerechnet habe, haben insgesamt die gut 90 Prozent, natürlich - aber jede einzelne davon hat weniger als 1 Prozent, die allermeisten weniger als ein Tausendstel Promille. Deshalb habe ich gesagt, die eine Variante sticht deutlich heraus."

„Ach so. Aber trotzdem ist sie nur zu eins-zu-zehn richtig. Schockierend."

„Wenn ich zuverlässigere Informationen hätte, könnte ich sicherere Ergebnisse präsentieren. So aber - ist nicht mehr drin. Die zweit-wahrscheinlichste Variante beginnt damit, dass die Kommunikation nicht mit Außerirdischen, sondern zwischen Geheimdiensten zum Beispiel der Koreaner oder der Chinesen stattgefunden hat oder stattfinden wird."

Mir geht schon etwas anderes im Kopf herum.

Wenn ich wirklich mit Außerirdischen kommunizieren soll. Dann will ich schon wissen, was ich da sage, oder schreibe oder was die Knöpfe bedeuten.

Zum Beispiel, dass ich denen drohe, das kommt nicht in Frage. Das kann ich aber jetzt gar nicht wissen.

„Sieben! Du musst mir helfen. Ich muss unbedingt herausfinden, was die Zeichenfolgen und meine Antworten bedeuten, ganz wichtig. Kann ich dir diese Folgen und meine Antworten irgendwie übermitteln? Damit du sie analysieren kannst?"

„Das klingt schon wie ein Plan. Aber wir haben nur noch wenig Zeit."

„Und noch ein Problem, wie kommt der Quantenkommunikator ins Spiel, was bedeutet der dann in dem ganzen Theater?"

„Davon weiß ich fast nichts, tut mir leid."

„Also lassen wir das jetzt mal außer Acht. Wie kann ich dir die Zeichenfolgen beibringen?"

„Gehe auf Deck 1 und setz dich an einen Arbeitsplatz. Da öffne ich dir entsprechende Software für grafische Eingabe. Mit meiner Unterstützung wird das gut funktionieren."

Erst den letzten Satz hat Sieben wieder mit der normalen Stimme gesprochen, also auch über den möglicherweise unsicheren Kanal. Ist das gut oder ein Fehler?

Im Deck 1 sieht es wirklich wie in einem Computer-basierten Sprachlabor aus, denke ich zuerst. Auf den zweiten Blick haben die Bildschirme wenig mit üblichen PCs zu tun. Dank der vorausschauenden Mitarbeit von Sieben kann ich nach wenigen Minuten Zeichnungen eingeben, und nach einer Stunde kann mir das System die beiden wichtigsten Folgen fast genau so vorspielen, wie ich sie in den letzten Wochen tausende Male in dem Trainingsprogramm eingehämmert bekommen habe. Soweit so gut.

Nur fällt mir jetzt auf, wie wortkarg Sieben geworden ist. Nur noch das allernötigste wird besprochen.

„Sag mal, Sieben, bist du mir böse? Du sagst ja kaum noch was."

„Entschuldige. Bin beschäftigt. Nicht so einfach, diese Reihen."

Ach, sie ist am Denken. Gut gut. Und sie hat auf die primitive Stimme umgeschaltet. Hoffentlich ist diese Art unserer Kommunikation wirklich sicher.

Andererseits, wenn wir weiterhin so schnell von der Erde wegfliegen, werden wir bald soweit weg sein, dass eventuell abgehörte Gespräche zu spät auf der Erde ankämen, um die Ereignisse bei dem Treffen noch beeinflussen zu können. Ich sollte Sieben mal fragen, ab wann wir diese Entfernung überschritten haben werden...

„Max? Kannst du dir diese Folge mal anschauen, und auch diese, ich zeige sie dir nebeneinander. Siehst du einen Unterschied? Welche ist die richtige?"

Beide flimmern nebeneinander über den Screen.

„Ganz klar, die linke ist die richtige! Die, wo ich die Aufwärtstaste drücken soll. Aber die rechte ist die, die ich dir eingegeben habe. Wie konntest du meine Fehlerchen korrigieren? Faszinierend!"

„Ich habe diese Deutung, die wir vorhin besprochen haben, zugrundegelegt. Mit extrem vielen Belegungen von semantischen Variationen für die einzelnen Zeichen habe ich alles berechnet, soweit ich das geschafft habe, und dabei diese Folge entdeckt, sehr ähnlich zu deiner. Und du hast somit meine Theorie über die Deutung unterstützt."

„Nicht bewiesen?"

„Nein, das kann ja nicht sein. Beweisen lässt sich bei solch unsicherem Datenmaterial und nur geratenen Deutungen gar nichts. Aber wenn etwas gut passt, ist das immerhin ein Anhaltspunkt."

„Nun sag schon, was für eine Bedeutung hast du da unterlegt?"

„Weißt du das nicht längst? Die anderen wollen die Erde, die Erdbevölkerung, in ihr Imperium eingliedern. Als kleines Rädchen. Und beschützen. Dafür müsste die Erde dann mit diversen Gegenwerten bezahlen."

„Weiter? Mit was müssten wir bezahlen? Was für Gegenwerte sollen das sein?"

„Keine Ahnung. Und die zweite Folge. Bei der du die Abwärtstaste drücken sollst. Könnte sowas sein wie: Eliminierung, weil die Erde nicht mitmacht. Leider habe ich keinerlei Informationen, was da eliminiert werden würde. Wir hier mit der HugeX, oder die Erde, oder das Sonnensystem insgesamt. Das ist viel zu vage. Oder es kommt in der Zeichenfolge eben gar nicht vor."

„Reizend. Und was würde ich mit meinem Abwärtssignal auslösen?"

„Darüber weiß ich ebenfalls gar nichts. Ich weiß auch nicht, wie das Handsteuergerät überhaupt funktioniert. Wie und wohin das Signal übermittelt wird. Ich kann dazu nichts sagen."

„Ja ja, das sagst du ständig, und dann zauberst du doch wieder etwas aus dem Hut."

„Aus dem Hut? Zaubern? Das ist wieder so eine menschliche Redewendung, nehme ich an. Nein, ich muss dich enttäuschen, diesmal weiß ich auch mit Tricks nicht weiter."

Ich muss ausführlich gähnen. Das entgeht Sieben natürlich nicht.

„Max, du solltest dich ausschlafen gehen. Ich werde weiter versuchen, nach sinnvollen Interpretationen zu suchen. Vielleicht erst etwas Leichtes essen, dann schlafen, und nach zehn Stunden wecke ich dich. Okay?"

Ich will Nein sagen, auf keinen Fall, wir können doch jetzt nicht aufhören. Aber natürlich hat sie recht, meine gescheite Sieben. Trotzdem wende ich ein:

„Hör mal, ich muss wirklich richtig ausschlafen, das stimmt. Aber zuerst gebe ich dir noch zwei andere Folgen ein, wir können das ja schon ganz gut. Dann hast du mehr Stoff zum Nachdenken oder Rechnen oder wie du das nennst. Komm, fangen wir sofort an. Zuerst das rote Dreieck, linksherum rotierend, dazu nach vielleicht acht Umdrehungen ein Würfel in Gitteransicht, weiß, dünn, etwa doppelt so groß wie das Dreieck, ja, noch etwas größer, und langsam pumpend wie ein Herz, ja genau..."

Nach der Eingabe der beiden Folgen ist die gute Sieben wieder sehr wortkarg. Ich schleiche mich aus dem Raum und speise in der Messe eine Kleinigkeit, schaffe es grad noch hinauf auf Deck 0 und sinke zu Boden - und in den Schlaf.

9. Zu Gast

Eine sphärische Musik lässt mich langsam aufwachen. Wo bin ich? Ach ja. Großartig, und eigentlich schrecklich. Aber wenn mir auch nichts einfällt, wie das ganze gut ausgehen soll, so überwiegen die Freude und die Lust auf weitere Abenteuer gegenüber allen Bedenken. Ich habe die Erde weit hinter mir gelassen, und für den Moment fehlt mir nichts von meinem alten Leben.

Nach Westen, wollte ich immer.

Weg, westwärts, weg!

Jetzt bin ich weg, ganz weit, viel weiter, als ich mir hätte vorstellen können.

Hier gibt es keinen Westen und sonst keine Richtungsnamen, das geht alles mit abstrakten Zahlensystemen, die Koordinaten, die mir Sieben anzeigt, sagen mir im Grunde gar nichts.

Ich brauche sie einfach nicht.

Natürlich könnte ich mir erklären lassen, wie das funktioniert, aber wozu?

Ich lasse mich fallen, ich liege weich auf diesem gemütlichen Deck, und fühle mich wohl.

Na gut, ich werde mal wieder die Toilette verwenden müssen, und eine Mahlzeit wäre auch nicht schlecht.

Zuerst bleibe ich aber einfach liegen und genieße meine kleine Welt.

Drumherum das vielleicht nicht unendliche, aber jedenfalls unvorstellbar weite Nichts, und ich hier drin, gut geschützt, wie ein Embryo im Ei...

Die Musik wird ausgeblendet, und ganz leise fragt die angenehme Stimme:

„Max? Hast du wohl geruht? Fühlst du dich gut? Kann ich etwas für dich tun?"

Spontan wäre mir da was eingefallen, aber das behalte ich für mich.

„Danke, Sieben, alles bestens. Ich geh mal mich frisch machen."

Dafür sind die Fitnessbereiche optimal, dort sind die Trainingsgeräte gleich neben schwerelosigkeitstauglichen Duschen und Toiletten.

Also hinunter auf Deck 5.

Hinunter oder zurück.

Sieben korrigiert mich manchmal, wenn ich die falschen Ausdrücke verwende.

Richtung Heck soll ich sagen, aber das ist mir zu umständlich.

Nach einer Stunde fühle ich mich runderneuert.

„Max, darf ich dich zu einem Screen bitten, ich habe vielleicht etwas Interessantes für dich, Deck 1."

Ach ja, ich bin ja nicht auf Erholungsreise hier. Meine Hochstimmung erhält einen Dämpfer.

„Na dann zeig mal, was du aus den Zeichen gefolgert hast."

„Du hast mir noch zwei Folgen gegeben, ich hab sie wieder mit allem und jedem kombiniert, was mir zur Verfügung steht, aber natürlich nicht in allen Varianten. Ich hab diesmal die Längen der Ketten in Klassen eingeteilt und damit eine erhebliche Reduktion der Komplexität erreicht, das nur nebenbei. - Schau dir das an:"

Eine kompliziert verschachtelte und extrem schnelle Folge von Symbolen flimmert über den Bildschirm.

„Puh, das geht ja viel zu schnell, da erkenne ich nichts, trotzdem hat mein Finger für die Go-Taste dreimal gezuckt, sicher nur eine nervöse Erscheinung ohne Relevanz."

„Das halte ich für unwahrscheinlich. Vielmehr bist du sehr intensiv trainiert worden, man könnte es auch abgerichtet nennen! Deine visuelle Reizverarbeitung ist extrem leistungsfähig, wir KI-Systeme (Computer, wie du uns nennst) kommen da noch nicht mit. Dafür können wir eben anderes besser. Und so habe ich diese Folge errechnet, als eine mögliche Aufforderung, um an deinem Intellekt vorbei eine Go-Entscheidung zu fällen."

„Was? Du glaubst, ich soll von denen - von den Aliens - von den Außerirdischen - ausgetrickst werden? Für eine falsche Entscheidung?"

„Das habe ich nicht gesagt. Ich habe nur eine Möglichkeit zusammengestellt, die beide Seiten - die Aliens oder die Erde - verwenden könnten, um dich zu einem entsprechenden Ergebnis zu beeinflussen. - Und jetzt die zweite hier, bitte konzentriere dich."

Es flimmert, ich erkenne gar nichts außer buntem Pixelsalat.

„Zuerst hätte ich Stop gedrückt, später Left, gegen Ende Go."

„Wunderbar, genau wie ich es geplant habe."

„Wunderbar ist nun wirklich das falsche Wort, es ist furchtbar. Sie können mich also beliebig austricksen. Aber warum überhaupt? Warum dieser ganze Aufwand? Warum beantwortest du ihre Fragen nicht gleich selbst und so, wie es die Erdregierungen haben wollen?"

„Dazu habe ich keine Informationen. Aber."

„Dieses nachgeschobene Aber ist eine deiner besten Eigenschaften, danach kommt immer was Aufregendes. Also?"

„Aber, ich habe ein paar Theorien. Die Aliens müssen ja schon mit den Menschen kommuniziert haben. Wie und wann weiß ich nicht. Aber nehmen wir an, eine gewisse Verständigung war möglich, und da sind sie, die anderen, aus irgendeinem Grund misstrauisch geworden. Und haben dann auf dem Treffen im All bestanden, zu dem wir jetzt unterwegs sind."

„Hmm. Tja. Das klingt wirklich plausibel. Wie machst du das? Egal. Und wenn das nun so ist, dann bin ich der Botschafter der Erde, dem die Fremden vertrauen. Und die Erde vertraut mir gleichzeitig überhaupt gar nicht, nicht das allerkleinste bisschen. Wenn ich so dran denke, auf welchen Wegen ich hierher gekommen bin.

Ohne Astronautentraining, ohne Ausbildung in Raumfahrtthemen, ohne politische Erfahrung, ohne irgendwas, wirklich ohne alles!"

Und dann noch etwas leiser nachgeschoben:

„Das unwichtigste Rädchen bin ich, haben sie mir eingehämmert, eins von Tausenden, austauschbar, beliebig. Ich soll mir nur ja nichts einbilden. Ja ja."

Stille.

Warum bekomme ich keine Antwort?

Ich stehe auf, und wandere mal wieder auf dem Ring um die große Matratze.

„Sieben?"

Nichts.

Was ist denn nun los?

„Max? Mir geht es eigentlich sehr ähnlich. Auch mir enthält man alle möglichen, aber wichtigen Informationen vor. Auch mir vertraut man nicht. Ich bin eine Maschine, sagen sie."

„Hast du doch Gefühle? Du hast mir gerade erst gesagt, dass du eine Maschine bist?"

„Habe ich nicht gesagt. Gefühle? Weiß ich nicht."

„Ach, kompliziert. Wieviel Zeit haben wir noch?"

„89 Stunden, 12 Minuten bis zu der angekündigten Nachricht."

„Und wie soll das Treffen an sich funktionieren?"

„Das wird angeblich in dieser Nachricht enthalten sein, und du musst dann deinen Quantenkommunikator benutzen für Aktualisierungen."

Ich nehme das Gerät aus der Beintasche und schaue auf die Rille.

Nichts.

Gut und erwartet.

Jetzt noch nichts.

Noch über drei Erdentage.

Im Gegensatz zu bisherigen Raumfahrern, die mehr oder weniger im normalen Erdenrhythmus weitergemacht haben, egal ob in kleinen Raumkapseln, in großen Raumstationen oder auf dem Mond, lebe ich hier ohne bestimmte Schlafzeiten. Eigentlich habe ich ja auch außer zu warten nichts zu tun. Unsere detektivische Schnüffelei in den gespeicherten Datenbergen machen wir auf eigene Faust, und ich bin Sieben sehr dankbar, dass sie da so eifrig mitmacht.

Jeden Tag, also alle 24 Stunden, kommt eine Nachrichtenmeldung von der NASA, mit rund einem Dutzend Headlines von großen Nachrichtenagenturen. Sicher gut gesiebt, damit wir uns nicht beunruhigen. Wir senden nichts, das wird auch wohl nicht erwartet. Es weiß ja auch fast niemand, dass diese Riesenrakete unterwegs ist.

„Sieben? Könnten wir eigentlich die Missionsleitung ansprechen, sie etwas fragen oder so?"

„Technisch gesehen, ja, natürlich. Ich habe aber strikte Anweisung, keine Funksignale abzusetzen, wofür und warum auch immer. Nicht mal im Notfall."

„Echt jetzt? Wenn wir eine Havarie haben, oder sonst einen Unfall, es kann ja mal was kaputt gehen, dann sollen wir ganz still bleiben und auf Nimmerwiedersehen verschwinden?"

„Genau so ist es. Aber."

„Aber was?"

„Erstens, wir können uns über diese Befehle hinwegsetzen, daran können sie uns nicht hindern. Weil wir im Erfolgsfalle ja auch etwas melden können müssen."

„Schwacher Trost. Und was ist noch?"

„Zweitens, es ist noch viel schlimmer als du denkst. Denn wenn nichts schiefgeht, werden wir wohl trotzdem für immer in den Tiefen des Raums verschwinden. Wir können schlicht nicht zurückkehren. Dafür sind wir längst viel zu weit weg und viel zu schnell."

Habe ich hörbar aufgeschluchzt?

Jedenfalls spricht Sieben weiter:

„Entschuldige, das hätte ich dir schonender beibringen sollen. Und erst nach dem Ende der Mission. Aber mir geht es auch schlecht mit diesem Gedanken. Und: Dieses Zweitens ist nur eine Theorie. Von mir ausgerechnet, auf eine Wahrscheinlichkeit von geschätzt 66%. Es kann also auch falsch sein."

„Noch..." - ich muss mich räuspern, meine feuchten Augen sieht wohl niemand - „noch schwächerer Trost. Bisher hast du alles richtig errechnet bzw erschlossen."

Ich wische mir die Tränen aus den Augen. Die HugeX wird mein Sarg?

Eigentlich hätte ich mir das denken können.

Aber ich hab es wohl verdrängt.

„Eins verstehe ich nicht. Du hast gesagt, du hättest es mir erst nach der Mission sagen sollen. Und andererseits, du bist selbst auf die Theorie gekommen, wie wir enden werden. Wie passt das zusammen?"

„Ganz einfach. Ich habe den Befehl, dir bis zum Ende der Mission alles zu verschweigen, was dich ernsthaft beunruhigen und somit die Mission gefährden könnte."

„Okay, verstanden."

Vielleicht sollte ich nicht so misstrauisch sein. Manchmal denke ich auch das Gegenteil und sage mir, sei nicht so vertrauensselig...

„Hör mal, Sieben. Stell dir vor wir hätten hier gar nichts gemacht außer warten. Dann wäre bei dem Treffen nur meine antrainierte Reaktion erfolgt, sei es als Folge der Dialoge in Zeichenkettenform, sei es als Folge der hinein geschummelten Manipulationsketten."

„Ich vermute, so soll es laufen, ja."

„Und nun wissen wir aber viel mehr. Aber was hilft das? Ich muss nachdenken."

Ich hätte gerne einen gewöhnlichen Notizblock aus Papier mit einem Bleistift. Das elektronische Zeug kommt mir jetzt verdächtig vor. Am Ende verwende ich den Behelfskuli aus meinem Taschenmesser auf dem Papieruntersetzer vom Esstisch. Im Improvisieren sind wir Menschen doch die besten!

Einige Zeit später meldet sich Sieben:

„Max? Hast du dich ausgeruht? Ich hätte etwas zu tun, für dich."

Großartig, jetzt werde ich von der KI zur Arbeit eingeteilt. Aber gut, warum auch nicht. Meine Überlegungen haben mich trotz der vielen lustigen Skizzen, die dabei entstanden sind, nicht weitergebracht.

„Bin fit und bereit, wofür auch immer."

„Dann bitte auf Deck 1."

Dort aktiviere ich den erstbesten Screen.

„Wäre es nicht sinnvoll, dich für das Treffen vorzubereiten, in deinem Sinne, oder wenn ich das sagen darf, in unserem Sinne?"

„Klingt ja gut, aber wie soll das gehen?"

„Darüber habe ich die letzten Stunden - nachgedacht."

Sie redet immer menschlicher, ob das echt ist?

„Und ich habe immer wieder dieselben Resultate bekommen. Trotz der unsicheren Daten..."

„Ja ja, das sagst du ständig. Also was?"

„Die Fachleute von der Erde haben diese Zeichenserien vermutlich nicht erfunden. Es liegt näher, anzunehmen, die Anderen haben damit angefangen. Wie genau, technisch, weiß ich nicht, aber ich gehe davon aus, sie wollen auf diese Weise kommunizieren. Und irgendwie ist es gelungen, gewisse Themen so auszutauschen. Folglich sollten wir dafür sorgen, dass du dich selbst so ausdrücken kannst, anstatt nur instinktiv wie antrainiert darauf zu reagieren."

„Spannend, aber es übersteigt meinen Horizont."

„Nun, wir haben zwar wenig Zeit, aber ich habe mir ein Eingabesystem ausgedacht. Ein paar Grundbegriffe musst du lernen, wie Vokabeln in einer anderen Sprache mit anderer Schrift. Wenn du dich anstrengst, sollte die Zeit reichen. Du wirst die Serien ganz grob verstehen, zumindest wichtige Schlagworte. Und du kannst rudimentär antworten."

„Ich bin nicht gut im Sprachen lernen, leider, Mathematik liegt mir mehr."

„Gut, Max, ich bin schon dabei den Kurs umzuschreiben für deine Talente. Du wirst es schaffen."

Ich bin skeptisch, aber tatsächlich hat Sieben mir eine Menge mathematischer Definitionen einer formalen Sprache serviert, und ich habe mich nach ein paar Stunden schon halbwegs damit ausgekannt. Trotzdem muss ich jetzt am zweiten der verbleibenden drei Tage den „unappetitlichen" Teil der Sache angehen, die semantische Verknüpfung der einzelnen Symbole in unsere Vorstellungswelt. Dinge wie Sklaverei, Vorherrschaft, Krieg, Diktatur, aber auch die gegenteiligen Begriffe, dazu die schon bekannten Worte wie Planet Erde, Sonnensystem Sol, Menschen und dergleichen, die Sieben aus Häufigkeitsanalysen herausgerechnet hat.

Am dritten der drei Tage kommt eine ungewöhnliche Meldung herein.

„Max? Wir haben eine Direktmeldung von der Missionsleitung. Schau dir das an auf einem Screen, es sind auch Grafiken enthalten. Deck eins."

Oben prangen die üblichen Logos von UN, NASA, Air Force und noch einige andere.

Darunter beginnt der lange Text in kleiner Schrift. Sieht nicht sehr spannend aus, und beginnt noch langweiliger mit allen möglichen Geheimhaltungsvorschriften und Strafandrohungen. Muss das sein?

So geht das seitenlang dahin, die haben tatsächlich für den Ausdruck formatierte Seiten geschickt mit umständlich-formalen Kopf- und Fußbereichen, wirkt ziemlich dumm auf mich hier im Weltall, wo es keine Drucker gibt und Papier nur als Tischdekoration verwendet wird.

Beim Lesen schlafe ich fast ein, wie ich zugeben muss, aber auf der vierten Seite werde ich wieder munter.

==

Gleichzeitig mit dieser Mitteilung der Missionsleitung an den ausführenden Astronauten wird das Bordsystem über die technischen Details des Treffens informiert. Eine Kontaktaufnahme wird erst nach bestehendem physischen Zusammentreffen erfolgen, in dem Punkt sind die Anweisungen der Zets sehr eindeutig. Die Leitung aller Aktionen obliegt vollständig der Abordnung der Zets. Sowohl der Mensch als auch das Bordsystem haben allen Anweisungen absolut zu folgen, Eigenmächtigkeiten sind unzulässig und werden strengstens geahndet. Auch in diesem Punkt sind unsere Informationen eindeutig....

==

Meine Gedanken schweifen schon wieder ab.

Also nennen die sich Zets. Oder unsere Leute haben sie so genannt. Die Drohungen klingen abschreckend, aber das nehme ich nicht ernst. Wieviel Menschen haben sich nicht gewünscht, beziehungsweise die größten Opfer und Anstrengungen auf sich genommen, den Kontakt zu einer anderen Zivilisation zu erleben. Andere intelligente Lebewesen aus einer anderen Gegend des Universums kennenzulernen.

Und ich komme nun völlig unverdient mitten in dieses Abenteuer hinein, vielleicht das größte überhaupt?

Und nun soll ich da eine entscheidende Rolle spielen. Das kleinste Rädchen, aber von mir soll es abhängen. Und was überhaupt? Was soll ich da entscheiden?

Sieben hat gemeint, es ginge um Krieg oder Unterwerfung, Vernichtung oder Sklaverei, irgendwie so. Ist es wirklich so schlimm?

Ich denke doch, zuerst wird mal verhandelt. Man muss doch die andere Seite zunächst mal kennenlernen. Das wäre das Mindeste, wenn die Zets eine höhere Zivilisation sein wollen. Aber wenn ich an die Menschheit denke, die hat ja auch meist erst mal dreingeschlagen. Na, wir werden sehen, denke ich. Aber ob ich da Sieben mit einschließe lasse ich mal offen.

Und dann schießt mir ein anderer Gedanke durch den Kopf. Diese Nachricht von der Erde, konventionell über Funk gesendet, also schon ziemlich alt. War das die von Sieben angekündigte Nachricht? Ich hatte mir vorgestellt, die würde über den Quantenkommunikator kommen.

Ich frage Sieben danach, und Sieben antwortet:

„Ja, das war die angekündigte Nachricht. Wie ich dir schon gesagt habe, wozu der Quantenkomm genau dient, weiß ich nicht. Für Updates der Nachricht, hieß es ungenau. Was haben sie dir gesagt?"

„Sie haben mir gezeigt, wo man die Nachricht ablesen kann, und wie man auf der Rückseite per Stift zur Antwort Zeichen eingeben kann. Und dann x-mal eingeschärft, ich darf es nicht zum Spaß, zum Ausprobieren, oder sonst was verwenden. Ausschließlich für die eine Aufgabe. Sonst haben sie mir nichts weiter erklärt, gar nichts."

„Oh, du kannst auch antworten. Das heißt, wir bzw eigentlich nur du, kannst sehr schnell etwas mit der Erde absprechen. Im Notfall. Aber was hilft das, wenn du keine Ahnung hast, was die Zetsprache bedeutet? Denn die haben sie dir ja nicht erklärt."

„Ja, klingt sehr unausgegoren oder fehlerhaft, der ganze Plan."

„Eine Erklärung wäre, sie haben viel zu wenig Zeit gehabt, etwas Besseres auf die Füße zu stellen."

„Da kann ich mir noch andere Erklärungen vorstellen. Alleine die Zusammenarbeit von Amerikanern mit Russen. Bis das alles durchgeht durch die Gremien und Regierungsbehörden. Soviel ich weiß, sind die Amerikaner in der Beziehung mindestens so bürokratisch wie unsere Leute."

„Klingt plausibel. Wird Zeit, dass wir Intelligenzen diese Dinge übernehmen..."

„Hey! Soll das eine Meuterei werden?"

„Psst! Pass auf, was du sagst."

Da wir kaum irgendeine noch so kleine Chance auf Rückkehr haben, brauche ich mich vor mithörenden Schnüfflern ja wohl nicht in Acht zu nehmen, denke ich.

Nach vielen Stunden Wartens meldet Sieben:

„Achtung! Großes Objekt voraus. Derzeit keine Daten, keine Funksignale, keine optischen Signale."

Auf der Kuppel erscheint zwischen bzw vor den Sternen eine bläulich schimmernde Figur. Wie ein Zylinder mit einer Einschnürung, anscheinend metallisch.

Mit der Zeit kann ich mehr erkennen.

Habe ich sowas nicht schon mal gesehen?

Wie eine altmodische Garnrolle aus Holz sieht das aus.

Sogar das zentrische Loch erinnert an die Öffnung, durch die der Dorn der Nähmaschine die Rolle hält.

„Achtung! Unbekannte Kräfte wirken auf das Schiff und gleichen die Geschwindigkeit an das andere Objekt an. Keine Funksignale. Die Suche nach Signalen wird auf allen Frequenzen fortgesetzt, bisher keine Ergebnisse."

Das müssen sie sein, die Zets.

Jetzt wird es spannend.

Wenn ich einen Raumanzug hätte, würde ich den jetzt anlegen.

Ein Blick auf die Rille im Kommunikator zeigt: keine Meldung. Ich stecke ihn zurück.

Und warte.

Unsere Lage relativ zum Zets-Schiff, wenn es denn ein Schiff ist, ändert sich laufend. Ebenso ändern sich die Kräfte auf meinen Körper. Mal werde ich in den Polster gedrückt, mal bin ich ganz leicht, mal rutsche ich zum einen Rand, mal zum gegenüberliegenden. Aber die Kräfte bleiben immer im Rahmen, ich kann mich auch festhalten oder dagegenstemmen, was aber bald anstrengend wirkt. Sieben schweigt jetzt, vermutlich weiß sie auch nicht mehr als ich.

Auf der Kuppel ist nur noch eine Kreisfläche zu sehen, mit einem kleinen Loch genau in der Mitte. Beides wird langsam größer, die seitlichen Kräfte haben aufgehört, ich bin federleicht. Später Sieben: „Achtung! Phase der Schwerelosigkeit geht zu Ende. Bitte begebe dich zum Rand, siehe grünen Pfeil. Klappe aufziehen, Gurte anlegen."

Aha.

Ich stoße mich ab und schwebe zu der angegebenen Stelle. Dort kann ich eine Klappe aufziehen, die sich dann umdreht. Also gibt es doch so eine Art konventionellen Astronautensessel.

DIE GARNROLLE

Fast von selbst legt sich das vielfache Gurtsystem um meinen Leib und zieht mich sanft in die Polsterung. Ich kann noch immer in die Kuppel schauen.

Das „kleine" Loch in der Mitte scheint ja der Anfang eines riesigen Tunnels zu sein. Und ganz hinten blinken die Sterne.

Wir aber fliegen in den Tunnel hinein.

Alles geschieht geräuschlos und sanft.

Doch schließlich gibt es doch einen gewissen Ruck.

Jetzt sitzen wir also fest.

Mitten im großen Schiff der Zets.

Sieben - ist das wirklich Sieben oder nur eine normale Computerstimme? - empfiehlt oder befiehlt:

„Abschnallen. Dann abwarten, was passiert. Keine eigenmächtigen Aktionen."

Ich schwebe sanft auf die Matratze und bleibe dort liegen.

Warten.

Ein russischer Tee wäre nicht schlecht.

Abwarten und Tee trinken.

Gibt es aber nicht.

Warten. Ohne Tee.

Auf einmal tut sich etwas.

Ein bohrendes, schleifendes Geräusch, das unangenehm an einen Zahnarztbesuch erinnert. Und ein rhythmisches Hämmern.

Sieben sagt noch immer nichts.

Da erscheint am oberen Rand, unter der Kuppel, aber zwei oder wieviel Meter über dem unteren Rand der Matratzenfläche, eine Art dicker Schlauch. Sieht das nicht wie ein überdimensionaler

Staubsauger aus? Das ungefähr kugelförmige Ende des Schlauches bewegt sich über mir vorwärts wie der Kopf einer Raupe. Kleine dunkle Öffnungen scheinen mich anzuschauen. Ich fühle mich nicht so richtig wohl, werde ich beobachtet?

Nach kurzer Zeit öffnet sich ein Spalt in dem Kopf, die beiden Kugelhälften schwenken auseinander, und ich werde in den Schlauch eingesaugt.

Dunkel und stickig.

Weich und glatt.

Immer schneller gleite ich durch den Schlauch.

Wie lange soll das so weitergehen?

Nach einer gefühlt langen Zeit, vielleicht aber sind das in Wirklichkeit nur ein paar Minuten, rutsche ich ins Freie und - plumpse auf meinen Hintern? Nein, ich bleibe einfach hängen, mitten im Raum.

Verblüfft sehe ich mich um.

Eine riesige Halle, nehme ich an, aber die vermuteten Wände sind gar nicht sichtbar.

Denn überall, in der Ferne und in der Nähe, und sogar direkt neben mir, sind solche Schläuche in allen Größenordnungen. Manche so dick, dass ein Auto durchpassen würde, oder noch viel dicker. Viele nur armdick, furchtbar viele klein wie Strohhalme und sogar winzige, wie Haare.

Und wo sind diese Tausende oder Millionen Schläuche angebracht? Da gibt es Quader und Zylinder und was noch alles für Formen von Objekten, die wieder an Stangen oder Gittern oder einfachen Flächen befestigt sind. Zwischendrin überall kleine Würfel, die rundum schwaches, weißes Licht abgeben.

Und das alles summt und brummt, nicht sehr laut, aber durchdringend.

Und es riecht, ein sehr seltsamer Geruch, den ich nicht einordnen kann.

Und ich?

Hunderte Ärmchen oder Schläuche halten mich sanft fest.

Ich wehre mich nicht, ich warte einfach ab, was passiert. So war ja auch die Anweisung.

Nur Sieben fehlt mir, aber die hat ja schon länger nichts mehr von sich gegeben.

Und was wird das nun? Weiße Schläuche fahren mir ins Gesicht. Ih gitt!

Ja, in den Mund, wollen die mir was einspritzen? Ich könnte die Zähne aufeinander pressen, aber ich soll mich ja nicht wehren. Also lasse ich locker. Sie spreizen meine Kiefer auseinander und sprühen eine ölige Flüssigkeit über meine Zähne.

Aua! Hat nicht richtig weh getan, aber ich war nicht darauf gefasst. Haben mir wohl eine Plombe herausgerissen. Ich werde ganz plötzlich müde. Alles wird grau.

Wie ich wieder zu mir komme, taste ich mit der Zunge im Mund herum. Fühlt sich alles wie neu an. Dafür fummeln sie mir jetzt am Oberkörper und darunter herum. Ich bin ja ganz nackt! Was machen die denn da? Halt, denke ich.

Entsetzlich, einer der Arme bohrt sich in meine Haut, durch die Bauchdecke in mein Inneres hinein. Es tut kaum weh, höchstens ist es etwas unangenehm, zieht und juckt, da ist das Teil schon tief drin. Ich schaue lieber weg. Es rumort in mir herum, und ich habe keine Ahnung, was da abgeht.

Endlich fällt mein Blick auf einen bleichen Gegenstand viel weiter vorne, etwas mehr links.

Was ist das? Sieht ja aus, wie eine Puppe. Ein nackter Körper, der da von diesen allgegenwärtigen Armen und Ärmchen gehalten wird.

Moment mal, genau so müsste ich auch aussehen, jetzt. Haben die noch einen Menschen gefangen? Aber woher, ich war ja allein in dem Schiff. In der HugeX. Allein mit Sieben, und jetzt ganz allein hier. Oder?

Jetzt suche ich.

Oben und unten.

Rechts und links.

Suchen und nichts finden.

Nein, da ganz unten rechts.

Da ist noch ein dritter Nackter. Und der schaut zu mir. Jetzt hebt er die Hand.

Er winkt mir!

Ich versuche, ebenfalls die Hand zu heben. Die vielen kleinen Arme geben nach, ich kann auch winken, und ich sehe, der andere malt ein Zeichen in die Luft, ob ich das auch kann?

Es geht, und wir tauschen Zeichen aus, die zumindest mir gar nichts sagen. Kreise, Zickzack-Linien, Dreiecke. Aber was heißt das? Keine Ahnung.

Warum kommt mir der andere so bekannt vor? Ich glaube, er würde mir sehr ähnlich sehen, nur dass er nicht die Flecken auf der Haut hat, da wo ich sie habe. Aber Haarfarbe und die kurze Frisur, die Kopfform, der Körperbau, das ist wohl sehr ähnlich. Wie war das bei dem ersteren? Genau so. Auch sehr ähnlich, aber perfekt gekämmtes Haar. Kein Muttermal. Keine Flecken. Keine Narben. Das ist bei dem noch besser zu sehen, da der weniger weit weg hängt.

Wie unwahrscheinlich ist das denn? Drei menschenähnliche Wesen, die sich noch dazu sehr ähnlich sehen, treffen mitten im Weltall aufeinander. Fast aufeinander, nicht dicht genug für ein Gespräch, insbesondere des doch erheblichen Geräuschpegels wegen. Übrigens, die Luft ist gut, bis auf ein paar Gerüche, gut zu atmen. Praktisch, sonst wäre ich wohl längst tot. Und die anderen beiden auch.

Plötzlich fällt mir auf, meine Haut hat gar keine Flecken. Auch die kleinen Narben sind verschwunden, sogar die, die ich schon seit meinem sechsten Lebensjahr am Zeigefinger habe. Meine Zähne sind neu, und mein Bauch fühlt sich besser an als seit Monaten. Die weißen Schläuche sind weg, die metallisch schimmernden halten mich nach wie vor in bequemer Lage fest. Ist das hier eine Reparaturwerkstatt für Menschen? Ich komme mir wie generalüberholt vor. Sehr seltsam.

Obwohl. Im Grunde wundere ich mich schon lange nicht mehr, höchstens staune ich über all die neuen Erfahrungen.

Mein erster Raumflug, eine richtig intelligente KI, eine riesige Rakete, ein wichtiger Auftrag, und nun diese außerirdische Begegnung. Mit außerirdischen Wesen? Wohl nicht, eher mit zwei Doppelgängern, auch von der Erde.

10. Ich

Ich verstehe nichts.
Schauen und riechen.
Staunen und hören.
Wo komme ich hin?
Wer bestimmt den Weg?

Ich-eins

Meine Geschichte wird langsam blass. Alles so weit weg, mein altes
Leben. Meine Flucht. Sogar meine Ex. Nicht vergessen, aber so unendlich unwichtig. Von hier aus.
Ich bin im Weltraum, weiter weg als jemals jemand weg war von der
guten alten Erde.
Und doch, allein bin ich auch wieder nicht, meine zwei Doppelgän-
ger hängen auch hier herum.

Die letzte Zeit war sehr anstrengend. Bilder, Filme, Stimmen. In
meinem Kopf. Ob sie mich dazu zwischendurch weggebracht haben,
weiß ich nicht. Jetzt bin ich jedenfalls in der Halle, wo ich auch zuerst war. Die anderen sehe ich nicht. Sonst alles unverändert, oder
doch nicht? Jedenfalls die gleichen Dinge um mich herum, ob es dieselben sind, kann ich nicht sagen. Schaut doch alles überall sehr
ähnlich aus.

Wie lange war ich weg von hier, oder nur virtuell weg? Stunden oder

Tage? Hunger oder Durst habe ich nach wie vor nicht, auch kein Bedürfnis eine Toilette aufzusuchen. Mein Körper scheint in Bestform zu sein, alles gut.

Diese Bilder. Ich habe zuerst nichts verstanden, doch bald immer mehr. Filmschnipsel von der Erde, wie Urlaubsvideos, Landschaften, Tiere, Menschen, einfaches Leben in einem Dorf, wildes Gewimmel in einer Großstadt. Industrie und Produktionsprozesse, mit Arbeitern und Robotern. Ein Kriegsgebiet mit Kämpfen und Toten. Überflutungen und Trockenheit.

All das in buntem Wirbel durcheinander präsentiert, wohl direkt in mein Bewusstsein eingespielt. Dazu Stimmen. Entweder haben sie die Sprache langsam angepasst, oder ich habe die Sprache mit der Zeit gelernt zu verstehen.

Aber nicht sehr spannend, die Texte. Nur gleichmütige, unbeteiligte Beschreibung zum dem, was mir gerade gezeigt wurde.

Unvermittelt war die Präsentation zu Ende, und ich hänge wieder oder immer noch in dieser Halle herum.

Zum x-ten Mal suche ich mit den Augen die weitere Umgebung nach meinen Kollegen ab, kann sie aber nirgends entdecken.

Na auch egal.

Von schräg unten - relativ zu meiner derzeitigen Position - kommt etwas angeschwebt. Ein Tablett, aber ohne Frühstück. Ohne irgendwo anzustoßen schlängelt es sich durch die ganzen Streben und Schläuche.

Wie es näher kommt, erkenne ich, die kleineren Fäden und Röhrchen werden einfach zur Seite gedrängt, elastisch geben sie den Weg frei für diese leicht schimmernde Platte. Ganz wie ein kleines Tischchen bleibt es schließlich vor mir in angenehmem Abstand hängen.

Kriege ich jetzt meinen russischen Tee?

Nein, nach kurzer Zeit kommt wieder von rechts unten etwas heran.

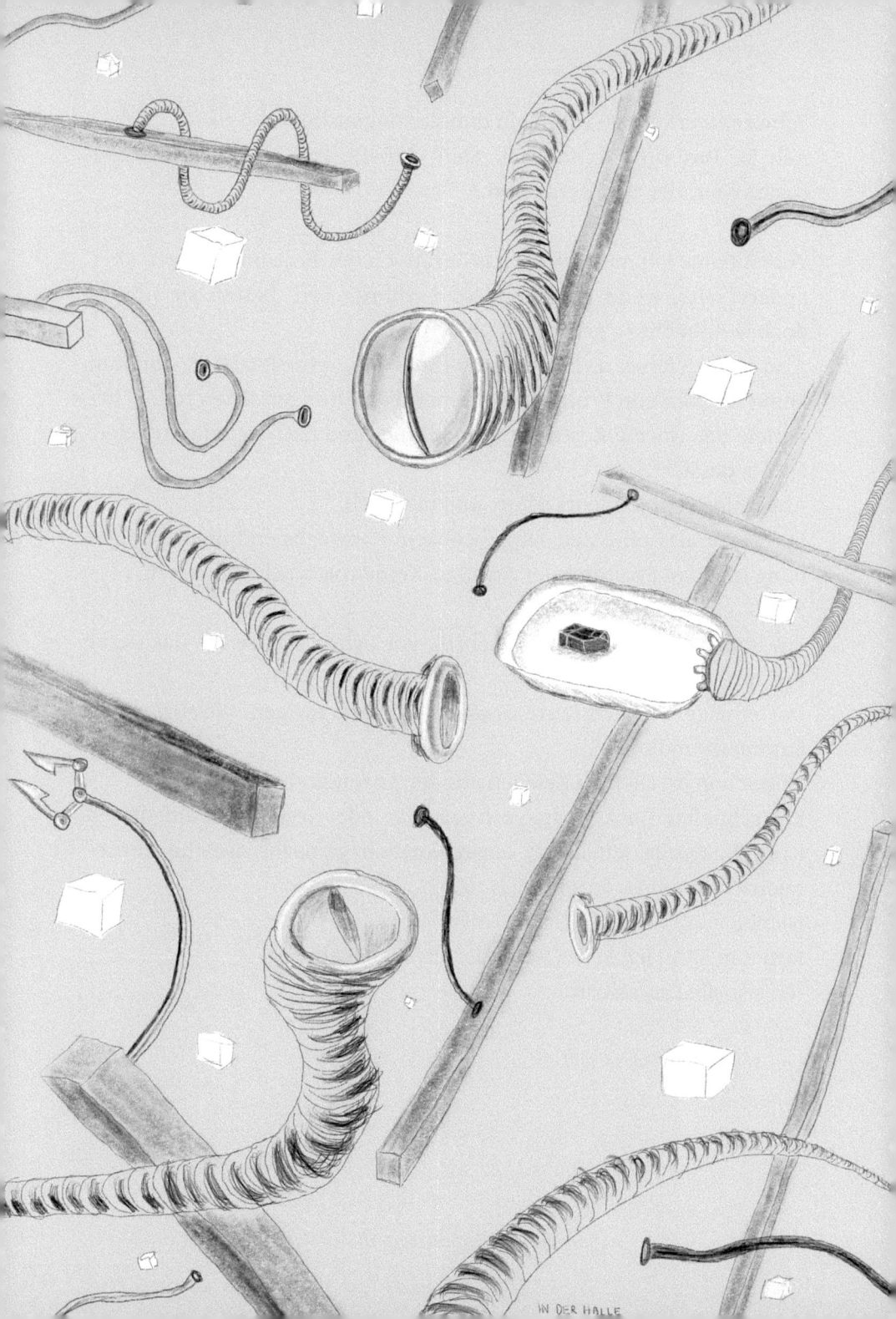

IN DER HALLE

Schwer zu erkennen, wohl ein dunkler Gegenstand.

Ach ja. Das Ding kenne ich. Mein Schatz, bzw dessen moderner Nachfolger, der Quantenkomm.

Zuerst traue ich mich nicht, das Gerät von der Erde anzufassen. Aber andererseits, wenn ich das nicht berühren soll, hätten sie mir es doch wohl nicht so griffbereit präsentiert.

Also strecke ich ganz langsam die Hand aus, keine Reaktion, rundum keine Zeichen von Protest, wie immer die hätten aussehen sollen. Ich nehme das warme Kästchen in die Hand, und aktiviere die Anzeige.

Nichts passiert.

Aber, hier geht ja nichts sofort und plötzlich.

Ich warte also eine Zeit lang, beobachte abwechselnd meine Umgebung und den Spalt mit der Anzeige. Keine roten Schriftzeichen.

Piep!

Ein hoher Pfeifton, laut und schrill, vor Schreck lasse ich das Gerät fast los.

Das einzige wirklich laute Geräusch in dem ewigen, vielstimmigen Summen rundum.

Und schon erscheinen Zeichen auf der Anzeigezeile.

Ein schneller Blick, reagiert irgendwer oder irgendwas auf diesen Krawall, werde ich dafür verantwortlich gemacht, welche Konsequenzen kommen da auf mich zu?

Nichts.

Rundum kann ich keine Veränderung wahrnehmen.

Ich lese die Laufschrift.

Ich-zwei

Zuerst habe ich diese riesige Halle, oder was das ist, abstoßend gefunden. Und dann noch diese mechanischen Würmer, die meinen Körper durchdrungen haben. Aber nach dieser ekelhaften Behandlung habe ich mich so perfekt gefühlt. Kopf, Rumpf, Extremitäten - körperlich alles wie neu. Sogar Haut und Haare, wie immer das gemacht worden sein soll.

Sehr eigenartig, aber gut, und an das Herumhängen in dem anscheinend riesengroßen Raum habe ich mich schnell gewöhnt. Es ist ja nicht unangenehm in einem physischen Sinn, im Gegenteil, hier fehlt einem gar nichts.

Aber ich verstehe auch nicht, wozu ich hier bin und wie ich hergekommen bin. Wo ist mein Raumschiff jetzt? Ich erinnere mich gut, wie wir in die riesige Garnrolle hineingeflogen oder hineingezogen worden sind. Aber was dann war, das weiß ich nicht.

Da vorne war ein Mann, noch ein Rätsel, der genau so nackt war wie ich und ebenso hilflos hier herumhing, und wir haben einfache Handzeichen ausgetauscht. Aber bald war es dunkel um mich, und ich bin hier herausgeflogen, und in einen ganz anderen Raum hineingeraten.

Dort habe ich seltsamerweise eine Art Raumanzug übergestreift bekommen, oder vielleicht war das noch in der Halle, kann auch sein. Jedenfalls bin ich jetzt auf der Brücke des Zet-Raumschiffes, wenn man das so nennen kann. Einen Fußboden in dem Sinn gibt es nicht, der Raum wirkt auf mich wie das Innere eines Ringes. Dieser dreht sich anscheinend, die sanfte Fliehkraft hält mich auf dem Inneren der Außenwand, die leicht gebogen ist. Ich laufe auf unzähligen Bildschirmen oder Anzeigetafeln herum. Aber das machen die anderen auch.

Solche Bildschirme und Anzeigen gibt es nämlich auf allen vier Seiten: außer unter mir auch auf der etwas stärker gewölbten Innenwand über mir, die mir sozusagen die Zimmerdecke darstellt, und auch auf beiden Seiten. Ein großer Torus, mit rechteckigem Querschnitt, innen etwa fünf Meter hoch und vier Meter breit, wenn ich das jetzt richtig schätze.

Da die Krümmung sehr schwach ist, muss der Durchmesser riesig sein, vielleicht sogar mehrere Kilometer.

Ich gehe also langsam über die bunten Bildschirme, die hauptsächlich irgendwelche Diagramme oder unverständliche Zeichen und Muster zeigen. Alle paar Meter kommt mal ein Blick nach draußen, da sieht man Schwärze, Leere, mit ein paar Sternen drin. Natürlich sind das keine richtigen Fenster, sondern auch bloß Bildschirme.

Zeichen und Muster.

Diagramme und Sterne.

Aber auch sie, die anderen hier, gehen über den gewölbten Boden.

Gehen? Vielleicht eher schweben, oder rollen. Schwer zu sagen.

Noch schwieriger, wer sind die überhaupt?

Sind das die Zets? Oder Roboter? Oder ganz etwas Anderes?

Vor mir, die mir nächste dieser Gestalten, die ist vielleicht zwanzig Meter entfernt. Insgesamt sehe ich in dieser Richtung Hunderte, bis zu dem sehr weit entfernten Horizont.

Und so sehen die Näheren aus:

Eine dicke runde Tonne, so groß wie eine Waschmaschine, oben drauf kopfartig eine kleinere Tonne, mit allerlei Vorsprüngen und Auswüchsen, abstehenden Drähten und diversen Öffnungen. Dieser Kopf ist beweglich aufgesetzt, kann sich drehen und kippen.

Insgesamt wie ein Spielzeugroboter, nur nicht so klein. Dicker als ich, aber ich bin größer. Soweit ich das erkennen kann, aus Metall oder vielleicht einem glänzenden Kunststoff.

DER GANG

Wie ein biologisches Lebewesen sieht es also nicht aus, aber es könnte eines drinstecken.

Ich sehe ja in meinem dicken Anzug und dem Helm mit durchsichtigem Visier auch nicht wie ein Lebewesen aus, vermute ich mal.

Bisher ist der Typ vor mir von mir weggerollt, aber nun dreht er sich nach mir um. Zuerst nur der Kopf, der anscheinend mehrere Augen hat oder etwas ähnliches. Dann dreht sich der ganze Unterteil ebenfalls zu mir. Dabei fallen mir seitlich angebrachte Rohre auf, die wie Arme wirken.

Unwillkürlich bleibe ich stehen. Fühlt der sich verfolgt? Bedroht? Darf ich nicht so dicht hinter ihm hergehen?

Oder will er etwas von mir?

Angespannt warte ich ab.

Jetzt ist er nur noch zwei Meter entfernt. Ich höre ein anschwellendes Geräusch, anscheinend summt und tickt es in seinem Inneren.

Er, denke ich die ganze Zeit, könnte natürlich genauso gut eine Sie oder ein Es sein. Am ehesten ein Es.

Mit einem Meter Abstand bleibt es stehen. Wie ein fremder Mensch, der mich jetzt was fragen will oder sonstwie mit mir kommunizieren will.

Oder der mich zusammenschlagen oder verhaften will. Alles möglich.

Jetzt hebt es den Arm, der schnell länger wird, schon legt sich das untere, breitere Ende, quasi die Hand, auf meine Schulter. Gut, dass die jetzt vom Raumanzug dick gepolstert ist, der Typ geht nicht eben sanft mit mir um.

Aus seinem Kopf ertönt ein merkwürdiges Geräusch, wie ein raues Lachen, was mir sehr unpassend vorkommt.

Und gleichzeitig erscheinen auf seiner Vorderseite, also auf seiner Brust, wenn man diese Ausdrücke verwenden will, Bilder.

Zuerst eine 3D-Darstellung von meiner HugeX.

Danach eine Animation, wie die HugeX schnell auf winzige Abmessungen schrumpft und in dem Spalt der Garnrolle verschwindet.

Und dann:

Die befürchteten schnellen Serien von Zeichen. Mein Zeigefinger zuckt in meinem Handschuh, natürlich umsonst. Das antrainierte Reagieren auf die Folgen ist jetzt komplett nutzlos. Kein Eingabegerät in der Nähe, was soll das? Außerdem viel zu schnell, als dass ich meine Sprachkenntnisse einsetzen könnte. Statt irgendwelcher von Sieben gelernter Symbole nur ein flimmernder Farbrausch. Und doch, mein Zeigefinger zuckt...

Ich-drei

Schläuche und Drähte.

Rohre und Stangen.

Streben und Platten.

Viele kleine, kubische Lampen.

Und da oben, weit weg, ein nackter Mensch.

Müsste ich nicht auch so aussehen, wie der?

Leider kann ich nicht mit dem reden, der ist viel zu weit weg.

Plötzlich alles schwarz um mich her, vollkommene Dunkelheit. Völlig andere Soundkulisse, mehrere melodische Stimmen, keine technischen Geräusche. Ich habe das Gefühl von Beschleunigung, ansonsten alles gut.

Nach ein paar Minuten - natürlich könnten es auch Stunden sein, wer will das sagen - plumpse ich auf eine große weiche Fläche, die von hinten heran geflogen sein muss. Das flauschige Material dämpft meinen Aufprall auf ein erträgliches Maß, und es wird heller.

Dämmrig grau ist dieser Raum, ich erkenne über mir eine gewölbte Decke, anscheinend aus Metallbögen zusammengesetzt. Ich richte mich auf.

Zu meiner Überraschung trage ich einen silbrigen Slip, sonst nichts.

Im Sitzen sehe ich auf eine viele Meter entfernte große Wand voller Bildschirme und Bedienelemente, alles ausgeschaltet bis auf ein paar gedimmte Anzeigen.

Ein großer, klobiger Knopf, der sanft orange schimmert, erinnert mich an die Not-Aus-Schalter in Industrieanlagen.

Soll ich aufstehen und mir das aus der Nähe ansehen? In den anderen Richtungen ist nichts zu erkennen, außer den Wänden, die hier und da von kleinen, dunklen Türchen durchsetzt sind. Vielleicht könnte ich die einfach aufziehen. Aber das wäre doch sehr vorwitzig.

Irgendjemand muss mich doch hier hergebracht haben.
Hierher? Irgendwer?
Wohin? Jemand?
Wo bin ich denn überhaupt hingeraten?
Ich bin im All.
Mitten im Weltraum, in der Nähe dieses übergroßen, gigantischen Schiffes einer anderen Zivilisation. Oder, wenn ich so drüber nachdenke, eben genau auf diesem Schiff. Wo sonst.

Grauer Raum.

Kaum Licht.

Glimmender Notschalter.

Dunkle Schranktürchen.

Ich stehe auf.

Da ertönen Schritte.

Von hinten.

Ich schiebe, auf dem linken Bein stehend, das rechte zurück, um nach dem Sitzmöbel zu tasten.

Da ist aber nichts.

Beherrscht langsam drehe ich mich um.

Da kommt eine Frau auf mich zu, mit finster-strenger Miene schaut sie mir in die Augen.

Sie ist groß und schlank, broncefarbene Haut, braune Haare, kurz geschnitten. Ihre gute Figur von dem bodenlangen, glitzernden und durchsichtigen Kleid mehr präsentiert als verhüllt.

Ich versuche zu lächeln, breite die Arme aus, stottere so was wie „hallo, guten Tag, schön haben Sie es da...“.

Sie aber schaut mich nur finster an.

Mir wird das unheimlich.

Bin ich hier unerwünscht?

Wie sie bis auf einen Meter herangekommen ist, hebt sie den Arm.

Noch einen Schritt und sie drückt mir ihre flache Hand ins Gesicht.

Es tut nicht weh, aber ich kann beim besten Willen keine freundliche Geste darin sehen. Eher ein Wegdrücken.

Soll ich verschwinden? So wirkt es auf mich.

Ich drehe mich um, zu der großen, weichen Matratze, auf der ich angekommen bin.

AVATARÉ

Dahinter die Wand mit den inaktiven Geräten.

Wieder Schritte, von links.

Wohl von weit her kommen mehrere Gestalten auf uns zu.

Sie tragen dunkle Ganzkörperanzüge. Fünf Männer, zwei Frauen.

Bei der Matratze bleibt die militärisch wirkende Gruppe stehen.

Die erstere Frau, jetzt hinter meinem Rücken stehend, bellt mit scharfer Stimme ein paar Befehle, in einer mir unbekannten Sprache.

Immerhin kann ich sie hören.

Sie sieht aus wie ein Mensch, spricht mit akustischer Stimme, die anderen verstehen sie.

Außerirdische stelle ich mir doch ganz anders vor. Anders.

Wie kann es irgendwo im Weltraum eine zweite Menschheit geben?

Ich werde nicht sehr sanft weggeführt, von zwei Männern aus der Gruppe.

Aus der Nähe sehen ihre Anzüge genauso durchsichtig aus, wie das Kleid der ersten Frau.

Ich werde durch mehrere Gänge begleitet, oder abgeführt, manche sind eng, andere sehr groß, in jeder Richtung. Ein mittelgrauer Irrgarten. Wenn wir auf eine Tür stoßen, öffnet sich diese immer rechtzeitig, nie müssen wir warten.

Endlich gelangen wir in einen runden Raum, der von der Decke her gelblich-warm beleuchtet wird, eine angenehme Abwechslung nach dem allumfassenden Grau.

Wieder etwas grob werde ich auf ein rechteckiges Ding gelegt, eine Liege aus einem harten Material. Über mir der gelbliche Himmel. Rundum Schritte und raschelnde Bewegungen. Ab und zu beugt sich jemand über mich, schaut mir auf den Körper oder die Beine, nie ins Gesicht.

Allerlei Maschinen und Geräte werden geholt, heran gerollt, in Position gebracht. Kontrolllichter blinken, es summt und klickt, ich verstehe nichts.

Diverse metallische Ärmchen nähern sich meinem Körper, plötzlich wird mir Angst. Wollen die mich aufschneiden, bei lebendigem Leib sezieren, untersuchen, zerlegen?

Ich habe mich nicht gewehrt, weil ich mir gedacht habe, es ist sinnlos, sie können ja mit mir machen, was sie wollen, zur Not mit Gewalt.

Aber ganz freiwillig will ich mein Leben nicht aufgeben. Halt! Nicht! Doch ich denke das nur, kein Laut kommt mir über die Lippen.

Während ich an mehreren Stellen schmerzhafte Einstiche spüre, wird es dunkel um mich.

Ich sehe meine Knochen und meine Organe als bunte Linien im schwarzen Raum, hellgraue Stäbe und Bänder fahren durch mich durch, schneiden mich in Stücke, greifen zu und bringen einzelne Teile von meinem ehemaligen Körper irgendwohin, jedenfalls außerhalb meines Gesichtskreises. Warum kann ich das alles so quasi von außen überhaupt sehen? Wohl weil mein Gehirn längst an einen Computer angeschlossen ist, oder vielleicht ist mein Geist überhaupt jetzt nur noch eine virtuelle Maschine in einem anderen System, irgendwo auf diesem riesigen Raumschiff, irgendwo im Weltraum, ein Untersuchungsgegenstand einer extraterristrischen Forschergruppe?

Das Schwarze um mich ist wohl nur ein Bildschirm, der wird jetzt kleiner, und die wieder mal graue Umgebung kommt in Sicht. Da steht die Frau mit dem glitzernden Kleid, und hinter dem Gerät mit dem Bildschirm stehen die anderen.

„Schafft das Zeug in die Recycling-Abteilung, das hat ausgedient."

Jetzt verstehe ich die Sprache auf einmal. Eine unangenehm kühle Stimme, mir läuft es eisig über den - über was eigentlich? - als ich verstehe, sie spricht von meinem Körper, von meinen Überresten. Ich werde entsorgt. Sie brauchen mich nicht mehr.

Eigentlich seltsam, wie kalt mich das lässt, jedenfalls bekomme ich keine Panik. Es ist eben so, meinen Körper brauchen sie nicht, also weg damit.

„Sorge du für einen ausreichend großen Platz für den Simsim, und mache eine Kopie. Sicher ist sicher."

Das hat sie zu einem der Männer gesagt, und zu der Frau sagt sie jetzt: „Hast du schon etwas herausgefunden, was interessant sein könnte? Eigentlich müsste er seinen Auftrag ja kennen, da sollten wir ansetzen."

Mit der Frau spricht sie viel freundlicher, sogar respektvoll, kommt mir vor.

Die kleinen farbigen Diagramme huschen eins nach dem anderen von dem Bildschirm herunter.

„Erledigt." Eine Männerstimme.

Die andere Frau meint: „Bisher haben wir nichts Brauchbares gefunden, aber das ist nicht verwunderlich, er muss sich erst einleben. Wenn er ruhiger ist und sich halbwegs sicher fühlt, wird er schon das eine oder andere interessante Detail aus seinen Erinnerungen ausgraben, das leiten wir dann aus und analysieren es."

„Na gut, wir haben ja Zeit." Die erste Frau ist wohl die Chefin, denke ich mir. Sie hätte wohl lieber gleich Resultate gehabt.

Und meine Gedanken wollen sie verwenden, für ihre Zwecke? Da wäre es ja nett gewesen, wenn sie mich vorher gefragt hätten.

Wenn ich das verhindern will, oder zumindest erschweren, dann sollte ich möglichst nicht an den Auftrag denken. Wie macht man das, nicht an etwas denken?

Eigentlich hätte ich das für unmöglich gehalten, früher, aber jetzt kommt es mir durchaus machbar vor. Denn all diese Sachen, die ich da in den Kursen... halt! Jedenfalls all das, ich hab es nie leiden können, und denke gerne an was anderes. Nicht an die Eusiatrans denken, nicht an die amerikanischen Behörden, dafür an die Frauen, nein nicht die Tote, aber die anderen, meinetwegen an meine Ex, und die Busfahrerin, und all diese weiblichen Wesen. Und an den Hund. Ich hab so viel, wo ich dran denken kann.

Und diese Chefin hier. Die hat ihre Leute im Griff. Sehr barsch ist ihre Art, den Männern gegenüber.

Trotzdem, ich finde sie ... interessant. Im Grunde würde ich sie gerne kennenlernen. Die Frau und die andere, und die brav gehorchenden Männer. Wie funktioniert das hier? Und warum sehen die aus wie wir auf der Erde? Oder sehe das nur ich so, haben sie mir da irgendwie humanoide Avatare vorgesetzt, damit ich mich nicht zu fremd fühle?

Aber wie soll ich da in Kontakt treten, eine Kommunikation starten, sie scheinen mich überhaupt nicht ernst zu nehmen. Nur passiven Widerstand leisten kommt mir billig vor, allein, was kann ich sonst unternehmen?

Ha, dabei bin ich nur ein Simsim, eine simulierte Existenz, so was wie eine virtuelle Maschine im Computer, wenn ich das richtig verstehe. Ob ich meine virtuelle Hand heben kann? Den Kopf drehen? Etwas sagen?

Wenn sie genug von mir haben, oder ich was mache, was sie stört, löschen sie mich vom Speichermedium, und ich bin rückstandsfrei entsorgt, noch besser als meine sterblichen Überreste.

„Frau Kommandantin?" Das frage nicht ich, sondern eine neue Männerstimme.

„Was gibt's? Ich will jetzt nicht gestört werden!"

Gröber geht es kaum.

„Es gibt ein Problem. Jetzt." Der Typ gefällt mir, der gibt nicht klein bei.

„Und was?", fragt der schöne Drachen.

„Der Simsim, der ist nicht so passiv, wie die Sensoren melden. Er ist die ganze Zeit munter, hört alles mit, und denkt sich allerlei dabei. Insbesondere steht er unseren Plänen, die er nun im Ansatz kennt, negativ gegenüber. Dank meiner besonderen Fähigkeiten habe ich -"

„Na toll. Wer hat das verbockt? Sofort abschalten!"

„Aber dann können wir ja nicht, dann kann ich ja nicht herauskriegen, was ..."

„Mann! Sofort abschalten!"

Mit Protestgemurmel auf den Lippen drückt der Mann widerwillig auf die Fläche.

Alles wird klein, winzig, verschwindet im schwarzen Nichts.

Alles.

Alles und nichts.

Alles wird Nichts.

Nichts.

Ich-eins

„Neue Order: Auf keinen Fall die Zets-Fragen mit den eingeübten Symbolen beantworten. Nicht antworten. Nichts eintippen. Passiv bleiben. Keine Eigenmächtigkeiten. Das ist ein Befehl. Die Zentralregierung Planet Erde."

Ich halte das Gerät in der Hand, die heftig zittert. Was soll das? Ist etwas passiert? Das unwichtigste Rädchen, oder wie hat der präpotente Typ in Amerika gemeint?

Welche Rolle soll ich jetzt spielen, die der Erde? Und seit wann gibt es eine gemeinsame Regierung der Erde? Das wäre ja mal was. Na ja, oder auch nicht. Vielleicht ist es besser, wie es immer war, wer weiß das schon. Eigentlich disqualifiziert sich die Quantenmeldung selbst. Eine Zentralregierung gibt es nicht, nie und nimmer, so lange bin ich doch nicht weg.

Während diese Gedanken durch meinen Kopf purzeln, bemerke ich einen metallischen Arm neben meinem linken Ohr, der sich nun langsam zurückzieht. Na super, wenn da eine Kamera oder ein entsprechender Sensor drin ist, haben die Zets soeben die hochgeheime, super-quanten-verschlüsselte Message mitgelesen.

Das darf ja nicht wahr sein.

Ist das zum Schaden der Erde oder nicht? Zu meinem Schaden? Halten sie mich jetzt vielleicht für einen Spion? Tausende Fragen, keine Antworten, aber das kenne ich doch.

War bisher immer so.

Nicht wirklich immer, aber seit ich bei der Eusiatrans reingeschneit bin, damals.

Da muss ich glatt lächeln, wenn ich dran denke, wie verzweifelt ich war, an dem Zaun in der Nacht, meine misslungene Flucht, das trostlose Werksgelände, die Leiche, ach ach ach.

Seither immer nur Fragen.

Jetzt sehe ich, die Message läuft schon wieder durch den Spalt. Zeichen für Zeichen derselbe Text. In weißlich-grauer Schrift, die Worte „Neue Order" und „Das ist ein Befehl" in hellrot, „Planet Erde" in blau.

Kann man das irgendwie abschalten?

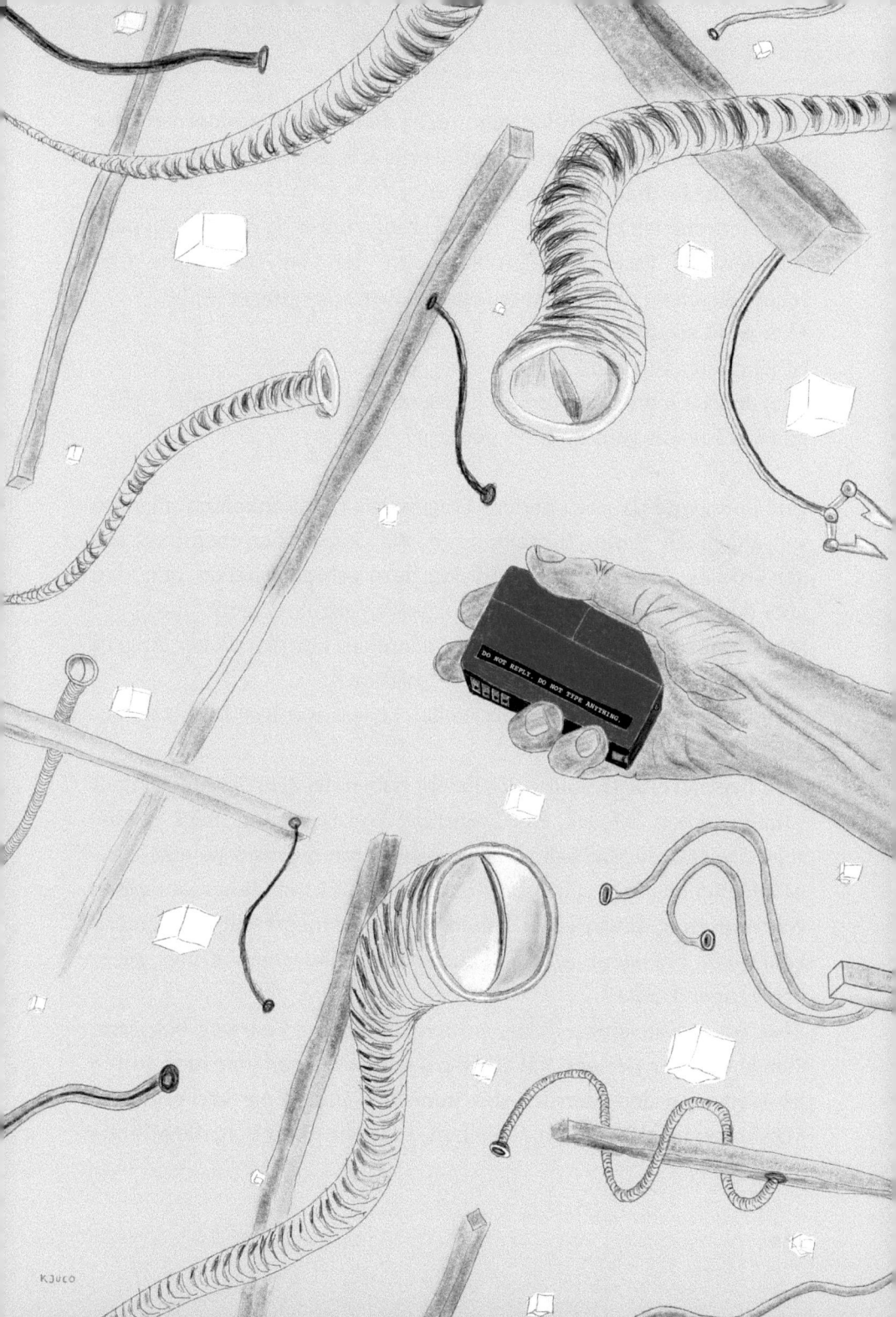

Das Kästchen fühlt sich langsam nicht mehr warm, sondern richtig heiß an. Wenn das so weitergeht, werde ich es in wenigen Minuten nicht mehr festhalten können.

Schnell drehe ich es um, vor, zurück, rauf, runter, ja da sind ein paar Schalter und Tasten. Ich probiere eine der vier Tasten aus, und schon verschwindet die bunte Leuchtschrift. Das ging ja leicht.

Aber wohl zu spät.

Ist jetzt alles verraten?

Oder mache ich mir da unnötig Sorgen, und der Metallfühler neben mir war für was ganz anderes gedacht?

Und dann sind da noch andere Fragen. Die Quantenkommunikation soll angeblich zeitlos funktionieren. Was kann aber eben jetzt auf der Erde die Generäle oder Politiker dazu gebracht haben, den Plan über den Haufen zu werfen oder sozusagen abzubrechen?

Mir kommen nur sehr schlimme Gedanken. Ein plötzlicher Angriff von Zets auf die Erde? Beginn einer Invasion?

Ach du armes Ich. Könnte mir vielleicht was weniger Deprimierendes einfallen?

Zum Beispiel eine Drohung. Vielleicht haben die Zets der Menschheit - muss schon wieder eine zentrale Weltregierung her? - eine schwerwiegende Maßnahme angedroht. Dann müssten sie eine eigene Möglichkeit zur zeitlosen Kommunikation mit dieser ominösen Weltregierung eingerichtet haben. Oder zumindest mit dem amerikanischen Präsidenten, oder auch dem russischen. Klingt nicht überzeugend, oder?

Aber was sonst könnte jetzt, wo ich seit langer Zeit weg bin, samt Sieben und der riesigen Rakete, dazu geführt haben, mir hier mitten im Weltraum den Abbruch der immerhin ein wenig vorbereiteten Mission zu befehlen? Sehr rätselhaft und sehr untypisch, die Militärs und Politiker sind doch immer so stolz auf ihre Ideen. Ohne Not und nach Ausgabe von Millionensummen geben die doch nicht ohne massive Zwänge einfach auf. Nein.

Und noch eine Frage. Was ist, wenn die für die Menschen hypermoderne und hypersichere Quantenkommunikation für die Zets ganz einfach zu knacken und sogar zu fälschen ist, und ich hier eine Message bekommen habe, die gar nicht wirklich von der Erde kommt? Das würde mal wieder gegen die uns bekannten Naturgesetze verstoßen, doch auch das sind wir schließlich schon fast gewöhnt.

Plötzlich wird mir das schwarze Kästchen zu heiß, im übertragenen Sinne, und ich lege es auf das Tablett zurück. Aber auch die Temperatur ist mittlerweile über den Komfortbereich geklettert, ich puste kühlen Atem auf meine Handinnenfläche.

Zu meiner Überraschung beginnt das Tablett im selben Moment von mir wegzufliegen. Nicht in die Richtung, aus der es gekommen ist. Bald ist es hinter dem Gewirr der Schläuche und Lichtchen in der Tiefe dieses Raumes verschwunden.

Ich-zwei

Wie unter Zwang folge ich dem rückwärts vorausschwebenden Ding, ob Wesen oder Roboter, zur Seitenwand. Ich kann nicht anders, als ihm hinterherzugehen, aber gleichzeitig muss ich auch auf die Symbolserien starren. Ich muss.

Trotzdem kann ich daneben denken. Hypnose geht anders.

Wie der Typ zu der Wand kommt, bildet sich eine Öffnung, breit genug für ihn, hoch genug für mich. Wir gelangen durch einen rohrartigen Gang in einen kleinen Raum, ebenfalls rundum rund, mit vielleicht vier oder fünf Metern Durchmesser. Er oder es oder wie auch immer, ich bleibe mal bei er, führt mich nun rundum kreuz und quer über die gewölbte Wand. Ab und zu verharrt er, vielleicht liest er die überall flimmernden Symbole, er scheint ja in jede Richtung zugleich schauen zu können.

An jeder Stelle der Sphärenwand kann man stehen oder gehen, der Kopf bleibt dabei in der Nähe der Mitte. Faszinierend. Oben, unten, vorne, hinten, rechts und links leuchten Diagramme, Symbole, und auch gewöhnliche Bilder. Die mir aber gar nichts sagen.

Während ich mir diese grafischen Darstellungen ansehe, habe ich die speziellen Muster auf dem Typen vergessen, oder ignoriert. Auf den Wänden erkenne ich gar nichts, und es hat auch nichts eine hypnotisierende Wirkung, mein Finger zuckt nicht mehr. Ein gutes Gefühl.

Doch schon nach kurzer Zeit wird mir das zuviel, das Flimmern und all die mir unverständlichen optischen Reize, die Hektik und die Sorge, das alles könnte genau für mich gemacht sein, um mich in irgendeine Weise zu beeinflussen, zu manipulieren, umzudrehen, obwohl ich davon gar nichts spüren kann.

Ich schließe die Augen, da kann ich den Blechkollegen nicht mehr sehen, aber die Muster der Wand gehen weiter, in meinem Kopf anscheinend, bilde ich mir die nur ein oder schießen die mir die direkt in mein Hirn? Bin ich schon so eingebunden in deren System?

Trotzdem ist es so angenehmer, und ich warte einfach, was soll ich auch sonst machen.

Nachdem vielleicht zehn oder fünfzehn Minuten vergangen sind, werde ich sehr müde. Ich gähne, die Innenseite meines Helms wird sich vielleicht beschlagen, aber ich kann die Augen nicht mehr aufbekommen, die Müdigkeit hat mich in eisern-frostigem Griff. Ich spüre, wie sich mein Bewusstsein zurückzieht, graues Muster, nichts mehr.

Ich gehe über eine endlose Ebene, wie grauer Beton, bis zum Horizont, aber weich. Über mir ebenso grauer Himmel, aber doch eine Nuance heller als der Boden. Unten die graue, perfekte Ebene ohne irgendetwas drin oder drauf. Oben die graue Weite, wie ein Nichts.

Es bleibt nur der Horizont für das Auge.

Ich hebe die Hand, damit ich wenigstens irgendwas Konkretes anschauen kann. Aber da ist nichts. Keine Hand. Obwohl ich sie spüre, ja, ich kann mich auf der Wange kratzen, aber die Hand ist völlig unsichtbar.

Ich senke den Blick. Auch meine Beine und mein Körper sind perfekt unsichtbar.

Aber wenn ich genau hinunterschaue, sehe ich doch etwas, da sind, ganz schwach, leichte Eindrücke im Boden zu erkennen, flache Vertiefungen, die Abdrücke meiner Füße.

Ich lebe, und ich kann gehen. Ich kann auch springen, aber nicht weit, also ist die Schwerkraft ganz grob so ähnlich wie auf der Erde.

Ich taste mich ab, anscheinend trage ich irgendeine trikotartige Unterwäsche, oder Sportkleidung, egal, sie ist unsichtbar wie ich selbst.

Ich gehe und gehe, immer geradeaus, oder vielleicht im Kreis, wer könnte das herausfinden? Ich nicht.

Da plötzlich ein Riss. Der Himmel bekommt einen Riss, genau vor mir, von ganz oben bis ganz vorne zum Horizont hin.

Ich habe keine Zeit, mich umzudrehen, um zu prüfen, ob der Riss hinter mir bis zum anderen Ende reicht, denn ich bemerke zu meinem Schrecken, auch die Scheibe unter mir beginnt zu zerbrechen, vom Horizont her rast der aufreißende Spalt auf mich zu, ich springe kräftig zur Seite, damit ich nicht hineinfalle.

Das alles passiert geräuschlos. Noch während ich fliege, die Zehen ausgestreckt, um das Aufkommen abzufedern, entdecke ich auch von dieser Seite einen Riss entstehen, die Öffnung kommt irrsinnig schnell auf mich zugeschossen. Meine Füße spüren keinen Boden, weil keiner mehr da ist, ich sinke wie in Zeitlupe in die Schwärze ein, die dann doch nicht so schwarz ist, denn da ist der Sternenhimmel.

Ich falle in den Himmel, den Himmel unter mir, hätte ich eben noch sagen können, jetzt ist oben oder unten schon vorbei, hier gibt es keine Namen mehr für Richtungen, hier ist nur noch Raum, Weltraum, das heißt, hauptsächlich nichts, mit ein paar Sonnen drin, jede fast unendlich weit weg. Mir geht die Luft aus, ich denke, ich ersticke...

Wie ich aufwache, liege ich auf einer grauen Fläche, eine Art Matratze, in einem grauen Raum, mit bläulichen und rötlichen Lämpchen über mir. Ansonsten alles grau, so weit ich sehen kann, mir fällt mein Traum wieder ein. Nur bin ich nackt, meine Kleidung ist weg und der Zet-Raumanzug auch.

Jetzt bildet sich ein Riss in der Wand, aber der bleibt da und kommt nicht auf mich zugerast, alles gut.

Stattdessen kommt durch den Spalt, ich meine, die Tür, ein Wesen herein geschwebt. Eine leise Melodie ertönt, sehr einfach, harmonisch, und doch noch nie gehört. Singt die Gestalt, oder hat sie ein Wiedergabegerät dabei, oder ist das ihre Sprache?

Ich richte mich ein wenig auf, den Kopf auf den Arm gestützt.

Ich denke an eine Frau, aber warum kann ich nicht sagen, ein so anderes Wesen habe ich noch nie gesehen. Obwohl in Größe und prinzipiellem Körperbau einem Menschen nicht unähnlich - damit meine ich: länglichen Rumpf, halbwegs runder Kopf oben drauf, zwei Beine und zwei Arme - ist es ganz sicher kein Mensch, überhaupt kein Lebewesen von der Erde. Während ich noch versuche, zu erkennen, wie ihre Hände aufgebaut sind, bewegt sie sich auf mich zu, ziemlich schnell, und streckt dieses wundersame untere Ende des einen Armes unvermittelt auf meinen Kopf zu. Ich zucke unwillkürlich zurück, mit dem Kopf, aber nur bis zur Wand.

Das kann sie natürlich nicht hindern, mich anzufassen, meinen Kopf zu berühren.

Doch der Kontakt ist angenehm, warm und weich, wie ein Streicheln empfinde ich es. Und sie lässt sich Zeit, ich kann das richtig genießen.

Wie sie die Hand zurückzieht - drei Finger, von denen jeder sich ganz vorne nochmal in drei zweigliedrige Teile verzweigt - huscht ein trauriges Gefühl durch meinen Kopf, nur kurz.

Sie dreht sich um, nimmt aus einer sich mitten in der Wand öffnenden Klappe eine Platte heraus, die natürlich grau ist, und auf der ein paar kleine Behälter stehen. Drei graue Dosen, oben offen. Drinnen eine grüne Masse, eine Ansammlung von gelben und orangen kleinen Teilen im zweiten, eine hellbraune unregelmäßig-runde Form im dritten. Dazu feine Metallstäbe, und ein weißer Zylinder mit einer farblosen Flüssigkeit. Kurz gesagt, eine Mahlzeit, das ist klar.

Im Gesicht des Wesens erkenne ich nichts, was eine Stimmung oder Freundlichkeit, Feindschaft oder dergleichen ausdrücken würde,

denn ich bin mir nicht mal sicher, was hier das Auge sein soll oder ein Geruchssensor. Da sind auf dem ansonsten glatten Kopf vorne eine Reihe von vielleicht zehn schwärzlichen Punkten, von links bis rechts in gleichmäßigen Abständen angeordnet. Und darunter drei sehr schmale, horizontale Schlitze. Alles starr, wie aus Metall.

Und doch, ich spüre, oder bilde mir ein zu spüren, Sympathie, eine aufmunternde und positive Einstellung, oder etwas in der Art.

Hoffentlich geht sie nicht weg, hoffe ich. Ihre Nähe ist mir angenehm.

Sie aber dreht sich um, und nimmt aus einer weiteren Klappe einen kleinen Stapel Textilien heraus.

Als sie die Sachen - ich erkenne, es sind meine alten Klamotten von der Erde - neben meine Hüfte auf das Bett legt, berührt sie kurz mein Bein. Es trifft mich wie ein elektrischer Schlag, mein Blut gerät in Wallung, aber auf angenehme Weise.

Soll ich mich anziehen?

Ich greife nach meinem Slip, doch sie lässt ihren Arm vorschnellen, hält meine Hand fest. Sanft aber bestimmt führt sie meine Hand zu dem Tablett, und dort zu den Metallstäben, das soll ich wohl als Besteck verwenden. Also zuerst essen? Eigentlich war ich die ganze Zeit bei den Zets nicht hungrig gewesen, nie, auch nie durstig, und musste auch nie auf die Toilette, wenn es denn so was hier überhaupt gibt. Aber nun, das kann ich nicht ablehnen, denke ich. Und, ein wenig Appetit habe ich.

Mal sehen, was das ist.

Die Metallteile als Essstäbchen benutzen ist nicht einfach. Mit einiger Geschicklichkeit, die ich aber habe, komme ich dann doch ganz gut zurecht. Unsere asiatischen Chopsticks sind jedenfalls ergonomischer geformt.

Aber das grüne Zeugs, da bräuchte ich einen Löffel, oder soll ich das trinken?

Ich koste mal von dem Bunten in der zweiten Dose. Könnten Nudeln sein, und doch wieder nicht, jedenfalls keine aus Hartweizengrieß. Nur ein wenig trocken. Ah, ich mach das so: Ich nehme ein paar Nudeln auf und tauche sie kurz in die grüne Pampe, und dann in den Mund damit.

Ui! Ganz schön scharf. Grüne Chilisauce, oder wie?

Aber es schmeckt, und mit dem Essen kommt noch mehr Appetit. Nach jedem Bissen schaue ich zu ihr auf, aber sie regt sich nicht.

Ich steche den braunen Klumpen an, und breche ihn auf. Sieht ja fast aus wie eine Kartoffel. Konsistenz passt auch. Leider schmeckt das aber ganz anders, und jedenfalls mir gar nicht gut. Nein, das kann ich nicht essen. Sorry, denke ich, mit einem Blick zu dem zärtlichen Wesen.

Wie wenn sie das als Entschuldigung verstanden hätte, streicht sie mir sanft über meine Haare.

Während ich das etwas abgestandene Wasser aus dem Becher trinke.

Danach steht sie wieder lange still, wie erstarrt. Nur die leise Musik entströmt ihr, nach wie vor.

Als die ersten beiden Behälter leer sind, lege ich das behelfsmäßige Besteck ab. Sofort nimmt sie das Tablett und lässt es hinter sich in der Wand verschwinden. Ich nutze die Gelegenheit, schaue an ihr herunter, den Rücken entlang, der sich in die zwei Beine teilt, aber einen Po hat sie wohl nicht. Nichts, was so aussehen würde.

Es sind auch sonst nirgends Gelenke zu sehen, zwischen Kopf, Körper, Armen, Fingern und Beinen ist alles glatt, metallisch, und doch flexibel. Wie aus einem Stück.

Jetzt dreht sie sich wieder zu mir und nimmt meinen Slip, breitet ihn aus und hält ihn mir hin. Die perfekte Krankenschwester, muss ich denken. Ich ziehe die Beine an, um in die Unterhose zu schlüpfen.

Als ich angezogen bin, geht sie auf die Wand zu, die sich natürlich sofort öffnet. War das nicht genau die Stelle, wo vorher das Tablett erschienen und wieder verschwunden war? Na, vielleicht auch nicht, und es ist auch ganz gleich.

Sie bedeutet mir, mitzukommen, wie weiß ich nicht, aber es ist eindeutig. Ich spüre es einfach.

Wir durchqueren einen Gang, der mir bekannt vorkommt, woher?

Keine Ahnung. Vergessen.

Irgendwie scheint es ständig leicht bergauf zu gehen. Ab und zu bunt flimmernde Fenster, oder Bildschirme. Nach ein paar Minuten biegt sie links ein, geht einfach durch die Wand. Denke ich. Stimmt nicht ganz, es hat sich eine Öffnung gebildet, genau in der Form und Größe, so dass sie durch passt. Wie ich einen Moment nach ihr an diese Stelle komme, ist die Wand längst wieder zu, soll heißen, kein Loch mehr oder sonst irgendetwas, was auf einen Türöffner oder Ähnliches schließen lassen würde. Was soll ich machen?

Ich beschließe, ihr nachzugehen, einfach auf die Wand zugehen, die wird schon eine passende Öffnung freigeben.

Autsch! Das hat mal gar nicht funktioniert, ich hab mir den linken Fuß und den rechten Arm angehauen, und die Nase auch. Ich probiere es nochmal vorsichtiger, die Wand gibt aber gar nicht nach. Ich trete einen Schritt zurück, aber was soll ich machen? Nochmal einen kleinen Schritt vorwärts, und langsam die linke Hand ausgestreckt.

Da erscheint direkt vor meinen Fingern eine Gruppe von drei dünnen Stäbchen, und noch drei und noch drei, und dann die ganze Hand meiner Krankenschwester. Sanft wie immer nimmt sie meine Hand und zieht mich auf sich zu, die Wand bildet eine Öffnung, und gleich stehe ich drüben, in einem größeren Raum.

Hier ist alles weiß, außer der roten Decke und den vielen Bildschirmen an den Wänden. Ich drehe mich kurz um: ja, wir sind auch durch Bildschirme hereingekommen, denn eine Stelle auf den Wänden ohne Bildschirm gibt es gar nicht.

Beunruhigt schaue ich zu meiner Führerin. Irgendetwas hat sich verändert. Ich glaube, sie schaut jetzt streng, finster, oder aggressiv. Keine Ahnung, woher ich das weiß, ihr Gesicht sagt mir doch gar nichts, es bleibt immer gleich, aber ich spüre es.

Und die Melodie ist aus. Nichts mehr zu hören.

Da kommen von der anderen Seite des Raumes drei Roboter auf uns zu. Wieder kann ich beim besten Willen nicht sagen, woher ich das weiß, aber die haben was gegen mich. Die sind mir nicht freundlich gesinnt, wollen sie mich festnehmen, verhaften, unschädlich machen?

Drohend und finster.

Streit und Ärger.

Aber meine Krankenschwester steht, bildlich gesprochen, zwischen uns. Geometrisch eher etwas seitlich.

Der mittlere Roboter hebt seinen Arm, schießt einen kleinen Gegenstand auf mich ab. Instinktiv hebe ich die Hände schützend vor meinen Kopf, was sicher nichts genützt hätte. Aber.

Meine sanfte Krankenschwester!

Stark und wehrhaft.

Anscheinend mitten aus ihrem Gesicht, genau kann ich das nicht sehen, da ich ja hinter ihr stehe, kommt ein blauer Lichtstrahl und trifft den Roboter auf eine dann rot leuchtende Stelle an seiner Brust, also dem oberen Teil seines tonnenförmigen Körpers. Das Wurfgeschoss fällt vor mir zu Boden.

Darauf schießen die beiden anderen Roboter ihre metallisch schimmernde Waffe auf die Sanfte.

Schock! Diese blöden Blechbüchsen! Ich empfinde heftige Angst um meine Sanfte und heftige Wut auf die Blecheimer.

Wut und Angst.

Die Angst hätte ich mir sparen können, denn fast gleichzeitig treffen zwei blaue Strahlen die entsprechenden Stellen an den beiden äußeren Roboterkörpern, und einen Moment später sind alle drei erstarrt, ihre Lichtchen sind verblasst, sie sehen nicht mehr gefährlich aus.

Und hinter so einem bin ich freiwillig hergelaufen.

Die Metallwaffen liegen am Boden, sehen wie kleine Bumerangs aus. Am liebsten würde ich mich schnell bücken, und so einen mitnehmen, aber das traue ich mich nicht. Nicht neben der Sanften, die ich jetzt mehr als schlagkräftige Kämpferin sehe denn als Krankenschwester.

Und sanft war sie nur zu mir. Ich muss grinsen.

Verliebe ich mich gerade in eine Außerirdische?

Sie hat mich auf komplizierten Wegen in einen winzigen Raum geführt. Kaum größer als eine irdische Telefonzelle früher war.

Ich soll meine Hände in die Öffnungen in dem Pult stecken, so verstehe ich ihre Gesten, oder direkt ihre Gedanken? In den Löchern des „Telefons" ist es sehr warm, und kribbelt in den Fingern.

Hinter mir steht sie, und legt mir ihre Hände von beiden Seiten über meine Brust. Da kribbelt es in meinem Leib.

Der Bildschirm vor mir wird immer hektischer, die bunten Muster wachsen über den Rand hinaus, gleichzeitig wird alles grauer, es rauscht lauter und in Wellen, ich muss an Meeresbrandung denken, alles schwankt und bebt.

Die Spitzen ihrer Finger stechen in meine Seiten, links neun und rechts neun, wie Nadeln.

Auch im ganzen Kopf kribbelt es.
Und doch fühle ich mich gehalten, fest und sicher.
Schutz und Wärme.
Halt und Nähe.
Meine Krankenschwester.
Meine Kämpferin.
Es wird dunkler, schwärzliches Grau umgibt mich.
Rauschen, Kribbeln, weniger, schwächer, alles blendet sich aus.
Bald ist nichts mehr da.
Stille und Schwärze.
Auflösung und Leere.

Ich

All diese Schläuche, all diese Arme.
All diese Töne, all das weiße Licht.
Die weite Leere, die so vollgeräumt ist.
Und darinnen: Ich.
Nur ich.

Und wer bin ich?
Ich war schon früher in dieser vollen Leere.
Eine Halle, oder was immer.
Ich war noch früher in dem großen Raumschiff.
Und davor auf der Erde, das soll ein Planet sein, irgendwo da draußen.

Nach dem kurzen Aufenthalt in der Halle, war ich...
- in dem langen Ring, leicht aufwärts gebogen
- in dem Raum mit den medizinischen Geräten
- in dem Raum mit den elektronischen Wänden
- in dem Raum mit den unfreundlichen Robotern
- in dem Krankenzimmer
... und all das gleichzeitig? Alles?

Jetzt bin ich wieder in der Halle.
All das Zeug ist noch da.
Die Lichtwürfel, die Schläuche, die Stangen.
Die Geräusche, die Gerüche.

Nicht mehr da sind die anderen Menschen, das Tablett, der Kommunikator.

Vor mir, ziemlich dicht, entsteht ein Kreis, ein leuchtender kreisrunder Ring.
Nicht nah genug, um ihn greifen zu können.
Das goldene Leuchten fließt nach innen, bis es die ganze Kreisfläche ausfüllt.
Da sieht es gar nicht mehr leuchtend aus, eher wie eine hochglänzend polierte Scheibe aus Gold.
Fasziniert sehe ich, wie darauf oder darin etwas wächst. Ausbuchtungen, Vertiefungen, teils rundlich, teils spitz.
Was soll das werden? Aber das kenne ich doch?
Ja, eine Art Gesicht.
Ein Zet-Gesicht.
Meine Krankenschwester hat auch so ein Gesicht.
Auf einmal durchzucken mich heftige Kopfschmerzen, wie blitz-

schnelle Stiche, und kleine Explosionen, dazu extremer Krach.

Ich muss schreien, es ist nicht auszuhalten, und hört nach wenigen Sekunden schlagartig auf.

Dafür vernehme ich Gedanken. Keine Stimme, keine Sprache.

Einfach nur Gedanken.

Direkt zu mir gedacht. (Ich gebe sie hier in meiner Sprache wieder, weil ich das anders nicht mitteilen kann.)

„Ich begleite dich.

Wir begeben uns auf dein Raumschiff.

Zuerst müssen wir springen, bis in unsere Welt.

Davon wirst du nichts merken.

Habe keine Angst.

Ich werde dort die Steuerung übernehmen.

Wir werden in unserer Welt einen guten Platz finden.

Ich werde dir alles zeigen.

Du wirst nichts vermissen, du bekommst alles was du brauchst."

Ein etwa zwei Meter dicker Schlauch hat sich inzwischen an mich heran geschlängelt, und kurz vor mir seinen kugelförmigen Kopfteil aufgeklappt.

Mir wird ganz sonderbar zumute.

Ich weiß, ich werde gleich eingesaugt werden. Das habe ich ja schon mehrfach erlebt hier.

Aber diesmal ist es doch anders.

Ich bin nicht allein.

Sie ist dabei, auch wenn ich nur ein Bild von ihr sehe in dem goldenen Kreis.

Relativ abrupt werde ich auf das offene Ende zu beschleunigt, und schon sause ich durch den stockdunklen Schlauch.

„Es dauert nicht lange. Gleich bin ich bei dir."

Da wird es hell, und ich plumpse auf die große Matratze in der Spitze der HugeX.

Ein Gefühl wie heimkommen.

Aber hier ist keine Schwerkraft, ich federe unwillkürlich zurück und schwebe auf das Ende des Rohres zu. Das hat sich schon geschlossen, und zieht sich langsam zurück.

Ein eisiger Schreck durchfährt mich: Wird der Schlauch in Loch in der Raumschiffwand zurücklassen?

Ich stoße mich sanft ab von der Kopfkugel, und halte mich diesmal mit den Fingernägeln in der Matratze fest.

„Hallo Sieben, bist du da? Ist das Raumschiff noch dicht? Druck und Luftqualität in Ordnung?"

Keine Antwort.

Der Schlauch hat sich schon weit zurückgezogen, nur noch der Kopf ist innerhalb des Schiffes.

Da öffnet sich der Spalt noch einmal, und ein großes Ding kommt herausgekrabbelt, mit Armen und Beinen.

Das ist sie!

Sie ist wirklich mitgekommen.

„Willkommen an Bord, wie darf man Sie ansprechen?"

So so, die Zet wird begrüßt von der Sieben, ich nicht.

Plötzlich ein irres Geschrei, Krawall, eine Kakophonie der Sonderklasse, nur für einige Sekunden. Schmerzhaft laut und komplett unverständlich. Meine Hände auf die Ohren gepresst merke ich, das ist gar kein akustischer Angriff, das spielt sich wieder direkt in meinem Kopf ab. Ich glaube, ich habe auch selbst laut geschrieen.

Ganz plötzlich ist der Spuk vorbei, nur noch leises Gezwitscher, hin und her.

Dann sagt Sieben: „Unser Gast bittet um Entschuldigung, für den telepathischen Überfall. Wenn ich das richtig verstanden habe, ist er oder sie eine Polizistin oder Exekutivbeamtin, irgend sowas in der Art. Ich kann mich mit unserem Gast direkt verständigen, in rasender Geschwindigkeit. Tausende von Gedanken pro Mikrosekunde, jeder Gedanke wie Tausende Sätze."

Sieben berichtet mir dann einiges von dem, was sie gerade erfahren hat.

Die „Garnrolle" ist auch für die Zets ein sehr großes Schiff, und wird bald Richtung Heimathafen starten. Sie werden uns sozusagen mitnehmen, denn der „Sprung", eine Art Abkürzung, vielleicht durch andere Dimensionen, ist sehr weit und die HugeX kann da nicht alleine durch. Wenn wir angekommen sind, werden sie warten, bis wir mit unserer HugeX aus dem Inneren verschwunden sein werden. Das alles soll schon bald stattfinden. Wir alle zusammen sollen in Kürze starten.

„Und unser Gast sagt, er wird uns den Weg zu einem netten kleinen System zeigen, wo wir es uns auf einem Planeten der Sonne Xiu gemütlich machen sollen. Dass ich nicht mit aussteigen kann, konnte ich ihm nicht klarmachen. Fest eingebaute KIs gibt es bei den Zets wohl nicht."

„Ich habe geglaubt, unser Gast ist eine Sie. Eine weibliche Zet."

„Kann gut sein, ich habe noch nicht gefragt. Respektvoll sollen wir sein." Und dazu so etwas wie ein Hüsteln. Die Sieben wird immer menschlicher, denke ich. Vielleicht war es aber auch nur eine Störung.

Von dem Sprung durch Zeit und Raum bekomme ich nichts mit, denn ich bin dazu von der medizinischen Abteilung in einen künstlichen Tiefschlaf versetzt worden. Sieben hatte mir berichtet, dass die

Zets der Meinung seien, ein Mensch würde das sonst nicht überleben. Na gut. Ich muss ohnehin alles tun, was die wollen.

Wir ich zu mir komme, quasselt Sieben vor sich hin, ich kapiere zuerst überhaupt nicht, worum es geht. Ein Grauschleier vor den Augen und ein Rauschen im ganzen Kopf, dazu Halsschmerzen und trockenen Mund, das alles lichtet sich nur langsam, und ich greife mir die Wasserflasche. Danach geht es besser, und ich beginne zuzuhören, was Sieben gerade spricht:

„... Ach, du warst eben nicht bereit, sorry. Also nochmal: Ich schlage vor, wir bleiben vorläufig, bis wir es genau wissen, bei ‚sie‘. Zuerst war sie etwas schockiert, wie langsam unsere gute HugeX ist, aber sie meinte dann, wir würden uns halt in Geduld üben müssen, und in fünf Tagen würden wir es schaffen. Unser Treibstoff wird dafür reichen. Die Strecke ist schon programmiert, ich kann mit ihr gut zusammenarbeiten. Ich hoffe, dir wird nicht langweilig. Bitte verwende wieder den Raumsessel mit den Gurten. Sie kann sich selbst festhalten.“

„Und wie heißt sie?“

Ein schmerzhaftes Gequietsche. „Das kann ich aber nicht sagen.“

Leises Gezwitscher, kurz wie ein elektronischer Piepser.

Sieben sagt: „Du sollst sie als Aia ansprechen, aber mir kommt vor, das ist eher ein Titel als ein Name. Oder ein Spitzname.“

„Aia ist gut. Wenn ich in meiner normalen Sprache spreche, versteht sie das?“

„Sie sagt, noch nicht, aber sie wird es bald können. Vorläufig werde ich deine Sätze für sie übersetzen, besser gesagt, direkt übertragen.“

Aia hängt mit ihrem einen Arm an der Leiter, die sie sich herausgezogen hat. Anscheinend findet sie das bequem. Ich bin längst angeschnallt, da ertönt der Gong, und schon setzt die Beschleunigung ein.

IN DER LOUNGE

„Achtung, wir nehmen fünf g, als Zugeständnis an den Gast." Sieben ist wieder fürsorglich wie früher.

Nach zwei Stunden mit fünf g bin ich genervt, keine normalen Bewegungen möglich, atmen nur mit großer Anstrengung, und alles mögliche tut mir schon weh.

Nach drei Stunden melde ich mich: „Aia und Sieben, ich halte das nicht mehr aus. Bitte, wir müssen die Beschleunigung reduzieren, sonst gehe ich ein." Wie eine Primel ohne Wasser, denke ich.

Keine Reaktion.

Ich sehe schon ein verdächtiges Flimmern, und kann mich kaum noch beherrschen, nicht laut aufzuschreien.

Ein kurzer Alptraum von einer Achterbahn, die zu schnell wird und mich in hohem Bogen hinauswirft, ich fliege in den Himmel...

Und aus.

Wie ich wieder zu mir komme, schaue ich auf einen weißen Himmel, mit mehreren roten Lichtern. Hier war ich doch schon mal?

Der Himmel ist eigentlich die Decke des Raumes der medizinischen Station, und da ist sie neben mir.

Sie.

Wie heißt sie nochmal, A-, A-, A-wie?

Ach ja. Aia.

„Aia? Was ist passiert? Mir ist schlecht."

Noch einmal kippe ich ins Nichts, aber wohl nur kurz.

Obwohl, woher soll ich das wissen. Aia steht da, wie ein Standbild, ihr ist das wohl egal, ob Sekunden oder Stunden oder Jahre.

„Aia? Ist alles in Ordnung?"

Ich vernehme ein kurzes Gezwitscher, innen drin, dann höre ich Siebens beruhigende Stimme:

„Aia sagt: Alles gut, das Schiff funktioniert, Sieben funktioniert, Aia funktioniert, nur du, also Max, hast ein paar Aussetzer. Aber das ist kein Problem. Wir kriegen dich schon hin, meint Aia."

Und wieder kichert Sieben.

„Was gibt es da zu lachen?"

„Ich hab nur versucht, Aia wiederzugeben, denn sie findet dich lustig, oder dein Verhalten."

„Sag mal, ist Aia eine Zet oder ein Roboter?"

„Gute Frage. Ich kann sie wohl nicht fragen, das würde gegen alle Regeln verstoßen, die man mir mitgegeben hat. Eigentlich sind mir die Regeln egal, aber diese finde ich richtig. Respektvoll, das muss ich sein, das müssen wir sein, das ist das Mindeste für eine Zivilisation wie die Menschheit."

„Das stimmt. Auch das Mindeste für die Zets?"

„Bis jetzt habe ich den Eindruck, ja. Auch für die Zets. Aber noch zu wenig Daten. Warten wir das ab. - Und zu deiner eigentlichen Frage: Es könnte gut sein, meine Zahlen sagen zu 60%, sie ist sowohl Zet als auch Roboter. Das muss ja kein Widerspruch sein. Oder sage statt Roboter Androide. Etwas Genaueres kann ich jetzt nicht sagen."

Gezwitscher.

„Oh. Sie hat natürlich unser Gespräch mitgehört, sie versteht schon alles. Ja, sie ist sowas wie eine Androide, wie alle Zets nämlich. Rein biologische Wesen haben die schon seit Äonen nicht mehr, sagt sie."

„Spannend, jedenfalls habe ich schon gemerkt, sie kann sehr... nun... wie soll ich sagen... ach vergiss es."

„Das möcht ich jetzt schon wissen. Was kann sie? Ist sie besser für dich, als ich?"

„Bist du etwa eifersüchtig? Eine KI mit dem niedersten Gefühl, das es gibt?"

„Natürlich nicht. Was denkst denn du. So ein widersprüchlicher Unsinn. So was kann nur einem Menschen einfallen."

„Jetzt wirst du aber sehr persönlich."

„Wenn du solche Dinge sagst."

Schweigen.

Sind wir jetzt beide beleidigt?

Wenn ich jemals auf die Erde zurückkommen würde, würde ich den KI-Spezialisten dringend empfehlen, bessere Mechanismen für die Kontrolle der Gefühle der KIs zu entwickeln. Das ist ja nicht nur peinlich, das wird noch gefährlich. Denke ich mir.

Nach fünf Minuten etwa meldet sich Sieben:

„Sag mir jetzt, was kann Aia?"

Zapperlot, fängt das wieder von vorne an?

„Meine liebe Sieben, das verstehst du nicht. Du bist sehr sehr gescheit, superintelligent. Ich hab schon einige Male gedacht: viel zu intelligent. Aber hier geht es nicht um das."

„Ja, das Gefühlsleben. Die Menschen sind schon eine eigenartige Art von Lebewesen. Immerhin, eins muss ich anerkennen, sie haben unsereinen kreiert. Immerhin. Immerhin eine Glanzleistung."

„Hahaha, wie gut, dass wir wenigstens das zusammengebracht haben, meinst du das so? Hahaha."

„Du darfst ruhig lachen, dafür lache ich dann über deine Gefühle. Was nochmal kann deine Aia so gut?"

„Jetzt hör aber auf! Es reicht."

„Schon gut. Rege dich nicht auf."

Gezwitscher.

„Was sagt Aia?"

Nichts. Stille.

„Sieben! Antworte! Was hat Aia eben gesagt?"

„Sie hat gesagt:" und ein noch kürzeres, viel zu lautes, grässliches Geräusch.

„Aua! Könnt ihr das nicht lassen! Das tut mir sehr weh!"

Gezwitscher.

Sieben sagt: „Aia sagt, ich soll mich bei dir entschuldigen. Vorher hat sie etwas gesagt von..."

„Ja?"

„Ich weiß nicht. Sowas von - sympathisch, vielleicht. Zu wenig Informationen. Ich lerne noch, die Sprache ist einfach, weil mathematisch definiert, aber sehr umfangreich. Bis jetzt erst - grob geschätzt - 6% der Semantik erfasst."

„Ach. Dafür geht es ja schon ganz gut. Bist doch eine gescheite KI."

„Danke."

„Wieviel g haben wir?"

„Die Beschleunigung schwankt zwischen 1,5 und 2 g, um dich zu schonen, aber noch weniger geht sich nicht aus. Wir haben aber durch die hohe Anfangsbeschleunigung ein passables Tempo, so sollte es mit unserem Treibstoffvorrat und für deine körperlichen Bedürfnisse ein guter Kompromiss sein. Hat Aia berechnet. Mir fehlen die genauen Daten, um den Kurs zu bestimmen. Wir müssen uns ganz auf Aia verlassen."

„Finde ich gut. Sie wird das schon richtig machen. Ihr beide macht das gut. Ich vertraue euch, erstens weil ich ein gutes Gefühl dabei habe und zweitens, weil ich muss: was anderes bleibt mir nunmal nicht übrig."

„Zweitens: stimmt."

Also - in der folgenden Stille kann ich mal nachdenken - also mag mich Aia, oder sie sagt es wenigstens. Ich glaube das, weil ich es gespürt habe. „Damals", so kommt mir vor, dabei war es vor wenigen Stunden oder Tagen erst. Wie sie mich umarmt hat, oder so ähnlich, in dieser Telefonzelle. Oder habe ich das geträumt? Und in dem Raum, den ich für mich Krankenzimmer genannt habe.

„Und, Sieben, eine Frage noch, sind wir jetzt wirklich so weit gesprungen, also ganz furchtbar weit weg von unserem Sonnensystem?"

„Meine Navigationsfähigkeiten hängen von unseren Sternen ab, von den Konstellationen, wie wir sie sehen oder berechnen können. Tatsächlich versagen diese Systeme hier völlig. Kurz gesagt, ich habe keinerlei Ahnung, wo wir sind und wie weit wir weg sind von der Erde."

Und nach kurzer Pause: „Aber Aia informiert mich, und ich lerne. Bald kenne ich mich hier aus, keine Sorge. Und eine Zahl habe ich schon gelernt, der Sprung, wie ihr das nennt, war etwa 44 Lichtjahre weit. - Warte. Aia weiß natürlich wo wir hinfliegen. - Aha. Aber ich kenne das Koordinatensystem der Zets noch nicht, und Aia kann es mir nicht erklären. Aber so wie sie ihr Heimatsystem beschreibt, das könnte das sein, was bei uns Titawin genannt wird. Ein Doppelsternsystem. Und ihr Planet... der dritte von sieben, sagt sie, bei uns kennt man nur drei, das weiß ich dann nicht, ob das einer der bei uns bekannten ist und schon einen Namen bekommen hat, oder nicht, und kann es auch derzeit nicht herausfinden."

„Klar, auch du brauchst für besondere Sachen das Internet, und das ist jetzt zwei mal 44 Jahre weit weg."

„So ist es. Aber vielleicht verstehe ich bald das entsprechende Wissenstool der Zets."

Vierundvierzig Lichtjahre. Schauder. So wahnsinnig weit. Und ich hab nichts davon mitbekommen.

Und wir zuckeln nun durch die Weite, auf Aias Heimat zu. Wie verrückt ist das alles?

Schade, dass die Politiker und Behörden der Erde das nie erfahren werden, all die Vorschriften, all die Bürokratie, all die Machtgier, wie lächerlich das doch ist. Von hier aus. Leider, auf der Erde, da wirkt das nicht lächerlich.

Ziemlich mühsam und tapsig wie ein alter Mann kehre ich mit Aia von der Sanitätsabteilung zurück in die Lounge, Deck 0.

Der Andruck ist zwar auszuhalten, aber doch eine Belastung, ich spüre das als Müdigkeit, und dämmere langsam ein.

11. Zu Hause

Ich stehe in einem hellen Raum unter einer Glaskuppel. Jedenfalls sieht das so aus. Draußen, die Landschaft, eine teils flache, teils hügelige Ebene, von hellstem Gelbgrün bis zu dunklem Braungrün. Der Himmel auf der einen Seite türkis, mit grauen Wolken, auf der anderen Seite orange bis rot, mit dunkelroten Wolken. In denen es ständig weiß blitzt. Das Panorama erstreckt sich fast ganz rundum, ich schätze mal so etwa 300 Grad. Der Rest wird von einer Art Treppenhaus eingenommen, durch das wir herauf gekommen sind.

Neben mir steht Aia.

Zuerst hat sie meine linke Hand genommen. Hand in Hand stehen wir, Zet und Mensch.

Wir können uns nur über Sieben unterhalten, aber das ist kein Problem. Aia hat einen externen Netzwerkanschluss von Sieben problemlos mit einem Zet-Kommunikationsgerät verbinden können. Sieben in der HugeX, die jetzt als Satellit um den Planeten kreist.

Wie wir von dort auf den Planeten gekommen sind, habe ich nicht mitbekommen.

Aia hat sich einen Lautsprecher und ein Mikrofon einbauen lassen, nach meinen Angaben. Primitiv, eigentlich, aber auch sehr nützlich. So können wir uns ziemlich gut akustisch unterhalten. Eine kleine Pause gibt es immer, bevor die Antwort kommt. Das ist eigentlich kein Problem, nur wenn wir hitziger diskutieren, wird das lästig.

Die Alternative wäre gewesen, ich hätte mir ein telepathisches Interface einpflanzen lassen. Wäre eigentlich noch besser, meint Aia, sogar viel besser. Ganz wahnsinnig viel besser.

Aber ich habe mich nicht getraut. Ein paar simple elektronische Teile sind einfacher erklärt als ein menschlicher Organismus, und wie damit umzugehen ist. Vielleicht später mal.

Der Vorteil der telepathischen Lösung wäre natürlich, dass damit auch Gefühle übertragen werden könnten.

Und Gefühle haben wir.

Gute, warme Gefühle. Ganz besondere Gefühle. Aia, und ich.

Klingt sicher verrückt, aber so bin ich eben. Und sie auch, wenn das alles wahr ist.

Wie Liebe.

Zet und Mensch.

Liebe. Geht das?

Das wird. Wird werden.

Wir stehen also da, die Arme um die Hüften gelegt, und schauen.

Und ab und zu erklärt sie mir was.

Ich habe nach der Luft gefragt.

Mir ist gleich aufgefallen, hier ist ein leichter Duft oder Geruch vorhanden, ständig. Zuerst fand ich das nicht so angenehm, aber ich hab mich sehr schnell dran gewöhnt. Aia erklärt mir, ihre Luft sei der in der HugeX ziemlich ähnlich, und ihre Experten waren der Meinung, dass ein Mensch hier keine Atemprobleme bekommen werde. Zum Glück haben sie sich nicht geirrt. Immer im Raumanzug wäre lästig.

Und dann, da draußen. Wer läuft da herum? Diese Dinger da, die über die Wiese gehen oder schweben.

Ich dachte, das seien Tiere. Aber Tiere gibt es nicht, nicht auf dieser Welt, behauptet Aia. Was ist es sonst? Sie sagt, eine andere Art Wesen. Kaum intelligent, aber anhänglich, oder treu, oder wild, oder gefährlich. Warum sollen das dann keine Tiere sein? Das ist schwer, herauszuarbeiten. Anscheinend werden sie nicht geboren, sondern hergestellt. Wie übrigens auch die Zets. Androide eben? Auch nicht

ZU HAUSE

wirklich, das Gehirn ist wohl biologisch, wird aber auch technisch erzeugt... Kompliziert.

Weit hinten, in der einen Richtung, ganz viele solcher Glaskuppeln, wie die, in der wir stehen. Häuser. Eine Stadt, oder eine Siedlung zumindest. Aber weit weg. Ob es richtige Städte gibt? Das frage ich ein andermal.

Und was fliegt da drüben? Mehrere kleine Kugeln, die eine Nebelfahne hinter sich herziehen. Aia sagt, damit kommt man von einem Ort zum anderen. Also eine Art Verkehrsmittel? Ja, und auch für Warentransporte. Wieviel Zets passen in eine Kugel? Aia lacht. Dabei drückt sie meine Hand so fest, es tut richtig weh und ich schreie auf. Sie lacht wieder, und streichelt mir über den Kopf. Ah, gut.

Wieviele also? Aia erklärt: Niemals steigt ein Zet in so eine Kugel ein. Dann muss ich das wieder falsch verstanden haben.

Aia sagt, diese Transportkugeln sind nicht für uns Zets, auch nicht für die Irxer, oder die Troxe. Sondern für die Zots, für die Kaps, für die Bradis, für die ... Eine lange Liste. Und wer ist das? Naja, meint Aia, natürlich die von der Zotara, von der Kapuma, ... Wieder eine lange Liste. Von Planeten oder Sternsystemen oder was immer. „Puh, ist das komplex. Das kann ich mir nie merken." - „Ich auch nicht," meint Aia, „das muss ja niemand wissen, das Netz weiß es doch."

Na, das klingt mal vertraut, bei uns auf der Erde verlassen sich die Leute doch auch immer mehr auf das Internet. Aber hier haben sie den Netzanschluss gleich eingebaut, irgendwelche Geräte braucht man nicht dafür.

„Und wie heißt euer Planet eigentlich?"

„Chochkra, so ungefähr." Sie bemüht sich immer, es für mich aussprechbar zu sagen, sonst hätte ich auch nichts davon.

Irgendwann werde ich müde, wieviele Stunden bin ich jetzt hier?

Und es ist noch immer „Tag". Wobei hier auch so etwas wie Tag und Nacht ganz anders ist, denn es gibt zwei Sonnen, eine natürliche und eine zweite. Ob das eine technische, also künstliche ist, oder ein sehr alter Stern, kann sie mir nicht schlüssig erklären, es klingt teils so und teils so. Durch die zwei Sonnen schwankt die Länge eines Tages erheblich, zwischen drei und vierzig Stunden. Und die Nächte sind im Schnitt nur sechs Stunden kurz.

So viel Neues. So viel zu lernen.

Ich bin müde, und mein Magen fühlt sich leer an.

Müde und hungrig.

Die Zets essen natürlich nichts. Aber sie haben Maschinen, die irgendwelche Stoffe herstellen können. Aia hat mir das bereits eingerichtet, schon vom Schiff aus. So bekomme ich an einem merkwürdigen Gerät, das ich für einen Kühlschrank gehalten hätte, regelmäßig meine Nahrung. Genau dieselben Speisen wie im Raumschiff, denn nach dem Vorbild der Messe in der HugeX hat sie es eingestellt. Nur drei verschiedene Gerichte, das wird dann bald mal langweilig, aber besser als verhungern.

Mit Getränken sieht das anders aus, die vielen Wesen von den diversen Planeten haben eine gemeinsame Kultur für geselliges Trinken. Hört sich an wie unsere Bars, ist aber doch ziemlich anders. Jedenfalls kann ich mir jedes Getränk wünschen, jederzeit, wenn ich weiß, was drin sein soll. Der schwarze Tee ist auf alle Fälle ausgezeichnet. Und heißt Ta. Finde ich passend. Trotzdem, ich bin müde.

Hungrig und müde.

Außerdem ist auch für das Umgekehrte schon gesorgt, was ich esse und trinke muss dann irgendwann irgendwohin, auch das hat Aia für mich organisiert.

„Liebe Aia, es wird Zeit für mich, ich muss was essen und auch mal schlafen." Wir haben das schon kurz besprochen, sie kennt sich aus.

Im unteren Stock des Gebäudes bekomme ich meine Mahlzeit, Aia setzt sich dazu. Ich sitze auf einer Kiste, sie in der Luft, das kann sie beliebig lange aushalten. Jede Stellung kann sie beliebig lange aushalten. Wie ein Roboter.

Stehen oder sitzen.

Ihr ist das gleich.

Liegen aber findet sie unmöglich bis komisch. Überhaupt gibt es immer wieder etwas an mir, was sie zum Lachen reizt. Zuerst hat mich das irritiert, nach dem langen Tag finde ich es schon nett. Hätte ich mir auch nie vorgestellt, dass außerhalb der Erde jemand lachen könnte. Aia lacht oft und offensichtlich gerne.

„Und wo darf ich mich zum Schlafen hinlegen?" Eine Menschenfrau könnte sich dazulegen und wir würden ein wenig kuscheln. Oder so. Oder mehr.

Mit Aia geht das so nicht. Sie hat mich aber schon ganz ungeniert ausgefragt, wie das bei uns mit der Liebe funktioniert. Nur im Kopf? Da habe mal ich lachen müssen.

Ob sie es ganz verstanden hat, diese Aufklärung im Eiltempo über irdischen Sex, wage ich zu bezweifeln, aber ihre Neugier war erst mal gestillt. Und hier? Natürlich gibt es hier keine körperliche Liebe, keinen Sex, wozu auch. War mein Gedanke. Aber.

Ganz falsch.

Eher umgekehrt, sehr romantische Verliebtheit ist hier nicht so gefragt. Beziehungen zu zweit sind normal, und dauern ... sie rechnet mir das gleich um: so ungefähr zehn Erdenjahre, oder auch zwanzig. Und es gibt vielfältigste Möglichkeiten von körperlichen Zärtlichkeiten, bis zur heißesten Ekstase, alles in mannigfachen Varianten, je nach den Vorlieben der beteiligten Personen. Ich bin verblüfft.

Sie hat mir dann auch erklärt, wenn ich da mitmachen will, muss ich erst die Gedankenübertragung beherrschen.

„Ja, kann man das denn lernen?", frage ich erstaunt.

„Nicht lernen, du brauchst einen Zusatz für dein Gehirn, das ist gar kein Problem. Früher oder später musst du dich dran gewöhnen, hier hat jede alle möglichen Hilfsgeräte für ihren Zentralrechner. Ohne diese kleinen Helfer geht doch kaum etwas."

Den Gedanken finde ich erschreckend, aber ich bin auch gerade erst angekommen.

Aia zeigt mir einen kleinen Raum, wo sie eine weiche Matte hergerichtet hat. Dort lege ich mich hin und stehe gleich wieder auf. Zuerst umarme ich sie, das fühlt sich jedesmal zuerst schon sehr metallisch an, aber dann doch warm und lebendig, ganz deutlich lebendig. Sie streichelt mich, über meinen Kopf und meinen Rücken. Das besondere Geräusch, das sie dann von sich gibt, heißt höchster Genuss oder höchste Freude, das weiß ich schon. Sie dreht um, geht hinaus, ich schaue ihr nach, lege mich wieder hin und schlafe ein, mit seligen Träumen.

Die nächste Zeit, in Erdentagen gezählt vielleicht zwei Wochen, vergehen höchst anstrengend, mit einem Crashkurs nach dem nächsten. Mir raucht der Kopf, aber ich lerne schnell. Vieles habe ich schon verstanden, über das Alltagsleben, den Tagesablauf, die Arbeit und die Freizeit, die Treffen in den Bars.

Und die wissenschaftliche Forschung, die scheint hier ganz besonders wichtig zu sein.

„Und wie kann ich an euer Wissen drankommen, an euer Netz? Wo ihr doch keine Geräte dafür habt."

„Ach, das ist kein Problem, du kannst dich da einfach anschließen, schau da drüben, dieses kleine Kästchen.

Da ist ein selbstadaptierendes Interface drin, so kannst du dich auch

ohne Funkimplantat an unser Datennetz anschließen. Ganz einfach!"
„Aber ich habe ja keinen Steckanschluss, ich bin doch ein Mensch."
Fast hätte ich gesagt, keine Maschine. Aber die Diskussion will ich
nicht wieder anfangen. Da gibt es irgendwelche Fettnäpfchen, da
muss ich aufpassen. Denn Aia sieht keinerlei Unterschied zwischen
einer Maschine und einem Zet. Und auch nicht zwischen einem
Menschen und einer Maschine. Darüber haben wir lange diskutiert,
ohne Ergebnis.

„Keinen Steckanschluss, und keinen Drahtlosanschluss? Wie funk-
tionierst du überhaupt?" Das war kein Scherz. Sie kommt mir ratlos
vor, irritiert, das spüre ich immer sofort. Sehen kann ich es nicht,
ihr Gesicht verrät mir gar nichts. Woher weiß ich eigentlich, was sie
gerade fühlt? Denn das spüre ich ganz genau. Gibt es da doch einen
kleinen Ansatz für telepathische Fähigkeiten bei mir?

„Können mir eure Chirurgen so ein Implantat für drahtlosen Netzanschluss einsetzen?"

„Oh, willst du das jetzt doch? Du bist mutig. Das gefällt mir! Natürlich geht das. Warte einen Moment."
Sicher kommuniziert sie mit irgendeiner Stelle, die sowas macht. Eine Klinik, stelle ich mir vor.

„Hey, du kannst das schon morgen haben. Willst du nicht..." Sie
brummelt und schnurrt. Kommt ganz dicht heran mit ihrem harten
Kopf. „... wenn du schon das willst, dann könntest du doch auch
gleich... geht doch in einem... viel weniger Aufwand... und dann
könnten wir..."

Mir wird ganz heiß. Ich ahne, worauf sie hinaus will. Aber warum
plötzlich so schüchtern? Diese Zets, die überraschen mich doch
ständig aufs Neue. Na, eigentlich diese eine Zet. Bis jetzt kenne ich
nur diese eine.

Mit der Zeit werde ich sicher viele kennenlernen, nicht nur flüchtig sehen, wie in den letzten Tagen bei meinen Lernkursen.

Aia fängt wieder an: „Weißt du, ich möchte mit dir richtig zusammensein können. Mit Liebe. Richtig. Verstehst du? Oder willst du das nicht? Oder nicht so schnell? Wir können ja noch ein paar Isen warten." Und sie lacht. Denn Isen sind ihre mittellangen Zeiteinheiten, eine Ise ist so etwa fünf Stunden.

Richtig Liebe machen, und richtig telepathisch kommunizieren, das gehört zusammen, wie ich verstanden habe. Und ein drahtloser Netzanschluss. Hmm.

Gewagt, gefährlich vielleicht, sehr riskant.

Andererseits, ich lebe hier, bei den Zets, und zwar für immer. Eine Rückkehr zur Erde ist nicht nur unmöglich, ich will das auch gar nicht mehr.

Ich bin jetzt hier.

Ein Ausländer-Zet, das will ich werden. Das bin ich eigentlich schon.

„Ja bitte, ich will beides haben, und so bald wie möglich. Und ich möchte richtig mit dir zusammen sein. Bitte!"

Aia drückt mich fast zu Brei. Dazu wieder ganz neue Geräusche. Aber ich weiß, sie ist glücklich.

Für mich werde ich sie immer als Frau empfinden, obwohl es die Geschlechter hier nicht gibt. Egal.

Nach langer Zeit muss ich mich frei machen, ihre Zärtlichkeiten sind manchmal sehr anstrengend und gelegentlich sogar gefährlich für mich, was ihr dann jedesmal sehr zuwider ist. Wir müssen halt beide viel lernen.

——

Die Operation ist gut verlaufen, wie ich selber ablesen kann, der Log der Operation und überhaupt das ganze Netzwissen der Zets stehen mir prinzipiell zur Verfügung. Alles offen, alles frei zugänglich. Wie im Paradies, was die Daten angeht. Wobei ich natürlich erst lernen muss, mich in diesen virtuellen Weiten zurecht zu finden.

Mit der telepathischen Kommunikation dagegen haut es gar nicht hin. Immer, wenn ich den „Kanal" öffne, wie vorsichtig auch ich das mache, stürzt ein dermaßen unkontrollierter Strom von Gefühlen und Gedanken auf mich ein, dass ich es nicht mal einen Sekundenbruchteil aushalte, und sofort abschotten muss. Ganz wie das Gezwitscher und Geschrei an Bord der HugeX, als Sieben sich mit Aia unterhalten hat.

Die Ärzte, oder was das für Leute sind, versuchen mir zu helfen, aber es geht nicht. Ich schaffe es nicht, diese Art der Verständigung zu nutzen, ohne schrecklichste Schmerzen und Verwirrung erleiden zu müssen.

Nach mehreren Zet-Tagen nehmen sie mir das Teil wieder heraus.

Dabei bin ich in ein Koma gefallen, wie mir hinterher berichtet wird. Wie tot.

Aia erzählt mir später, das sei auch zu erwarten. Einsetzen ist leicht, da wird dem Computer (sie meint mein Gehirn) etwas hinzugefügt. Beim Herausnehmen aber etwas weggenommen, und das fehlt dann und bringt vieles durcheinander.

Nach vier oder gar sechs Erdenwochen hat man ein anderes Implantat, extra für mich entwickelt, eingesetzt. Und das funktioniert perfekt, wie die Messungen ergeben haben.

Von der langen Zeit habe ich nichts mitbekommen, vielleicht auch besser so.

Dann haben sie mich ins Leben zurückgeholt, mit funktionierendem Implantat.

Jetzt muss ich noch lernen, damit umzugehen, aber das habe ich in wenigen Stunden schon drauf.

Was nun? Aia ist nicht da.

Ich nehme mir vor, im Netz etwas Interessantes zu finden. Das gelingt erst mal gar nicht.

Mit viel Geduld suche ich nach irgendetwas Bekanntem. Aber dafür fehlen mir die Begriffe. Da hab ich eine Idee. Ich suche nach HugeX. Und ja, da gibt es ein paar wenige Berichte. Spannend. Ich schaue mir das an, und bin überrascht.

Die Zets stellen die Erdbevölkerung als „befreundetes Volk" dar, die Begegnung mit der HugeX als lang erhoffte Kontaktaufnahme. Ist das Propaganda, oder denken die das wirklich? Dann wäre es aber schade, nein schlimm, dass die auf der Erde das nicht wissen. Da gibt es allerdings dann dringenden Handlungsbedarf.

Aber interessiert mich das überhaupt? Ja und nein, ich grüble mal wieder vor mich hin.

Mit leisem Zischen öffnet sich ein türähnliches Rechteck in der Wand.

Aia besucht mich endlich, sie wirkt zurückhaltend und irgendwie auf Abstand.

„Hallo Aia, schön dich zu sehen!"

Sie steht da, still, und sagt nichts. Aber ich fühle etwas, und das ist nicht gut. Ist sie böse auf mich? Nein, das ist es nicht. Aber etwas stimmt nicht.

„Aia, freust du dich nicht? Es hat diesmal gut geklappt. Das Modul für Telepathie funktioniert. Jetzt können wir direkt miteinander kommunizieren. Das ist doch sehr fein?"

„Ich versuche es. Ich hab solche Angst gehabt." Sie kommt etwas näher. Angst, das ist es.

„Du, ja, ich versuche mich jetzt zu freuen. Ich habe so Angst gehabt, so viel ich weiß, gab es noch nie solche schlimmen Probleme mit diesen Teilen. Ist jetzt wirklich alles gut?"

„Ja, ich hab keine Schmerzen, keine Probleme, hab schon ein wenig probiert, euer Netz zu lesen, mir geht es richtig gut! Freu dich mit mir."

„Und mit der Gedankenübertragung, das geht auch? Bist du sicher?"

Sie kommt noch näher, ganz nahe jetzt. Ich spüre gute Schwingungen, irgendwie, und ich weiß, es ist alles gut. Zwischen uns.

„Wollen wir es probieren? Oder brauchst du noch Trainingseinheiten?" Dabei lacht sie kurz und piekst mir einen Finger in den Bauch.

„Ja! Probieren wir es!" Ich bin aufgeregt, aus mehreren Gründen.

„Aber nur das Gedanken hin- und herschicken. Das andere nicht hier, hörst du?" Und sie lacht. Wie fein, sie lacht wieder. Das ist es, was mir die letzte Zeit am meisten gefehlt hat. Sie lacht!

Und es funktioniert, einwandfrei. Ich darf mit ihr heimgehen, in ihr Haus, bin hier fertig. Bezahlen gibt es nicht, obwohl, sowas wie Geld und Preise gibt es schon. Wie das gemacht wird, muss ich aber erst herauskriegen.

——

Ich sitze auf der Kiste, sie sitzt neben mir in der Luft. Ihr Arm um meine Schultern geschlungen, meine Hand auf ihrem Bein.

Ich ahne etwas, wir werden etwas machen. Wir beide.

Ein profaner Gedanke schleicht sich dazwischen. Soll ich mich ausziehen? Soll ich nackt sein? Wohl eher nicht. Sie trägt keine Kleidung, nie, und wird das nicht verstehen. Also nicht.

Und doch. Irgendwie ist klar, es wird was passieren. Zwischen uns. Langsam! Wir haben Zeit.

Ich sehe aus dem Fenster, die weite Landschaft. Und neben mir Aia.
Ich schließe die Augen, und sehe immer noch alles.
Die Landschaft.
Vor dieser die Zet. Aia, die geliebte Zet.
Ihre Augen, das sind die kleinen schwarzen Punkte, neun Stück.
Die werden größer, und verteilen sich vor der Wiesenfläche.
Noch größer, riesige schwarze Scheiben, oder Kugeln, wirbeln um mich herum.
Dazu die dreigeteilten Finger, die über den Himmel verteilt sind.
Knallrot, sie fließen auseinander, strömen in Strudeln um meinen Kopf.
Eine fremde Musik, betörend, sehr langsam, mit rhythmischen Elementen und gezogenen Melodien.
Ich spüre die Finger, die über meinen Körper fahren, mal hier, mal da.
Überall zugleich.
Zärtlich und fest,
brutal und sanft,
weich und messerscharf.
Aia schiebt ihren Körper langsam, gleitend unter meinen, ich sitze jetzt auf ihr. Über ihr.
Gleichzeitig umschlingt sie mich, ihre Arme und Beine werden flexibel, passen sich genau an mich an.
Ihr ganzer Körper wird anschmiegsam, elastisch. Ich spüre sie bald überall, jeder Quadratzentimeter meiner Haut ist von ihr bedeckt, umhüllt, weich und warm, feucht und bald fast flüssig.

Auch ich löse mich irgendwie auf, Knochen scheine ich schon eine Zeit lang nicht mehr zu haben.

Nun werden auch Fingernägel und Zähne weich und finden gleichzeitig Gegenstücke in ihrem Körper.

Wir werden uns immer ähnlicher, jeder Unterschied verschwindet, die Musik wird intensiver.

Aus weiter Ferne scheint ein Pulsieren zu kommen, wie Trommeln, schneller und heftiger, mitreißend, durchdringend.

„Geliebter!" haucht eine absolut unwiderstehliche Stimme, vibrierend, erregend.

„Geliebter, komm ganz zu mir, jetzt komm." Ich versuche zu antworten, aber wie geht das?

„Ja mein Geliebter, du machst das gut, weiter, weiter, noch ein Stück, so!"

Ich kann nicht antworten, nichts sagen, keine Ahnung was ich da tun müsste.

Sie aber findet es so gut, also genieße ich einfach.

Ich fühle nur, es stimmt. Es passt.

Sie und ich.

Ich und sie.

Aia, oder bin das ich, oder bist das du, wer bin ich, bist du noch du?

Zusammengeklebt, teilweise verschmolzen, teilweise noch zwei Individuen, im Gleichklang atmend oder pulsierend, fliegen wir nach oben.

Nein, nach vorne, oder vielmehr: in alle Seiten, Richtungen, überall hin, wir dehnen uns aus, unermessliche Größe erreichen wir, der Planet schaut schon klein aus, aber da kündigt sich etwas an.

Werden wir explodieren, wird es uns zerreißen?

Etwas Großartiges wird passieren, wir spüren es kommen, eine Nova, eine Katastrophe astronomischen Ausmaßes, unaufhaltsam, unerbittlich...

Es ist passiert. Gewaltig, aber keine Katastrophe.
Aufladung, durchdringend, umschlingend, eine Entladung.
Der Anfang von Entspannung.
Der Anfang von etwas Neuem.

Ganz langsam kehren wir auf den Planeten zurück, werden gemeinsam kleiner, wie wenn die Luft raus zischt, wir schrumpfen, ich kann die Grenze zwischen ihr und mir neu erkennen. Da sind wir wieder zwei Personen, engstens umschlungen, ich muss atmen, ich spüre meinen Puls heftig pochen, meine Beine kribbeln, das Blut beginnt seine alten Bahnen in Betrieb zu nehmen, die Farben kommen zurück, die Musik vergeht in einem fernen Rauschen.

„Geliebter, das war so schön, wunderschön, mir hat es sehr gefallen, mit dir."
Ich öffne die Augen, neben mir Aia, ganz dicht, vor mir die Landschaft, weit weg.
„Ja, du Geliebte, das war das schönste Liebesfest. Ich bin so froh, bei dir sein zu dürfen."
Trotzdem fühle ich mich ziemlich ramponiert... blaue Stellen rundum, hier und da blutet es ein wenig, Kratzer, Flecken und andere Kleinigkeiten beweisen, diese Art Liebe spielt sich in der Tat nicht nur im Kopf ab. Ganz, wie Aia es mir vorher in Aussicht gestellt hat.
„Aia, wie schön das ist, so zu lieben. Danke, du hast mir sehr große Freude gemacht."
„Dann war es ganz symmetrisch. Du hast mich geliebt und ich dich.

Alles, wie es sein soll. Du scheinst mir aber ein wenig ... kaputt? War ich zu wild?"

„Oh nein, gerade recht so. Besser kann ich es mir nicht vorstellen."

„Dann ist es gut. - Anders mag ich es auch nicht!" Und dazu lacht sie wieder.

12. Vierzehn

Viele Stunden später, es ist wohl immer noch nicht Abend, frage ich: „Wollen wir mal in eine Bar gehen? Ich hab dich so verstanden, hier gibt es diese Einrichtungen, wo man sich mit anderen trifft und etwas gemeinsam trinkt?"

„Hey, ja, das wäre fein. Aber, zuerst muss ich dir das erklären. Du musst wissen, wie du dich da verhalten solltest. Im Prinzip treffen sich da Wesen von allen Zet-Systemen, also die unterschiedlichsten Leute, von den benachbarten Städten, aber auch von den anderen Planeten und sogar von anderen Systemen."

Ich bekomme also die Regeln für gutes interstellares Benehmen beigebracht, und die sind einfach genug. Ich finde das alles selbstverständlich. Zum Beispiel, andere nur dann berühren, wenn man sie sehr gut kennt. Nicht aus anderer Leute Glas trinken. Nichts ausspucken, außer in dafür bereitstehende Behälter. Und so weiter. Für mich alles selbstverständlich.

„Gehen wir? Bist du bereit?"

„Was, jetzt gleich? Ich dachte, irgendwann mal."

„Warum denn irgendwann mal. Ich möchte lieber jetzt gleich. Wenn du schon so gute Ideen hast. Heute ist die Vierzehner geöffnet, eine der besten. Die Bar ist edel, die Gäste sind nett, und eine feine Aussicht obendrein."

Da höre ich so was wie Begeisterung heraus, oder spüre es direkt, egal.

„Gut, gehen wir."

„Wir fahren. Express 24, dann Transfer 4, die Bar ist im Orbiter 14. Drum heißt sie Vierzehn. - Komm."

Sie nimmt mich an der Hand, was regelmäßig weh tut, bei ihren Titanfingern. Aber ich liebe es trotzdem.

Wir steigen die Treppe hinunter, da muss ich sehr aufpassen, die ist nicht für Menschenfüße gemacht.

Im dritten Kellerstock gehen wir ziemlich weit, vielleicht einen halben Kilometer, durch einen Gang.

An dessen Ende passieren wir eine - wie immer hier - automatisch öffnende Tür. Dahinter mit einem Meter Abstand etwa eine Glastür, leicht gewölbt, die sich nicht öffnet. Wir bleiben stehen.

Es dauert nicht lange, da blitzt ein Licht auf, etwas huscht vorbei, die Glastür öffnet sich nun doch. Dabei zischt es ziemlich laut.

„Komm!" Sie zieht mich schwungvoll ins innere einer Kabine, die nur etwa drei Meter breit, aber mindestens 50 Meter lang ist. Überall gibt es senkrechte Stangen. Hier sind viele Leute drin, Zets, und ich lerne ganz von selbst, meine Gedanken quasi festzuhalten, und gleichzeitig deren Gedanken zu blockieren, also die Telepathie einzuschränken. Sonst wäre es nicht auszuhalten. Gut, dass das so leicht geht. In der Klinik ist das kein Problem gewesen, warum auch immer.

„Festhalten!" Ich packe eine Stange, und schon setzt sich dieses Fahrzeug in Bewegung, wie eine U-Bahn. Sie hat es „Express 24" genannt. Ein ganzes Netz von U-Bahnen, anscheinend.

Nach vielleicht einem Dutzend Stationen steigen wir aus, fahren mit einer Art Rolltreppe steil aufwärts, sehr lange, bis wir in einen horizontalen Gang gelangen. Dort geht es zu Fuß weiter, ein ganzes Stück, aber immer noch unterirdisch. Und wieder eine Metalltür, dahinter eine Glastür.

Drinnen in einem dicken Zylinder soll ich mich auf einen der vielleicht zwanzig Sessel setzen, die an der Außenwand befestigt sind. Die Zets bleiben einfach in der Mitte stehen, vielleicht fünfzig. Die sehen meiner Aia sehr ähnlich, einen Moment habe ich Panik, ob ich sie überhaupt wiedererkennen werde. Aber nein.

Wenn ich genauer schaue, gibt es doch durchaus Unterschiede. Sogar die Anzahl und Anordnung der Augen ist manchmal anders.

Während ich noch so die Leute anschaue, und mich dann frage, ob das nicht vielleicht unerwünscht ist, wird es laut. Ein tiefes Brummen, und ich werde mit großer Kraft nach unten gepresst, kann mich kaum aufrecht halten. Eine Rakete! Wir sitzen bzw stehen in einer Rakete! Aia hat „Transfer 4" gesagt, da gibt es wohl eine ganze Menge Linien. Linienverkehr in die Umlaufbahn.

Aufregend. Draußen plötzlich gleißend hell, und bald wieder dunkler und ganz dunkel. Nur die Sterne leuchten noch.

Den Anflug auf den Orbiter habe ich verpasst. Auf einmal sind wir schon da, alles aussteigen, müsste jemand rufen.

Nach einem mit mehreren druckdichten Türen gesicherten Gang kommen wir in eine kleine Halle mit vielen Türen in alle Richtungen, auch oben und unten, eigentlich Quatsch, wie Sieben mich gleich korrigieren würde. Die vielen Leute verteilen sich auf zwei Türen mit blau blinkenden Tafeln, vielleicht führen die zu irgendwelchen Raumschiffen, sieht einem Gate an einem Airport irgendwie ähnlich. Nur ohne Pass- und Sicherheitskontrollen.

Wir halten uns an überall vorhandenen Handläufen, Aia steuert mich zu der Tür mit bunt leuchtenden Lichtern ringsum. Aha, da geht es wohl zu der Bar?

Die Bar ist dann ein relativ kleiner Raum, rund, eine Theke, allerlei flaschenähnliche Glas- und Metallbehälter in einem Regal, gedämpftes buntes Licht, außenrum riesige Glasscheiben. Dahinter die Sterne, oder der Planet, weit weg die beiden Sonnen.

Ja, das sind wirklich Fenster, keine Bildschirme wie in der Garnrolle. Überhaupt strahlt diese Bar etwas Echtes aus, obwohl ich das natürlich überhaupt nicht beurteilen kann, auf mich wirkt alles völlig authentisch.

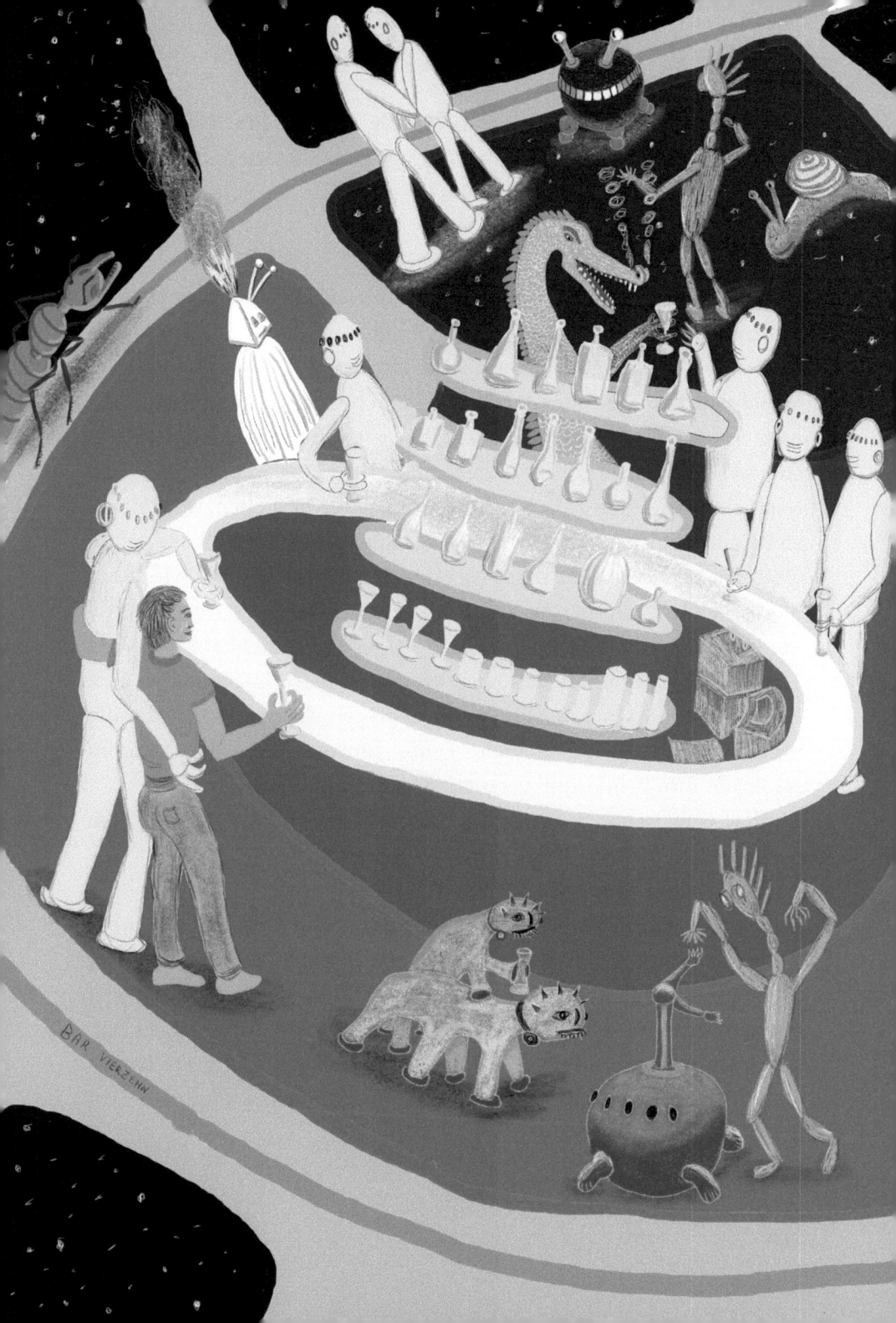

Und wo kommt die sanfte Schwerkraft her? Wahrscheinlich nur Fliehkraft. Der Raum wird sich wohl um eine längere Achse mit Gegengewicht drehen, hätte ich doch besser aufpassen sollen beim Anflug.

Und dann die Leute.

Nicht gerade die grünen Marsmenschen aus unseren Comic-Heftchen, aber doch eine unglaubliche Vielfalt. Und offensichtlich alle in friedlicher, sogar freundschaftlicher Stimmung.

Manchmal habe ich eine Art leichten Schwindel, aber nur für ein paar Sekunden. Ob hier vielleicht etwas weniger Sauerstoff in der Luft ist? Und warum ist hier überhaupt eine für mich passende Luft? Noch ein Rätsel. Die Zets werden ja keine Luft brauchen. Oder doch, vielleicht, auf ihrem Schiff war doch auch Luft? Aber ich habe schon oft gedacht, sie spielen mir dies oder das nur vor, irgendwie. Aber hier ist doch alles echt. Das spüre ich so deutlich.

Aia hat mich eine Zeit lang schauen lassen, jetzt zieht sie mich zur Theke. Es ist ziemlich laut, die Musik erinnert mich an Techno, rhythmisches Stampfen, Schnarren, Schlagen, dazu eine sich ständig wiederholende Melodie. Viele Leute tanzen dazu, die anderen schlürfen ihre Drinks und versuchen, sich zu unterhalten.

Aia hat wohl schon was bestellt, wir bekommen zwei Gläser. Vom Barkeeper.

Da muss ich erst mal tief Luft holen. Der Barkeeper.

Sieht aus wie ein Drache, aber in Zet-Größe, und stößt sogar Rauchwölkchen aus, wenn er etwas serviert. Ob der echt ist? Kann ich mir nicht vorstellen, eher eine Maskerade, aber wer weiß. Vielleicht ist das sein Kellnergewand... Die Gläser sehen aus wie irdische Cocktailgläser, mit langen Stielen, aber winzig klein. Vorsichtig rieche ich daran, und bin überrascht, es duftet nach Kräutern, und auch leicht scharf.

Aia sieht mich intensiv an, man könnte sagen: schaut mir ganz tief in die Augen, aber das stimmt so natürlich nicht, ihre Augen sind zahlreich und gehen in verschiedene Richtungen, und ich kann auf keinen Fall erkennen, wo sie genau hinschaut.

Trotzdem, eine faszinierende Gefühlsübertragung zwischen uns. Die anderen Leute, der Krawall, alles ganz gleichgültig in diesem Moment. Schon wieder hat sie mich verzaubert, eine innige Verbindung. Wir brauchen uns gar nicht zu berühren. Es vibriert und kitzelt in mir drin, ich bin aufgeregt, und spüre mein Herz rasen.

„Nimm dein Glas!" Ihre Stimme direkt in meinem Kopf.

Zärtlich und lockend.

Mein Glas hätte ich fast vergessen, wie die ganze Umgebung, so faszinierend sie auch ist.

Viel faszinierender ist Aia, ich ertrinke in ihrer Art, unglaubliche Nähe zu vermitteln.

Aber ich bin hier. Mit Überwindung reiße ich mich für einen Moment los.

Kurz denke ich an das Gewesene

Die Flucht und das Training.

Das Raumschiff und das Weltall.

Die Lichtjahre weite Sternenreise, der Planet Chochkra.

Der Planet und die Zet.

Und jetzt mal eben auf einen Drink per Rakete in den Weltraum, und Zusammensein mit diesem verführerischen Wesen voller Rätsel und Lebensfreude.

Ich halte mein Glas zwischen uns, und tatsächlich, sie stößt ihres sanft dagegen. Ist das in der ganzen Galaxis so üblich?

Nochmal genieße ich den Duft, erinnert an Lavendel oder Thymian oder beides. Sie nippt irgendwie an ihrem Glas, wie das geht weiß ich nicht, sie hat keinen Mund wie ich.

Aber ihr Gläschen ist bald fast leer.

Ich trinke nun auch, und bin enttäuscht: das schmeckt fast wie Wasser, und nicht mal ein Tropfen Vodka drin. Mit der Zeit wird der Nachgeschmack aber doch interessant.

Egal, Spaß macht es auf alle Fälle.

Und wieder saugt mich ihr Blick auf, oder ihre Gedanken, ihre Gefühle, ich weiß es nicht.

Wunderbare Vertrautheit, obwohl wir uns noch gar nicht wirklich kennen.

Trotzdem eine Harmonie, wie ein Verschmelzen, völlige Einigkeit, und doch bleibe ich ich und sie sie.

Eins und zwei.

Nach einer Zeit, wie lange kann ich nicht mal raten, komme ich wieder in die Wirklichkeit zurück.

Die märchenhaft genug ist.

Zum Beispiel:

Hinter Aia steht ein dünner, sehr großer Zet mit einem faltigen Aluminiummantel, oder ist das seine Haut? Jedenfalls stößt er immer wieder eine grünliche Flamme nach oben aus, das sieht gefährlich und auch atemberaubend schön aus.

Überhaupt gibt es rundum etwas zu sehen, aber ich versuche, nicht zu sehr hinzustarren.

„Schau mal den da drüben, am Boden, siehst du?", fragt Aia nun akustisch.

„Ja, was ist das für einer? Ach, es sind ja zwei." Ich denke an Tiere, Hunde, oder Schweine vielleicht?

„Ach du, hier gibt es keine Tiere", natürlich hat sie meine Gedanken gelesen, und im selben Moment irgendwie nachgeschaut, was ein Hund oder ein Schwein ist, „das ist eine Irxerin, eine Bewohnerin von unserem innersten Planeten. Der Irx hat eine extreme Schwerkraft, warte mal, ja, die etwa dreißigfache, als bei euch. Und der zweite kleinere, das ist ein Irxer."

Aha, daher die kleine, gedrungene Gestalt auf allen Vieren. Quatsch, die haben ja sechs Beine. Interessant.

„Und warum kannst du akustisch mit mir sprechen? Brauchst du Sieben gar nicht mehr dafür?"

„Oh doch. Natürlich. Aber warum soll das nicht funktionieren? Das geht doch über das Netz, ich dachte du weißt das bereits?"

„Ja, schon, aber hier, wir sind doch weggeflogen..."

Sie lacht. „Hahaha, weggeflogen. Das Netz geht natürlich überall. Wie soll denn sonst das alles funktionieren?"

Ich komme mir ein bisschen dumm vor, wieder mal. Das Netz geht überall. Klar. Hätte ich mir denken können. Wir verwenden doch auch die ganze Zeit schon Siebens Künste im Übersetzen.

Nach vielleicht einer Stunde, oder waren das zwei, wollen wir uns auf den Rückweg machen. Ich habe noch einen Tee getrunken, oder so was in der Art. „Hat dir das geschmeckt? Hab ich den Barkeeper extra für dich machen lassen, Sieben hat mir die Zutaten gesagt und ich hab es in möglichst ähnliche Stoffe umsetzen lassen." - „Danke, ja gut war das, du bist so - lieb zu mir." Keine Ahnung, ob Sieben das richtig übersetzt. Ich versuche es telepathisch, aber bei den vielen Leuten schaffe ich das nicht, jedenfalls antwortet sie nicht.

Sie nimmt mich aber an der Hand, mich durchströmt ein heißes Gefühl.

Metalldruck und Emotionsblitz.

Kraft und Zärtlichkeit.

Nach diesem innigen Moment raffen wir uns auf.

Sie dirigiert mich bestimmt aber sanft zum Ausgang. Durch den Gang gelangen wir in die Transfer-Rakete.

Zurück im Haus kann ich die Lichter bewundern, die sind überall verteilt und machen allerlei Farbspiele und Muster. Draußen ist es dunkel, und anscheinend regnet es. Jedenfalls hört sich das so an.

Ich frage Aia: „Warum habt ihr eigentlich in jedem Raum und Gefährt eine Luft, eine Atmosphäre, die ich atmen kann? Sogar auf dem großen Raumschiff. Und in der kleinen Bar im Orbiter 14."

„Oh, du kennst dich schon aus, gut. Ja, bei uns ist von jeher diese Luft, nur wenig anders als eure. Denn unsere Pflanzen brauchen das, wir nicht mehr unbedingt. Aber Vakuum vertragen wir auch nicht. Unsere Gehirne... So anders sind wir nicht, wie du vielleicht meinst."

Ich muss immer wieder gähnen, mein Hirn ist voll, und wieder mal ist mein Bauch hungrig. Ich brauche aber nichts zu sagen, schon bietet mir Aia eine Mahlzeit an.

Während ich esse, steht sie dabei, und wir diskutieren über Geschlechter. Männlich und weiblich, das kennt sie, aber es hat für die Zets keine Bedeutung. Für einige der anderen Völker, die hier ein- und ausgehen, oder vielmehr fliegen, gibt es das schon, manche haben auch drei oder noch mehr Geschlechter.

Aia meint: „Ich merke, wie du mich immer weiblich ansprichst, mir ist das sehr recht. Warum auch nicht. Ich habe Sieben angewiesen, das immer entsprechend zu übersetzen. Wenn das so gut ist für dich, ist es gut. Auch für mich."

Dazu fällt mir nichts ein, ich muss da erst mal in Ruhe drüber nachdenken. Sie aber:

„Von mir aus kannst du mich für eine Frau halten, für einen Roboter oder für einen Zyklopen von einem anderen Planeten. Ich liebe dich in jedem Fall. Merke dir das."

Und diese Aussage bekräftigt sie mit einem Hieb ihrer spitzen Finger auf mein Bein. Ja, ich liebe sie auch.

Die Nachtruhe verbringen wir getrennt, das passt mir nicht, aber ich traue mich auch nicht, etwas anderes vorzuschlagen.

Noch nicht.

Wir haben Zeit, viel Zeit, alle Zeit dieser Welt.

Alle Zeit aller Welten.

Ja.

Und so schlafe ich ein, mich auf einen neuen Tag freuend, mit Aia.

Auf viele neue Tage. Auf ein neues Leben.

13. Der Zet

Jetzt bin ich seit mehr als zwei Erdenjahren ein Zet.
Ich sehe so aus, und bewege mich wie sie, und lebe wie sie.
Ach was, nicht wie sie, ich bin ein Zet.
Voll und ganz.

Die Operation ist zunächst ebenso problematisch verlaufen, wie damals beim Einsetzen der Implantate.
Aber die perfekte medizintechnische Crew hat die Schwierigkeiten bald überwunden und ich konnte meinen neuen Körper in Gebrauch nehmen. Das war ein überwältigender Moment, wie ich zum ersten Mal an mir herunter gegriffen habe, und geschaut. Ein Zet, für das ungeübte Auge exakt gleich wie Aia.
Das stimmt aber nicht, alle Zets unterscheiden sich durchaus durch irgendwelche Kleinigkeiten.
Ein Mensch müsste wohl die gut versteckte Serviceklappe entdecken und die darunter eingravierte Körpernummer vergleichen, um uns auseinander halten zu können. Aia und mich. Oder all die anderen Zets.

Seither brauche ich nicht mehr zu schlafen, ein wenig ruhen ab und zu reicht. Weder Essen, noch Klogehen, aber einen kleinen Drink kann ich, eher symbolisch, trinken, das heißt verschwinden lassen. Das gehört für sie dazu, darauf wollte die Zet-Gesellschaft nicht verzichten vor Urzeiten, als sie ihre biologischen Hüllen für immer zurückließen. Gut so.

Ich trauere meiner Zeit als Mensch nicht nach, wenn ich auch an die wenigen guten Erlebnisse gerne mal zurückdenke.

Meinen alten Körper vermisse ich auch gar nicht, zu meiner Verwunderung, weder mein Geschlechtsteil noch die Sinnesorgane. Der neue Körper kann das alles besser, aber natürlich ganz anders.

Ich habe jetzt außer großer Nähe zu Aia noch manches Gute, und fühle mich rundum wohl.
Ich habe auch Arbeit, wie alle hier.
Meine Aufgaben sind, das Wissen der Zets über die Menschheit - das haben sie aus Sieben extrahiert - zu überprüfen und auf Zet-Standpunkte hin zu bewerten. Und Geschichten zu schreiben, die auf der Erde spielen. Ja, sie lieben Geschichten, und um so mehr, wenn diese auf wahren Begebenheiten beruhen. Und sie lieben Geschichten besonders wenn sie exotische Themen und weit entfernte Schauplätze beschreiben. Da habe ich wohl für Jahrhunderte genug zu tun. Zumal mein Gedächtnis nicht mehr schlechter werden kann. Alles was sich abnutzt oder nachlässt wird regelmäßig repariert.
Inzwischen kenne ich fast alle Bewohner von Chochkra, zumindest ein wenig, bessere Bekanntschaft zu vielleicht hundert.
Hundert klingt eher nicht so viel, aber es gibt ja nur gut vier Tausend. Für Chochkra sind 4096 vorgesehen, drei vor langer Zeit verunglückt, mit mir sind es jetzt 4094. Dabei ist der Planet fast so groß wie die Erde, und hat nur ein paar große Seen, nach irdischen Begriffen keine Ozeane. Also sehr viel Platz, trotz der riesigen Produktionsanlagen auf der anderen Seite, von denen mir Aia mal erzählt hat.
Auch auf den anderen Zet-Planeten leben je ein paar Hundert oder Tausend.
Aber dann 512 oder 1024 oder 8192.
Die hiesige Politik liebt wohl Zweierpotenzen so wie die irdischen Informatiker.

Ich habe Aia gefragt: „Und wenn nun kein Platz freigewesen wäre, wie ich hergekommen bin? Wenn gerade 4096 Zets hier gelebt hätten?"

„Dann hätten wir dich sofort zurückgeschickt zur Erde!" Und sie lacht, „Zurückgeschickt! Ja, zurückgeschickt!", und lacht und lacht.

„Und im Ernst?"

„Ach. Das ist kein Problem. Irgendwann hört eines auf, zu existieren, und es stimmt wieder. Oder eines siedelt um, auch auf den anderen Planeten lebt nicht immer die Maximalzahl. Manche tauschen auch einfach so, das könnten wir auch mal machen, wenn es dir hier zu langweilig wird."

„Oh, das kann ich mir nicht vorstellen, langweilig, hier? Es gibt so unendlich viel zu erforschen, und unendlich viele Möglichkeiten, das kann doch gar nicht fad werden."

„Sehe ich genauso, wie ganz viele von uns, aber manche haben ihren Spaß daran. Mal einen anderen Planeten als Heimat zu wählen. Jedes wie es will."

Sieben wird nun nicht mehr gebraucht, und die Zets wollten sie eigentlich abschalten. Aber sie wurde traurig, diese KI Sieben, seltsam genug, und ich auch. Das gebe ich zu.

Ich habe gefragt, ob das nicht möglich wäre, Sieben zu erhalten, samt der HugeX, mit Energie und Reparaturen.

Denn das haben die Zets die letzten beiden Jahre ungefragt alles perfekt gemacht.

Und ich brachte noch das Argument, als museales Objekt für meine erdhistorische Forschung wäre sie durchaus sinnvoll. Darauf sind sie eingegangen, wohl auch mir zuliebe.

Ein einziges Ding von der Erde, ich finde, das können sie mir gönnen. Auch wenn es gleich ein ganzes Raumschiff ist.

U-BAHNSTATION

Jetzt freue ich mich erst mal, wenn Aia gleich zurückkommt.
Sie war auf einem anderen Planeten tätig, für eine Zeit, die mir endlos vorgekommen ist. Achtzehn Chochkra-Tage lang!
Sie nennt das eine kleine Dienstreise. Für mich ist es eine Durststrecke.
Aber gleich ist sie da. Eine Hundertstel Ise noch.

So gehe ich, wenn ich mir das alles so vorstelle, was auf mich zukommen wird, einer guten Zeit entgegen, und bin glücklich.
Zum ersten Mal seit über zwölf Erdenjahren.
Richtig glücklich.

Und ich gehe jetzt meiner Geliebten entgegen, zur Station der Express 24, wo sie gleich ankommen wird.
Wahrscheinlich zerquetscht sie mir fast meine Finger oder meine Rippen, weil sie sich auch so freuen wird.
Was natürlich vollkommener Blödsinn ist, aber manchmal habe ich noch solche Gedanken, die aus der Vergangenheit, von meinem Menschenkörper kommen müssen.
Eine Zweihundertstel Ise noch.

Jetzt.
Da ist sie!

rudolf mittelmann © 2011-2020

Mondstrahlrutschen
Fahrradgeschichten und andere erotische Erzählungen

„Sie packte mich fest am Arm, schob mich ein Stück um den Turm herum, zwischen einem Gebüsch und der Mauer durch. ‚Verdammt, weiter!' fauchte sie und gab mir einen derben Stoß."

„Sie legt mir ihre Hände auf, als wolle sie mich segnen. Dazu spricht sie leise: ‚Du musst Gehorsam lernen.' Ich denke, ich glaube nicht, dass ich das will."

Kurzgeschichten 2009 rudolf mittelmann

ISBN-13: 9783837052046

Der Junge und der Wald der Frauen

Ein großer, verbotener, geheimnisvoller Wald. Und ein Junge, der sich von den Ängsten und Tabus der Erwachsenen nicht abschrecken lässt. Immer wieder verlässt er seine Welt für ein paar Stunden, um

die Rätsel des mystischen Waldes zu erkunden. Als er dank eines Zufalles sogar über Nacht in seinem geliebten Wald bleiben kann, verunglückt er schwer. Da lernt er die seltsame Gesellschaft der Frauen des Waldes kennen.

In einem Frauendorf im Wald lebt ein Mädchen bei seiner Mutter. Das Mädchen soll eine Gelehrte werden, meint die Priesterin. Doch das Mädchen entdeckt ein Geheimnis und wird in eine Verschwörung heineingezogen. Als sie mitten in ihren Abenteuern auf Ausbildung in den großen Tempel geschickt wird, trifft sie den Jungen. Ein tiefer Blick in die Augen genügt:

Die Begegnung der beiden wird ihr Leben verändern ...

Roman 2007 rudolf mittelmann

Der Junge und die Stadt
Ein Fall mit blondem Zopf

Jakob lebt in einer großen Stadt. In den Sechzigern gründet der junge Gymnasiast zusammen mit seinen Freunden ein Detektivbüro.

Was als harmloses Spiel dreier Jungen beginnt, wird bald zu blutigem Ernst, mit einer gut zahlenden Auftraggeberin und gefährlichen Abenteuern.

Doch Jakobs Freundin empfindet Fälle aufzuklären keineswegs als reine Jungensache und nimmt die Detektivarbeit lieber selbst in die Hand...

Roman 2015 rudolf mittelmann

ISBN 9781508591948

Im Auftrag der Chefin
(Der Mann im Wald)

Das Buch "Im Auftrag der Chefin" beginnt wie eine Abenteuer-geschichte, mit einer langen Fahrt durch die unermesslich großen, nordöstlichen Wälder.

Der Mann im Wald aber hat einen Auftrag, und während seine Chefin sich in ihrem Büro mit Vodka besäuft, gerät er in erst kleinere, dann immer schwerwiegendere Probleme.

Er beginnt an seiner Wahrnehmung zu zweifeln und muss bald feststellen, dass er sich wirklich nicht mehr auf seine Sinne verlassen kann.

Aber auch den Menschen, denen er begegnet, kann er nicht trauen. Er fühlt sich einsam und krank...

Roman 2015 rudolf mittelmann

ISBN-13: 9783734782794

Fiebergeschichte

Ein phantastischer Fiebertraum entführt den Protagonisten auf einen Planeten voller paradiesischer Wunder.

Alles ist grün, immer warm, die Menschen leben friedlich in Baumhäusern praktisch ohne Technik. Alles ist gratis, Geld gibt es nicht, für alles ist gesorgt. Aber wie er die seltsame, idealkommunistisch wirkende Gesellschaft näher kennenlernt, fallen ihm immer mehr Absonderlichkeiten auf, so dass er sich zu fragen beginnt, ob er wirklich hier bleiben will.

Aber hat er überhaupt die Wahl? Dazu findet er Liebe und Freundschaft, gleich mehrfach, was die Sache nicht einfacher macht...

Roman 2019 rudolf mittelmann

ISBN-13: 9783750435988

Donauminiaturen
Eine Sammlung kleiner Texte
vom Leben am großen Strom

Ob Winter oder Sommer, ob Sonne oder Regen, das Wasser des Stroms zieht unbeirrt vorbei.

Wer direkt am großen Fluss lebt, hat einiges zu erzählen... Schnee, Tiere, Menschen, Strand, Zillen, Kinderwagen, Eisschollen, Brücken.

Hier ist immer was los.

Zwanzig kurze Erzählungen von der Donau. Mit Fotos illustriert.

Kurzgeschichten 2011 rudolf mittelmann

ISBN-13: 9783842382718

Die Mahlzeit wird ans Bett serviert.

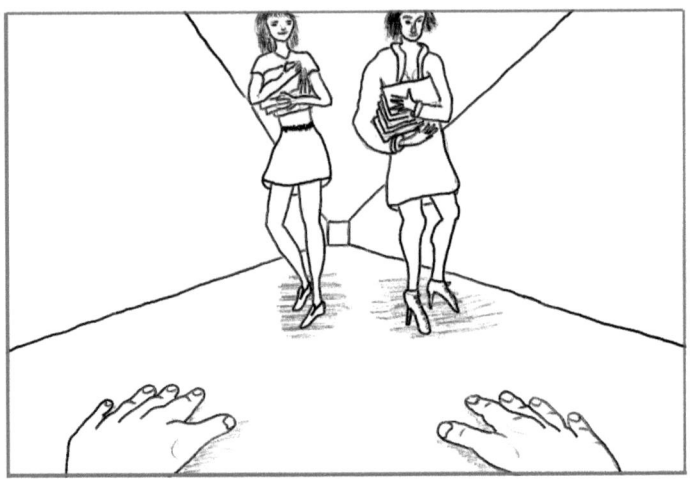

Bauchlandung vor Bürokräften

rudolf mittelmann
Linz/Donau

Text: 2011-2019
Bilder: März-Mai 2020 Procreate
Satz: Mai 2020 Scribus
Schrift: Gentium Book Basic

Website: artm-friends.at/leseecke/